東野圭吾

沉默的遊行

王蘊潔——譯

導讀——

宛如一杯摻入深水炸彈的調酒，後座力十足的思辨之作！

律師 **賴芳玉**

無疑的，東野圭吾再度創作出一部精采絕倫的《伽利略系列》推理小說，也可預期日後改編為戲劇，粉絲們可以搬板凳敲碗的期待了。

物理學家湯川學與警察草薙俊平再度共同辦案，這次案件一如往常地打破傳統推理小說中「不使用以不尋常的科學技術實現的犯罪詭計」的潛規則，而是以一種詭異、複雜而難以辨識為自然死亡或他殺的犯罪手法推進案件核心，抽絲剝繭的過程，宛如一杯深水炸彈的調酒，後座力十足，炸得你頭暈目眩的同時，又不得不拍案叫好，對東野圭吾的粉絲而言，這本推理小說相當解渴。

誰是兇手？這本書環繞三個他殺事件，從一場火災現場發現一個已然失蹤三年、人見人愛天才少女佐織的死亡展開所有的推理，牽扯出二十三年前少女本橋優奈的死亡及當年被指控殺人卻獲判無罪的蓮沼寬一。

這本書設定了一個惡人，倘若我們對甚麼樣的人容易引發集體憤怒的話，那必然是蓮沼寬一了。他有著一雙凹陷陰沉的眼睛，無情且狡猾，深知警方「自白至上」的偵辦方式，靠著緘默權一路過關斬將，縱使許多的間接證據指向他就是殺害優奈的兇手，依然獲判無罪定讞，甚至為此還獲得一筆政府的補償；多年後他再度捲入佐織的死亡事件，他卻囂張地出現在被害遺屬面前並要脅求償。這個人的行徑已是人神共憤，你我都可能為了洩憤而成為加害人之一，更別說被害遺屬。

因此，當菊野商店街的秋季遊行後發現蓮沼寬一的死亡，兇手就藏在這群因佐織的死感到悲憤的被害遺族及善良平凡百姓之中，讀者透過湯川的推理及警方偵辦查到的資訊，找出誰是兇手，但卻隱含著一個無法說清的幽微心情，我們對司法無法實踐正義，深感無力，難道蓮沼寬一的死有餘辜，我們就不能有一絲僥倖放過這些可憐的被害遺屬及路見不平的正義之士嗎？

作者打破的不僅是推理小說潛規則，還包括我們對兇手的認知與情緒。這讓我想到《徬徨之刃》的兇手，也就是被姦殺少女的父親長峰重樹，讓讀者的正義感隨同警方一起徬徨搖擺，執法的利刃究竟該劈向那些輪暴少女的少年，還是被害少女的父親長峰重樹？當司法無力解決被害遺屬的正義時，我們能容許非法正義嗎？

我認為作者給了些許答案，這本小說最可貴的不僅推理的精采，而是思辨。蓮沼寬一的囂張，無非嘲諷警方把自白當證據之王，若從這個角度，湯川又何嘗不是，他奉行的是客觀科學證據及推理，不認同先射箭後畫靶，而是客觀論證。簡單說，沒辦法把壞人抓進去的無力感，所要探究的不是非法正義的越界，而是如何更精進於客觀科學辦案。

這場秋季遊行，菊野隊表演的節目是史蒂文森的作品《金銀島》，敘述的是當地鄉紳、醫生及船長尋寶的傳奇故事，書中安排這個橋段，似乎暗指這群平凡百姓就在這場遊行中，默默地進行不為人知的犯行，如果你記得《金銀島》，就更能想像東野圭吾的這部小說情節多麼刺激精采了。

沈黙の
パレード

—

HIGASHINO
KEIGO

1

看向牆上的時鐘，發現離晚上十點只剩下二十分鐘。並木祐太郎想，今晚差不多了。他隔著吧檯，從廚房向店內張望，目前店內還有兩位女性客人。其中一位女客人一進門就說好久不見，很懷念這裡，所以並木猜想她可能以前曾經來過這裡。並木偷偷看了女客人的臉，既覺得以前好像見過，但又可能只是錯覺。無論如何，反正不是老主顧。

不一會兒，就聽到一名女客人說要結帳，正在並木旁邊洗碗的真智子應了一聲後走了出去。

「謝謝款待，真是太好吃了。」並木聽到女客人說話的聲音。

「謝謝，歡迎有機會再度光臨。」真智子回答。

「我一定很快就會再上門，我很久以前來過這裡，差不多五、六年前。」

「喔，是這樣啊。」

「有一個很可愛的服務生，我忍不住和她聊天，才知道是令千金。我記得她說還在讀高中，她最近好嗎？」

並木正在收拾菜刀的手停了下來。不知道妻子會怎麼回答女客人搞不清楚狀況的問題，雖然他知道自己聽了一定會很難過，但還是忍不住豎起了耳朵。

「嗯，是啊，反正就那樣。」真智子的語氣很溫和，完全感受不到她內心的不平靜。

「是嗎？那真是太好了，她還住在家裡嗎？」

「不，現在已經不住這裡了。」

「啊喲，是這樣啊，真是個獨立的孩子。我家的孩子一直賴在家裡，真傷腦筋。」

「這樣也很好啊。」

「雖然有人說，兒女願意向父母撒嬌，就該好好珍惜。」

「就是啊。」

真智子和女客人似乎走去門口，聽到拉門嘎啦一聲打開的聲音，隨即聽到真智子說：「謝謝惠顧。」

並木放下菜刀，走到吧檯外。真智子拿下了暖簾，正走進店裡。

當眼神交會時，她微微偏著頭問：「怎麼了？」

「不，我聽到妳和客人的談話，」並木抓了抓後腦勺，「我只是沒想到妳可以這麼從容鎮定。不，我知道妳心裡當然不可能平靜。」

「喔，」真智子輕輕笑了笑，「這點小狀況沒問題，我做生意都幾十年了。」

「也許吧……」

真智子把暖簾豎在牆邊，再度面對丈夫。雖然她個子嬌小，臉也很小，但她的雙眼從年輕時就很炯炯有神。每次被她的雙眼注視，並木就有點忍不住想要後退。

「老公，你還沒有習慣嗎？」

「習慣什麼？」

「佐織的事，佐織已經不在這件事。我已經習慣了，你整天都在廚房，可能不太瞭解，經常有客人像剛才那樣和我聊天，我相信夏美應該也差不多，但她從來沒有抱怨過，我想她應該也已經習慣了。」

夏美是並木他們的第二個女兒，很快就要升上大二，有空的時候就會來店裡幫忙。

並木沉默不語。

「對不起，」真智子向他道歉，「我不是責怪你還沒有習慣的意思，只是希望你不必為我擔心。」

「嗯，我瞭解了。」

「廚房可以交給你整理嗎？我要回樓上做點事。」真智子用食指指向天花板。二樓是並木家生活的空間。

「好啊，沒問題。」

「那我先上去了。」真智子走上位在店面角落的樓梯。

並木緩緩搖了搖頭。他不想馬上收拾，拉了一張旁邊的椅子坐了下來，忍不住垂頭喪氣，女人果然比較堅強，他過去就曾經這麼認為，此刻再度深刻體會到這一點。

佐織是並木和真智子的大女兒。她出生時一身粉紅色皮膚，有一雙大大的眼睛。並木原本很希望第一胎生兒子，但在女兒出生後，覺得這種事根本不重要。他對佐織已經不是含在嘴裡怕融化，捧在手裡怕摔傷而已，他真心覺得自己可以為了女兒付出生命。

真智子無論在廚房還是外場，都是「並木屋」寶貴的戰力。在她重回職場的同時，廚房和店內也同時變成了育兒的空間，原本作好了會忙得焦頭爛額的心理準備，沒想到出現了意想不到的幫手，每當店裡忙碌的時候，熟客就會主動幫忙抱佐織或是哄她，所以在佐織一歲左右時，他們覺得開始計畫生第二胎似乎也沒問題。

佐織在眾人的疼愛下健康成長，上了幼兒園後，每天去幼兒園的途中，都會有很多婆婆媽媽向她打招呼，佐織也總是大聲打招呼。每次聽到客人這麼說，並木就感到很驕傲。

無論讀小學還是中學時，佐織都很受歡迎。班導師在家庭訪問時曾經對真智子說，並木同學無論對誰都很親切開朗，而且她的優點是即使在痛苦的時候，也不會讓自己陷在情緒裡。

雖然佐織在功課方面的表現不太理想，但並木和真智子都不是很在意這件事，他們覺得佐織只要別學壞就好，在這方面，他們對於自己的教養很有自信。佐織個性忠厚老實，幾乎不曾反抗父母，也很照顧比她小三歲的妹妹，是一個溫柔善良的姊姊。

而且，除了學業以外，佐織有一項引人注目的才華，那就是唱歌。她從小就喜歡唱歌，但在小學高年級後，她的歌唱才華表現得更加顯著，無論是再難的歌，她只要聽一次就學會了，而且也不會走音。並木也是在這個時候第一次聽說「絕對音感」這個字眼，佐織似乎具備了絕對音感。

佐織終於有機會在秋祭發揮這個出色的才華了，雖然秋祭的重頭戲是大規模的化妝遊行，但本地人更期待的其實是飆歌大賽。佐織在第一次參加是在小學四年級時，完美詮釋了電影《鐵達尼號》的主題歌〈My Heart Will Go On〉，跌破了所有人的眼鏡。並木當時也在場，那是他第一次看到女兒認真唱歌。

之後，佐織每年秋祭都會參加，漸漸在本地小有名氣，甚至有人特地為了佐織來看飆歌大賽。

佐織上了高中之後，暑假時都會在店裡幫忙，有些說話毒舌的老主顧說：「與其在這種生意冷清的食堂幫忙，還不如去都心的酒店上班，收入起碼可以增加一百倍。」事實上，在自己這個父親眼中，也覺得女兒很漂亮。只要有佐織在店裡走動，就像鮮花盛開，店裡的氣氛頓時變得活潑開朗，當然也因此吸引了不少客人上門，可說是如假包換的「店花」。

佐織高二那一年，有一位姓新倉的客人來到店裡，他是本地無人不知的富豪。聽說他年輕時曾經想當音樂人，至今仍然和音樂界的人保持良好的關係，他在東京都內有好幾個錄音室，隨時挖掘有潛力的新人，然後還列舉了他之前發掘的幾名歌手。

新倉對並木夫婦說，他們的女兒絕對有能力成為職業歌手，希望可以交給他栽培。

並木雖然知道佐織喜歡唱歌，但完全沒想過要讓她出道當藝人，所以聽了新倉的提議後有點不知所措，真智子似乎也一樣。

新倉離開後，夫妻倆討論了這件事，雖然他們都希望佐織擁有一個平凡的人生，但最後決定先問一下佐織本身的想法。

佐織聽完之後，說她想要試試，還向他們坦承說，之前以為父母會反對，所以一直沒說，但其實自己之前就很想挑戰成為歌手。她雖然打算讀大學，但並沒有特別想學的學問，也沒有特別想讀的科系。

既然她自己有這種想法，當父母的就沒理由不成全。並木和真智子討論後，覺得既然佐織有喜歡的事，就應該讓她挑戰看看，於是就將她交給了新倉，即使最後沒有成功，到時候再考慮未來的出路，並木認為想要成為歌手應該沒這麼簡單，但即使失敗，也可以成為佐織人生的養分。

小女兒夏美也為這件事感到高興，姊姊根本還沒有出道，她就興奮地談論自己想像姊姊站上大舞台的樣子。

之後，佐織在去高中上課的同時，也去新倉那裡接受培訓，而且新倉完全沒有向他們收取任何培訓的費用。

「等她出道走紅之後，我會收一大筆製作費用，所以目前的事就請兩位不必擔心。」每次談到錢的事，新倉就這麼說。他因為崇拜約翰・藍儂而留了一頭長髮，戴著圓框眼鏡，這也成為他最大的特徵，他是個溫厚的好人，從來不曾為自己是個有錢人而驕傲自大。

但聽說他上課時很嚴格。佐織經常說：「我明明已經這麼努力了，但新倉老師從來不稱讚我。」不僅如此，他似乎還經常指點佐織的生活態度，說了好幾次不需要智慧型手機，這種東西只會影響唱歌。並木聽了之後，很慶幸自己把女兒交給他，因為新倉代替自己說出了內心的話。

不久之後，佐織從高中畢業了。

「我打算最近帶她去見我認識的製作人。」在新年過後不久，新倉來到店裡，滿臉喜悅地對他們說，因為佐織滿十九歲了。

沒想到短短兩個星期後，佐織在傍晚出門後一直沒回家。並木很擔心，打了她的電話，也一直沒人接。

他們當然打電話去問了新倉，也問遍了佐織可能去的所有地方，仍然不知道她的下落。在半夜十二點之後，終於忍不住報了警。

警方在隔天就立刻展開了行動，在附近一帶展開搜索，也確認了設置在各處的監視器影像。

附近一家便利商店前的監視器拍到了佐織走過去的身影。她一個人，拿著手機放在耳邊，所以推測她經過那裡時正在和別人通電話。

警方向電信公司調閱了通話紀錄，但佐織在那段時間並沒有撥打電話，所以是別人打電話給她，電信公司也無法得知來電號碼。

警方認為佐織很可能捲入了刑事案件，所以展開了大規模搜索，甚至去附近的河流中打撈。

然而，最終還是沒有發現佐織的下落，她就像煙一樣消失不見了。

並木和真智子，還有夏美一起四處發傳單，附近的店家和老主顧也都一起幫忙，仍然沒有得到任何有用的線索。

真智子因為身心俱疲病倒了，夏美每天都哭腫了雙眼，向學校請假了一陣子。瞭解這件事的老主顧對「並木屋」經常臨時店休沒有任何怨言。

不久之後，警方要求他們提供可以確認佐織DNA的物品，以便發現身分不明的屍體時可以用於鑑定，並木覺得自己簡直就像被推入了黑暗的深淵。

但是，從那之後並沒有接到警方的聯絡，這意味著警方並沒有發現有可能是佐織的屍體，並木漸漸不知道該不該為這件事感到高興，佐織八成已經不在人世，既然這樣，很希望可以趕快找到她的屍體厚葬。

到上上個月為止，佐織失蹤已經滿三年，雖然明知道是白費力氣，但還是和去年、前年一樣，去了好幾個地方發傳單，蒐集相關資訊。最後仍然一無所獲，但他不至於太失望，感覺這已經變成了一種儀式。

並木看了一眼時鐘，已經過了十點半，剛才發呆耗費了不少時間。他站了起來，拍了右側臉頰兩次，試圖激勵自己，自己也許真的該習慣這件事了，如果每次想起佐織，一切都停擺，也會對日後的生活造成影響。

他正打算走去廚房，店裡的電話響了。這麼晚了，誰會打電話來店裡？並木一家人都有各自的手機，如果是私事，應該會打手機。

他接起了電話，和營業時間一樣回答說：「你好，這裡是『並木屋』。」

「請問是並木祐太郎先生的府上嗎？」電話中傳來男人低沉的聲音。
「對，請問是哪一位？」
對方的回答完全出乎並木的意料。
對方在電話中回答，他是靜岡縣警的警察。

2

草薙深呼吸後，敲了敲會議室的門，門內傳來一個冷漠的聲音問：「誰啊？」
「我是草薙。」
「進來。」
「打擾了。」草薙打開門，行了一禮後抬起頭。管理官間宮坐在會議桌後方，他脫下了外套，挽起了襯衫的袖子，桌子上有好幾份資料。
但令草薙緊張的並不是前股長，而是背對著他站在窗邊的那個人，只要看一眼那頭完全梳向後方的白髮，就知道那個人是誰。
間宮看向草薙的背後，嘴角露出了笑容：「不愧是一國一城的老大，還帶著女秘書一起來。」
「因為其他人都沒空。」草薙苦笑著，轉頭看向身後。下屬內海薰不自在地站在那裡。
「板橋的強盜殺人案終於有偵破的希望了，我知道你很忙。不好意思，臨時把你找來。」間宮伸出手掌指向對面的座位，「先坐吧。」
「好。」草薙雖然這麼回答，但並沒有拉椅子，他注視著站在窗邊的那個人。

「理事官。」間宮叫了一聲，「草薙他們來了。」

白髮男人轉過頭，默然不語地在旁邊的椅子上坐了下來，曾經是管理官的多多良，如今的地位僅次於搜查一課課長。

間宮用眼神催促草薙坐下，草薙也拉開了椅子，但內海薰並沒有坐下。

「內海，妳也坐吧。」多多良第一次開口說話。他的聲音一如往常，好像會在腹部產生震動。

「不，我就站在……」

「這件事說起來有點費時間，」間宮說，「妳站在這裡會讓大家心神不寧，坐下吧。」

「好。」內海薰在草薙身旁坐了下來。

「好吧，」間宮直視草薙的臉，「我知道你因為其他案子忙得不可開交，特地找你這位股長來這裡是有原因的，因為有一起案子無論如何都希望交到你們的手上。」

草薙難掩訝異，忍不住緊張起來。

「我們嗎？」

他感覺這起案子一定非同小可，通常有刑事案件發生時，會分配給目前手上沒有案子的股，雖然目前自己帶領的這一股負責偵辦的案子即將告一段落，但按照常理，並不會交給還在其他搜查總部辦案的股。

「詳細理由等一下再說明，你先瞭解一下這起案子。」

間宮說完這段開場白後，拿起手邊的資料。他說明的內容如下。

兩個星期前，靜岡縣的一個小城鎮發生了一起火災。發生火災的是附近一帶遠近馳名的垃圾屋，發生火災的原因不明，有人認為是附近居民不堪其擾，故意縱火燒房子，但這並不是導致這場火災成為重大新聞的原因。

滅火後，警方和消防人員在調查現場時發現了看起來像是人類屍體的東西，而且有兩具屍體，研究很可能都在火災前就變成了白骨。

警方立刻確認了屍體的身分。其中一具屍體應該是獨自住在那棟房子內的老婦人，但另一具屍體卻毫無線索。

靜岡縣警根據火災現場留下的首飾和身高，判斷應是年輕女性，於是照會了全國各地警察，得到了幾條線索，其中包括了三年前在東京都菊野市失蹤的年輕女性。那名年輕女性失蹤時戴在身上的十字架鍊墜，和這次發現的鍊墜很像，於是鑑定了DNA，確認的確是該名女性。但是，那名女性和發生火災的那戶人家完全沒有交集，根據死者家屬提供的消息，死者生前甚至沒去過靜岡縣——

間宮將附有照片的資料放在草薙面前。上面寫著姓名、住址和生日等內容。

「這名女性名叫並木佐織，失蹤當時是十九歲。」

草薙拿起了資料，上面寫著「並木佐織」四個漢字。照片中穿著T恤的年輕女生伸出兩根手指，面對鏡頭露出笑容。她有一張瓜子臉，眼睛很大，嘴唇略微豐滿，從她的容貌不難想像應該有很多男生喜歡她。

「她真漂亮。」坐在旁邊的內海薰探頭看著資料小聲地說，「看起來像偶像。」

「妳的感想雖不中，亦不遠，」間宮一臉嚴肅的表情看著內海，「她在高中畢業後，努力成為歌手。」

「是喔。」草薙忍不住應道。如果是平時，他會針對這個話題閒聊一下，但今天沒這種心情。因為他聽間宮說明情況時，感覺到這是一起棘手的案子，這起案子為什麼要指定自己偵辦呢？

「另一具屍體是那棟房子的主人，這件事已經確定了嗎？」草薙問。

「比對從火災現場找到的衣物中採集到的ＤＮＡ後，認為應該就是屋主。聽附近的居民說，六年前左右就沒見過她，但因為平時沒有來往，所以誰都沒有在意。戶籍資料顯示，她在六年前已經八十多歲了，靜岡縣警認為應該是自然死亡，也就是所謂的獨居老人孤獨死亡。」

「既然是六年前，」草薙指著照片上的年輕女人，「就意味著這個老婦人和這名想當歌手的年輕女人的死沒有關係。」

「對，應該是這樣。」

「已經查明並木佐織的死因了嗎？」

間宮吸了一口氣。

「在調查火災現場留下的屍骨後，發現頭蓋骨上有凹陷，但是……」他緩緩抱起了手臂，「目前並不知道是不是致命傷，只知道應該不是這次火災導致死亡。」

「所以說，」草薙注視著上司的臉，「目前並沒有證據顯示是他殺。」

「目前還沒有。」間宮說到這裡，瞥了一眼身旁的多多良。

「你似乎覺得麻煩的苦差事找上門了，」戴著金框眼鏡的多多良露出了銳利的眼神。雖然他的長相乍看之下是風度翩翩的紳士，但當年在第一線奮鬥的時代，可是性情暴烈的猛將。

「我，我並沒有……」

「不要掩飾了，你的表情已經說明了一切。」多多良露出了可怕的笑容，「即使是殺人命案，距離現在也已經超過三年，幾乎不可能找到目擊證人，物證也一樣，而且藏屍的地點幾乎被大火燒得什麼都不剩了，這樣根本不知道該從何查起。身為指揮偵查的負責人，當然會提不起勁，覺得抽到了倒楣的下下籤。」

草薙沒有說話，低頭看著桌子，因為多多良完全說出了他的心聲。

「但是，」理事官開了口，「草薙，你看著我。」

草薙看向多多良，注視著他金框眼鏡後方的眼睛，「好。」

「這起事件無論如何都希望由你們……間宮管理官和你來負責。」

「為什麼？」

多多良看著間宮，對他輕輕點了點頭。

間宮再度探出了身體。

「住在垃圾屋的老婦人並不是舉目無親，她有一個兒子。如果她死了之後，有人去過她家，最有可能的就是她兒子。」

「目前知道她兒子的下落嗎？」

「他在兩年前換了新駕照，住址在江戶川區，目前仍然住在那裡。但是之前住在菊野市南菊野的一棟公寓，離被害人家的直線距離只有兩公里，但是他在某一天突然向任職的廢品回收公司辭職，也搬離了原來的公寓，剛好是在並木佐織失蹤之後。」

草薙暗自鬆了一口氣，他終於看到了一線光明。

間宮拿出另一份資料放在草薙面前。「就是他，你仔細看清楚。」

那是放大影印的駕照，草薙一看到那個男人的臉，立刻愣了一下。他覺得好像看過這張臉，不，是曾經見過照片中的人，當他看到那個人名字的瞬間，心跳立刻加速，他覺得體溫驟然上升了。

駕照的姓名欄內寫著蓮沼寬一這個名字。

草薙瞪大眼睛，輪流看著兩位上司，「就是……那個蓮沼嗎？」

「沒錯，就是那個蓮沼。」間宮語帶沉重地說，「優奈事件的被告。」

許許多多的思緒在腦海中翻騰，草薙一時說不出話，臉頰不停地抽搐。

他再度打量相片。照片中的人比草薙之前見到時蒼老了不少，但臉上的表情還是那麼冷酷。

「再讓你回想一件重要的事，」間宮拿出一張照片，「這就是發生火災的垃圾屋，這是幾年前公所的人拍攝的，怎麼樣？你有沒有看過這棟房子？」

草薙接了過來，照片上出現了一座巨大的垃圾山，但仔細一看，他看到了屋頂，也看到了一扇小門。

草薙在遙遠的記憶中搜尋，突然想起一件事。

「地點是在靜岡縣吧？該不會是扣押那個冰箱……的房子？」

「沒錯。」間宮指著草薙的鼻尖，「十九年前，你曾經和我一起去過那棟房子，但那時候還不是這麼嚴重的垃圾屋。」

「原來是……那棟房子啊。」

「草薙，現在你知道了吧，」多多良說，「我為什麼希望由你來負責這起案子。我也把這個想法告訴了刑事部長和搜查一課的課長，還是說，你希望交給其他股來偵辦？」

「不，」草薙放在桌上的雙手握起了半頭，「我知道了，請務必把這個案子交給本股。」

多多良心滿意足地點了點頭。

「請問，」內海薰在一旁插嘴問：「優奈事件是？」

「我等一下再告訴妳。」草薙對她說。

看到多多良站起來後，草薙等人也站了起來。多多良大步走出會議室，間宮也跟著走向門口，突然停下腳步，回頭對他說：

「菊野警察分局正著手和靜岡縣警合作，成立共同搜查總部，板橋事件的後續就交給轄區分局，你們做好準備，隨時加入這起案子的偵查工作。」

「瞭解。」草薙士氣高昂地回答。

聽到「啪」的關門聲後，草薙轉頭對內海薰說：「立刻聯絡所有人，請他們馬上回警視廳集合。」

「知道了。」內海薰從西裝內側拿出了手機。

3

二十三年前的五月，東京都足立區與父母同住的本橋優奈失蹤了。優奈當時十二歲，傍晚說要去附近的公園和同學見面後出了門，公園就在住家附近，也在往學校的路上，所以她的母親完全沒有擔心，沒想到優奈一直到晚餐時間還沒有回來，於是就去公園找人，卻不見優奈的身影。優奈的母親去問了她的同學，那個同學說，早就和優奈分開了。

優奈的母親感到不安，立刻聯絡了丈夫，夫妻兩人去找了幾個優奈可能會去的地方，然後報了警。

警方認為很可能是犯罪事件，立刻展開大規模搜索，卻沒有掌握任何有助於瞭解優奈下落的線索，當時的監視器數量不如現在，也沒有掌握任何有用的目擊消息。

當時掌握的唯一線報，就是有人看到像是優奈的少女和一個身穿水藍色工作服的男人走在一起，因為目擊證人的那名家庭主婦只看到他們的背影，所以不知道男人的長相，只知道差不多是平均身高，既不胖，也不瘦，而且不記得優奈當時的情況。

聽到水藍色工作服，大家都想到一件事。優奈的父親本橋誠二經營的零件工廠內，所有工人身上都穿著水藍色工作服。請目擊的家庭主婦看了之後，她證實很像當時看到的衣服。

工廠內約有三十名工人，偵查員調查了所有人，向他們瞭解情況。在要求察看他們住處時，幾乎所有人都二話不說表示同意，即使有人拒絕，也可以說出具有說服力的理由，所以當時負責的偵查員認為沒有任何疑點。

蓮沼寬一就是其中一名工人，他的年紀三十歲，一個人住。根據當時的偵查紀錄，偵查員在優奈失蹤的三天後去了蓮沼家，檢查了他住家的情況，並沒有發現任何可疑的地方。

最後還是沒有找到優奈，雖然繼續展開搜查，卻完全沒有任何成果。在優奈失蹤的一個月後，她的母親在住家附近的大樓跳樓自殺，遺書上表達了對丈夫和優奈的抱歉，她為女兒可能已經不在人世感到悲觀，也為讓女兒這麼晚出門造成這樣的後果感到自責。

大約四年後，案情有了重大發展。一名在奧多摩山中健行的男性報警，說在泥土中發現了像是人骨的東西。當地警察立刻趕往現場，挖掘後發現了好幾塊已經解體的人骨，詳細調查後發現的確是人骨，而且根據大小和長短，判斷是兒童的骨骼。

因為頭蓋骨仍然完好，所以科學搜查研究所根據頭蓋骨畫出了十幾幅肖像畫，然後發給全國的警察，收到了有可能是本橋優奈的消息，於是就進行了ＤＮＡ鑑定，很快就得出了應該就是本橋優奈的結論。

於是在足立警察分局成立了搜查總部，警視廳派多多良帶領的那一股前往支援，間宮當時是主任，被分到搜查一課不久的草薙是被寄予厚望的生力軍。

雖然線索很少，但挖出的人骨有一個特徵，那些人骨並不是被敲斷後埋入泥土中，而是之前有遭到焚燒的痕跡。

於是，警方以本橋優奈最後出現的地點為中心，尋找是否有可以焚燒屍體的地方。因為兇手不可能在空地上假裝焚燒垃圾來燒屍體，所以很可能使用了焚化爐，在逐一清查附近焚化爐的同時，再度針對零件工廠的員工展開調查，確認他們住家附近是否有焚化爐。

在這個過程中，草薙盯上了蓮沼寬一。蓮沼當時已經離開了本橋的公司，但留下了應徵時的履歷表。履歷表上顯示，他以前曾經在處理產業廢棄物的公司上班，那裡當然有好幾個大小不一的焚化爐。

草薙去了那家公司，向曾經是蓮沼上司的人瞭解了情況，得知了令人震驚的事。蓮沼曾經在四年前和他聯絡，說有想要處理的東西，希望利用公司休假時借用焚化爐。上司問他要燒什麼東西，蓮沼回答說，有好幾隻朋友放在他那裡的寵物屍體，請他幫忙燒掉，而且還暗示他靠這種類似寵物葬儀社的生意賺點零用錢。這家公司經常把貓、狗的屍體和垃圾一起焚燒。於是這位前上司回答說，只要事後收拾乾淨就沒問題。

在向這位前上司確認日期後，發現和本橋優奈失蹤的時間一致。於是，蓮沼寬一就成為這起事件嫌疑最重大的嫌犯。

草薙立刻調查了他的背景，發現這個男人很神秘，只知道他在靜岡縣出生，然後換了很多工作。

間宮提出想要見一見這名頭號嫌犯，於是草薙也一同前往。蓮沼雖然辭去了零件工廠的工作，但並沒有搬家，於是他們直接去他的住處找他。

蓮沼的眼睛很小，是個沒什麼表情的男人，就連說話時，凹陷臉頰上的肌肉也幾乎沒有動。

間宮問的第一個問題，就是他在焚化爐燒掉的那些寵物的主人名字，因為只要問到名字，就可以馬上確認他說的話是否屬實。

沒想到蓮沼回答，因為他和飼主有約定，所以不能透露。

間宮繼續問他寵物的種類、總共有幾隻，以及收多少錢幫人處理這些問題，蓮沼都沒有回答，最後甚至問：「如果我不回答就算犯罪嗎？」草薙對他壓抑感情的低沉聲音留下了深刻印象。

蓮沼的拒絕回答加深了他的嫌疑，而且他中等身材，也和目擊證詞相符。

但是，之後的偵查卻找不到切入點。即使向優奈的父親本橋誠二等相關人員瞭解情況，也查不出蓮沼和優奈之間，除了當時的員工和經營者的女兒以外有任何交集，蓮沼和公司之間也沒有任何糾紛。

這時，草薙注意到一張照片，那是四年前去蓮沼家的偵查員拍攝的室內照片，草薙在打量時，發現了一件事。

間宮和草薙一起去了蓮沼的住處，草薙在聽他們說話時，不經意地觀察了周圍的情況。間宮事先要求他確認蓮沼家裡有沒有可以藏屍體的地方，因為他們猜想在借到焚化爐之前，蓮沼應該會把屍體藏在某個地方。

蓮沼的租屋處是簡單的兩個房間外加廚房的格局，如果要藏屍體，只能藏在壁櫥或是天花板的夾層內。房間內並沒有看到大衣櫃之類的傢俱。

房間內的冰箱吸引了草薙的目光。那是像飯店房間放的小冰箱，草薙認為即使是小孩子的屍體，應該也沒辦法塞進這個冰箱。

但是，四年前的照片拍到了蓮沼家裡放了一個更大的冰箱。雖然不像一般家庭使用的那麼大，但高度差不多到大人的腰。只要肢解小孩子的屍體，應該可以塞進去。

蓮沼在這四年期間換了冰箱。為什麼？草薙開始推理。

即使最後會用焚化爐燒掉屍體，在此之前，必須暫時放在家裡。為了預防屍體腐爛，放在冰箱內保存最理想。他可能在把屍體埋去山上之後，處理了那台冰箱。因為無論如何都不可能繼續使用那台冰箱。

如果這樣的推理正確，也許那個冰箱內留下了屍體的痕跡。

草薙向間宮和多多良出示了那張照片，說出了自己的想法。兩位上司認為這名年輕刑警的推理很有可能，同意了他的見解，但兩個人臉上都露出愁容。因為不知道該如何找到那台冰箱，不，這台冰箱還在這個世界上嗎？因為畢竟已經過了四年的時間。

於是大家集思廣益，思考如果蓮沼是兇手，會怎麼處理那台冰箱。蓮沼為了避免引起警方注意，一定會偷偷處理。也就是說，他不可能委託正規的業者處理。

但是，即使想要自行搬走，一個人也無法做到，必須請人幫忙。

蓮沼的朋友並不多。調查之後，很快就查到了經常和他一起打麻將的牌友，而且那個人有一輛小貨車。

找到那個男人後，他立刻承認在四年前，曾經協助蓮沼搬過一台冰箱，送去蓮沼的老家。蓮沼對他說，要把家裡的舊冰箱送去給在靜岡獨住的母親。

草薙立刻和間宮一起前往蓮沼的母親家。蓮沼的母親叫芳惠，個子矮小，而且還駝背，所以看起來比實際年齡更蒼老。當她得知突然上門的男人是刑警，感到十分害怕，好像在唸咒語般重複著自己沒有做任何壞事。

間宮對她說，想問她冰箱的事，蓮沼芳惠張大嘴巴，露出納悶的表情，似乎不知道間宮在說什麼。當向她說明，是她兒子四年前送來的那台冰箱時，她才終於露出恍然大悟的表情，但更用力地皺起眉頭說：

「我才沒有用那種東西，他自說自話丟在那裡，很佔空間。」

問她那台冰箱放在哪裡，她回答說在裡面的和室。草薙走進去一看，幾乎說不出話來。那裡根本已經不是和室，而是變成了儲藏室，雜亂地堆放了很多東西。

和室深處的確放了一台冰箱，就是照片上的那台冰箱。

他們立刻辦理了扣押手續，蓮沼芳惠這才想要瞭解到底發生了什麼事。草薙當然不可能告訴她詳細情況，只說有可能和某起事件有關。

那台冰箱送去科搜研後徹底進行了調查，結果發現了微量血跡和像是肉片的東西，進行ＤＮＡ鑑定後，斷定都屬於本橋優奈。得知這個消息時，搜查總部內響起一陣歡呼。

每個人都認為這下子終於破案了，草薙很得意，覺得自己剛進搜查一課，就立刻立下了大功。

沒想到事情朝向意外的方向發展。

蓮沼徹底否認犯案。

他對於在冰箱中發現了本橋優奈的屍體殘留物，一再回答說：「不知道」；問他更換冰箱的理由，他也只說是「因為舊了」。

即使這樣，多多良等負責偵辦這起案子的負責人仍然決定逮捕他，當初認為只要逮捕他，再徹底偵訊，就可以讓他招供。

原本應該以遺棄屍體或是毀損屍體的罪名逮捕他，但因為已經過了遺棄屍體和毀損屍體時效的三年時間，所以只能以殺人罪逮捕。

但是，蓮沼並沒有招供，在偵訊過程中徹底保持沉默，軟硬兼施都無法讓他開口。

無論如何都要找到證據——多多良在偵查會議上大吼著命令道，所有下屬都大聲回答。

在草薙和其他人努力偵查之下，又查到了幾項可以顯示蓮沼犯案的事實。比方說，在他借用焚化爐的兩天後，曾經向租車行租車，行駛距離幾乎就是住家和發現白骨地點來回的距離。偵查員在搜索蓮沼的住家時，發現了一把用報紙包起的舊鐵鏟，分析鐵鏟上的泥土後，發現和埋屍骨地點的泥土成分很相近。

除此以外，還有一些新的線索，但都只是間接證據，難以成為證明蓮沼犯案的決定性證據。

也有人提出了妥協的方案。既然蓮沼始終保持沉默，是否不要以殺人罪，而是以傷害致死罪，或是更輕的過失致死罪讓他承認，因為優奈的死因不明，所以並不會產生矛盾。

多多良對這個意見感到震怒，而且斷然拒絕，認為和兇手談條件簡直豈有此理。更何況兇手意識到自己犯了重罪，才會保持緘默，無論如何都要以殺人罪起訴。

最後在沒有任何殺人物證的情況下移送檢方，之後只能交由檢方判斷。

檢方選擇起訴，檢察官似乎認為，既然間接證據這麼齊全，在法庭上一定可以真相大白。

然而，審判的情況並不如檢方的預期。

蓮沼在第一次開庭時就否認起訴事實，這是他第一次，也是最後一次說出有實質意義的話。之後徹頭徹尾保持緘默，無論面對檢察官的任何問題，他都一直重複「我無話可說」這句話。

隨著審判的進行，形勢越來越不妙，可能會判無罪的風聲也漸漸傳入草薙和其他人的耳朵。

怎麼可能？草薙難以置信。雖然都是間接證據，但有這麼多證據，仍然無法制裁他嗎？

審判圍繞著兩大焦點。第一個焦點，本橋優奈是否因為他殺導致死亡，另一個焦點是即使無法確定殺人動機和殺人方法，是否能夠靠所有這些間接證據，證明蓮沼殺人。

屍體遭到燒毀，而且埋入地下，當然是行兇殺人才會這麼做。雖然可以這麼認為，但在法庭上似乎行不通。只要有一絲「蓮沼並沒有殺害優奈」的可能性存在，殺人罪就無法成立。

在某個一大早就很寒冷的日子，法院作出了一審的判決。距離逮捕已經將近一千個日子，草薙在當時參與案子的搜查總部聽到了判決結果。

被告無罪。

4

草薙看著火災現場，輕輕搖了搖頭，「難以想像這裡以前曾經是住家。」

「我也有同感。」站在他身旁的內海薰說。

這裡看起來不像是燒毀的房子，而是垃圾焚燒場，而且是垃圾完全沒有分類的狀態。大量木材、金屬製品和塑膠一起焚燒，當時一定冒出了漆黑的煙，同時產生了大量有毒氣體，草薙不由得想要同情參與滅火的消防隊員。

他在前往共同搜查總部之前，先來向靜岡縣警打招呼，順便和內海薰一起來察看火災現場。

「我之前也曾經多次路過這裡，如果不靠近，甚至不知道這裡是住家。」本地警局一名姓上野的刑警說，他負責帶路，帶草薙和內海薰來這裡。他應該不到三十五歲，體格看起來很有活力。

「這麼可怕嗎？」

草薙問，年輕刑警點了點頭。

「壞掉的家電、傢俱和被子等所有的垃圾都堆滿房子周圍，還有許多捆在一起的報紙和書籍，我猜想應該是從哪裡的垃圾收集站撿回來的。」

「為什麼會變成這樣？」內海薰問。

「不知道。」上野偏著頭回答，「聽附近的鄰居說，從十年前開始變成這樣。她不和鄰居來往，即使別人投訴說垃圾很臭，她也完全不理人。公所的人曾經來過幾次，向她提議如果處理這些垃圾有困難，可以派人協助，但她說那些全都是她的財產，她不想丟掉，然後把公所的人趕走了。」

草薙聽著上野說話，回想起十九年前見到的蓮沼芳惠的臉。當時就覺得她這個人很古怪，之後似乎更加奇怪了，也許和她兒子遭到逮捕這件事有關。

「聽說六年前開始，就沒有人見過蓮沼芳惠了，難道沒有人覺得奇怪嗎？」草薙問。

「左鄰右舍似乎討論過這件事，說最近都沒有看到她，但並沒有成為深入討論的話題，可能大家都不想和她有什麼牽扯吧。」
「水電費等公共事業費有繳嗎？」
「都有按期支付，老婦人的銀行帳戶還在，都是從帳戶自動扣繳。因為沒有使用，所以只有基本費用，但自來水公司和電力公司的人也不可能因為這樣就上門察看。」
那倒是。草薙心想。
「年金呢？有沒有支付給她？」
「應該有，所以即使扣繳了公共事業費，存款也沒有見底。」
「帳戶有沒有其他存入或提領狀況呢？」
「目前正在確認。」上野回答。
草薙雙手扠腰，再度打量著火災現場。
「報告中提到，兩具屍體是在不同的地方發現。」
「對，首先在一樓的和室發現了第一具變成白骨的屍體，躺在燒焦的被子裡。於是警察和消防人員又檢查了其他地方，在原本是地板下的地方，發現了第二具屍體。」
「那就是並木佐織嗎？」
「沒錯。」
根據目前聽到的情況，可以認為第一具屍體，也就是蓮沼芳惠應該是在六年前自然死亡。大約三年後，有人把並木佐織的屍體藏在地板下。
「關於蓮沼芳惠的人際關係，目前掌握了多少情況？」
上野聽了草薙的問題，露出了凝重的表情。
「並不是很清楚，雖然好像有遠親，但似乎沒有來往。她先生在二十五年前去世，然後如兩位所知，就只剩下獨生子蓮沼寬一是她唯一的家人，但正確地說，那並不是她的親生兒子，而是她先生帶來的兒子，所以她是蓮沼的繼母。」

草薙也已經瞭解這件事。

「蓮沼也不是在這裡出生的吧？」

「對。」上野拿出一本小型記事本，「蓮沼夫婦在三十五年前，從之前所住的濱松搬來這裡，當時蓮沼寬一就離家了。」

草薙忍不住咂著嘴，「原來是這樣啊。」

靜岡縣警已經訊問過蓮沼寬一，根據當時的筆錄，蓮沼主張和繼母已經好幾年沒見面，也沒有聯絡，他說不知道那間垃圾屋的事，那個家也和他完全沒有關係，當然也回答完全不知道屍體的事。和十九年前的完全緘默相比，雖然這一次回答了偵訊的內容，但還是不配合偵查。

上野送他們到靜岡車站後，他們搭新幹線前往東京。他和內海薰一起坐在自由席上，喝了一口罐裝咖啡。

「把並木佐織的屍體藏在垃圾屋的人應該就是蓮沼吧？」內海薰問。

「應該是，首先，蓮沼芳惠在六年前就死了，她的屍體躺在被子裡，把並木佐織的屍體藏在那裡的人一定知道這件事。因為蓮沼芳惠死了三年都沒有人發現，所以兇手認為那裡是藏屍體的好地方，但是，那個人既然知道蓮沼芳惠死了，為什麼沒有報警？」

內海薰微微偏著頭。

「沒有死……當作她還活著比較有利吧？」

「沒錯，理由呢？妳認為有什麼理由？」

女刑警皺起了眉頭，小聲嘀咕說：「是不是……年金？」

草薙點了點頭，這名後輩刑警果然聰明伶俐。

「我也認為是這樣，當作她還活著，就可以領取她的年金。只有一個人會有這種企圖，除了蓮沼以外，應該不可能有人知道芳惠的帳戶和密碼。」

「這就是所謂的詐領年金。」

「沒想到垃圾屋有了可以隱藏屍體這個意想不到的利用價值——我猜八成是這樣。在靜岡縣警清查芳惠的銀行帳戶之前還無法下定論，但八成就是這麼一回事。」

內海薰眨了眨眼睛，用力點了點頭。

「我認為這個推理很有說服力，但首先必須證明是蓮沼把屍體藏在那裡。」

「是啊，這是首要任務。」

這當然並不是終點，相反地，只是起點而已。絕對不能重蹈十九年前的覆轍，必須查明蓮沼和並木佐織的死有什麼關係。

草薙喝著罐裝咖啡，看著車窗外，但他看著遙遠的過去。

當時那份強烈的挫敗感絲毫沒有淡薄，對剛分配到搜查一課的年輕刑警來說，那簡直是一件天翻地覆的大事。

主文：被告無罪——

他完全無法接受，一次又一次看了判決內容。法官在判決中斷言，蓮沼和本橋優奈的死亡有關的嫌疑非常重大，但同時認為眾多間接證據都無法認定被告的殺意。除了在被告家中找到許多A片以外，沒有具體的證據證明兇手為了性侵而攻擊被害人，在遭到被害人抵抗而殺害她，這個說法缺乏說服力，因此遭到駁回。

草薙也清楚記得判決出爐後，本橋優奈的父親誠二舉行記者會的情況，他在電視鏡頭前極力保持平靜，但努力克制聲音和身體因為憤怒而發抖。

「我完全沒有想到會判無罪，難道只要保持緘默，就可以變無罪嗎？我難以接受，當然還要繼續上訴，希望檢方和警方一定要查明真相。」

如本橋誠二的預告，檢方提出了上訴，但法院在十個月後作出的判決再度令死者家屬感到絕望。

二審的審判長在判決中比一審的判斷更明確表達「被告導致本橋優奈死亡的嫌疑重大」，但對於檢方提出的新證據，認為「難以成為被告產生殺機，並殺害被害人的證據」，駁回了上訴，繼一審之後，再度宣判被告無罪。

檢方對此如何採取行動成為矚目的焦點，但最後決定不向最高法院上訴。雖然檢方仔細分析了判決理由，但發現判決內容符合憲法和之前的判例精神，缺乏上訴的材料，草薙至今仍然清楚記得副檢察總長在記者會上時臉上的懊惱表情。

「十九年前最大的疏失，就是以為只要以遺棄屍體的證據作為武器訊問，蓮沼就會招供。」草薙繼續看著窗外說道，「但是，如果責怪當時指揮偵查工作的負責人，也未免太殘酷了，畢竟在冰箱中發現了屍體的痕跡，任何人都會覺得蓮沼百口莫辯吧？」

「是啊。」

「沒想到竟然還有這種巧門。」忍不住嘆了一口氣。

「緘默……嗎？」

草薙點了點頭，把咖啡一飲而盡，用右手握扁了空罐，咬著嘴唇。

「因為當時還沒什麼人知道緘默權，嫌犯應該都覺得只要警察問話，就必須回答，沒想到蓮沼卻始終保持沉默，不要說是關於他的事，就連閒聊也都不回答，而且在審判期間也都一直是這種態度，雖然這麼說有點奇怪，但他的毅力實在令人驚訝。」

「他這次也會使用相同的手法嗎？」

「如果他是兇手，絕對會……」

內海薰拿出手機，說了聲：「不好意思」，然後起身走向通道，似乎有人打電話給她。

草薙把咖啡的空罐放進前方的網袋後，確認後方的座位沒有人，把椅背稍微向後倒，輕輕閉上了眼睛。接下來是一場硬仗，能夠休息的時候就要抓緊時間休息，否則身體會撐不下去。

但他滿腦子都想著這起事件，根本睡不著。

這次有一個和十九年前相同的問題，那就是很難用遺棄屍體罪逮捕他。並木佐織是在三年兩個月前失蹤，遺棄屍體的時效已經過了。

如果想要以殺人罪逮捕他，需要準備哪些材料？在火災現場發現的人骨頭部凹陷，所以應該是用兇器用力敲打致死。如果搜索蓮沼的住處，可以發現兇器就太好了——

「股長，」草薙聽到內海薰在叫他，「你在休息嗎？」

草薙睜開眼睛問：「誰聯絡妳？」

「岸谷主任打電話來，說菊野分局的副局長想要確認之後的偵查方針。」

主任岸谷和其他人已經前往共同搜查總部，交換彼此手上掌握的線索。

「好，那妳告訴他，等我們回到東京就立刻去搜查總部。」

「我猜想你會這麼說，所以已經這麼告訴他了。」內海薰輕鬆地回答，在他旁邊的座位坐了下來。

「菊野市，雖然也在東京都內，但幾乎很少……不，是從來沒去過，所以也完全沒概念。」草薙只知道菊野市位在東京西側，雖然開車曾經經過，但從來沒有下車實際走過。

「我記得那裡的遊行很有名。」

「遊行？」

內海薰俐落地操作著手機。

「找到了，就是這個，稱為菊野故事遊行。」

內海薰出示的圖像中有人扮成桃太郎，還有人穿著鬼怪的服裝。

「這是什麼？化妝遊行嗎？」

「呃，我來看一下，」內海薰繼續操作手機，「上面寫著原本是菊野商店街秋祭的遊行，後來邀請全國各地角色扮演愛好者來參加，請他們一起參加遊行，但又覺得光是這樣不好玩，所以開始舉辦競賽。」

「選出全日本角色扮演的冠軍嗎？」

「其他地方也有很多類似的比賽，但他們決定要有自己的特色，所以採用團隊賽的方式。」

「團隊賽？」

「好幾個人一起角色扮演，重現故事中的經典場景。比方說兩個人扮成浦島太郎和乙姬公主在吃飯，其他人就穿上鯛魚或是比目魚的服裝在旁邊跳舞。」

「在這種狀態下參加遊行嗎？聽起來難度很高啊。」

「應該需要發揮各種創意吧，好像有些參賽隊伍會用花車，還有使用大規模裝置時的規定之類的，規定得很詳細。」

「妳剛才說，邀請全國各地的人來參加，有這麼多人嗎？」

「聽說報名的隊伍太多，所以還先進行預選。參加的隊伍要先把自己拍的影片寄給執行委員會，然後從中挑選出參賽的隊伍。上面寫著去年收到了將近一百部影片，而且品質都很高，所以費了很多工夫進行篩選。」

「聽妳這麼說，規模應該很大。」

「我有一個朋友每年都會去看，據說規模越來越大，很值得一看。」

「什麼時候舉辦？」

「十月。」

「是喔。」

草薙鬆了一口氣。既然是在半年之後，那就沒什麼問題，到時候偵查工作應該已經告一段落了。

「啊，對了。」內海薰收起手機的同時說：「教授現在應該在菊野吧？」

「教授？」

「湯川教授，帝都大學的湯川學教授。去年年底的時候，我曾經收到他的電子郵件。」

草薙好久沒聽到這個名字了。湯川是他大學時代的朋友，目前是物理學家，具有出色的推理能力，曾經多次協助草薙辦案，但最後一次見到他已經是好幾年前的事了。

「他去了美國，之後我就沒有再和他聯絡。」

「去年回國了，他的電子郵件就是告訴我這件事，我以為他也寄給你了。」

「我沒有收到，搞什麼啊，那傢伙真失禮。」

「也許他覺得我會告訴你，所以沒必要特地寫給你，因為他是個合理主義者。」

「我看他只是懶惰吧，他目前在菊野幹什麼？」

「他在電子郵件中提到，菊野市建造了一個新的研究設施，他的研究重心也會暫時移去那裡，但並沒有說是哪方面的研究。」

那傢伙一定覺得即使寫了，別人也看不懂，草薙想起湯川用指尖推眼鏡的習慣動作。

「他在菊野啊……」

草薙打算等這次的事件告一段落後和他聯絡看看，可以邊喝蘇打水兌高級威士忌，邊聽他聊聊在美國的生活，問題在於這起棘手的事件是否能夠順利解決。

5

在菊野警察分局成立共同搜查總部的隔天，草薙和內海薰一起前往「並木屋」。警方有並木佐織在三年前失蹤事件的紀錄，所以他瞭解大致的情況，但身為實際負責偵查工作的指揮官，他還是希望能夠直接向家屬瞭解情況。他認為最好不要讓家屬事先瞭解不必要的資訊，所以要求其他偵查員先暫時不要和家屬接觸。

「並木屋」位在秋祭時舉行遊行的菊野大道上，入口處的格子門很有大眾食堂的感覺。店內有四張六人座的桌子和兩張四人座的桌子，草薙和內海薰坐在中央的六人座桌子前，並木家的一家三口坐在對面。除了並木夫婦以外，還有他們的小女兒夏美。

並木祐太郎額頭很寬，兩道彎眉，看起來很親切，他的太太真智子是個大眼美女。草薙想起了並木佐織的照片，她長得像她媽媽。夏美的五官也很端正，但屬於古典美女，和姊姊、媽媽屬於不同的類型。

「我們完全搞不清楚狀況，到底是怎麼回事？」並木把草薙的名片拿在手上，「突然接到靜岡縣警的電話，說發現了一具可能是我女兒的屍體，想要進行DNA鑑定。我同意之後，沒幾天就說DNA一致，要我們去靜岡領屍體。我們當然去了，但對方說了一個完全沒聽過的地名，我們根本不知道該怎麼辦，還想問你們，為什麼會在靜岡發現佐織的屍體？」

草薙緩緩點了兩次頭。

「我非常瞭解你的心情，你說得沒錯，我們也知道這是一起有很多疑點的事件。至於為什麼會在那裡發現屍體，我們打算從這一點展開調查。」

「佐織她……」真智子開了口，「是被人殺害的嗎？」她的聲音很小聲，微微顫抖著。

「不排除這種可能性。」草薙謹慎地回答，「希望接下來的偵查工作能夠將一切查得水落石出。」

真智子的眉毛抖了一下。

「如果不是被人殺害，那她是怎麼死的？難道要說她去了靜岡，在陌生人家裡生病死了嗎？」她說話時連口水都幾乎噴了出來。

「喂，」並木制止了她，「妳不要激動。」

真智子瞪了丈夫一眼後，默默低下了頭。從她的肩膀起伏，就知道她呼吸急促。

「並木太太，妳說得很有道理。」草薙努力用平靜的語氣說道，「從目前的狀況來看，令千金很可能捲入了某起事件。所以我想請教一下，令千金在失蹤之前，有沒有和平時不一樣的地方，比方說，有沒有接到奇怪的電話，或是看到什麼可疑的人物？」

夫妻兩人互看了一眼，並木看著草薙搖了搖頭。

「雖然當時警察也問了相同的問題，但我們完全想不到任何線索。她看起來也不像是交到了壞朋友，就是過著很平凡的日子……」

「有沒有交往的對象？」

真智子露出似乎想到了什麼的表情，看著身旁的夏美。夏美猶豫了一下，才終於開了口。

「雖然姊姊叫我不要說，但她和一個常來店裡的客人交往。」

夏美說，對方姓高垣，是一名公司職員，比佐織大五歲。因為佐織認為父親一定會討厭她和店裡的客人深交，所以除了夏美以外，沒有告訴任何人。

「我也是在佐織失蹤之後才知道這件事，是夏美告訴我的。」真智子說。

「那個人現在也常來店裡嗎？」

「差不多快一年沒來了。佐織失蹤之後，他也不時來店裡。」聽真智子說話的語氣，似乎不瞭解他不再上門的原因。

「你們知道他的聯絡方式嗎？」

真智子再度看向女兒，夏美回答說：「我知道他公司的電話。」原來是離這裡四個車站的一家印刷公司。

「還有其他和佐織關係密切的人嗎？不管是男女都無妨。」

「她有幾個好朋友……像是學生時代的同學。」真智子回答，「我記得有通訊錄，要不要去拿？」她準備站起來。

「等一下再給我就好。我有一樣東西想給你們看一下。」草薙說完，用眼神催促身旁的內海薰。

內海薰從皮包裡拿出一張照片放在桌子上。正確地說，是駕照上照片的彩色影印。並木家的三個人都探出身體。

真智子最先「啊！」地叫了一聲，一雙大眼睛張得更大了。

「是不是發現了什麼？」草薙問。

真智子拿起照片，再度凝視後點了點頭。

「這個人……你應該記得吧？」她把照片遞到並木面前。

並木臉上的表情也很凝重，注視照片的雙眼露出不尋常的眼神。

「嗯，我記得，就是那個傢伙。」他咬牙切齒地說。

「他是誰？」夏美問他們。她似乎沒見過這個人。

「之前經常來店裡，每次都一個人，一臉陰沉的表情……我之前就覺得這個人很陰森可怕。」真智子把照片遞到草薙面前，「就是他嗎？他殺了佐織嗎？」

「目前還不得而知，只能說這個人可能和這起事件有關。」草薙伸出手，從真智子手上接過照片。照片上的人是蓮沼寬一，他再度將照片朝向並木夫婦，「你們似乎對他並沒有什麼好感，請問是否發生過什麼糾紛？」

「也不能算是糾紛……」真智子看著丈夫。

「他被我禁來。」並木說。

「禁來？是禁止他來店裡的意思嗎？」

「沒錯，」並木點了點頭，「因為我實在看不下去了。」

「發生什麼事了？」

「他要求我女兒……要求佐織為他倒酒。」

「倒、酒？」

「對，」並木不悅地點了點頭，「因為我們是一家小店，有很多熟識的老客人。佐織和他們也很熟，所以有時候會為他們倒啤酒。沒想到那個男人看到之後，」他瞪著草薙手上的照片繼續說了下去，「說也要佐織為他倒酒，而且要佐織坐在他旁邊。因為畢竟是客人，所以佐織當時也就顧全大局，為他倒了酒。之後他也常常提出這種要求，我終於忍無可忍對他說，我們這裡只是普通的定食屋，如果再這樣，就請他不要再來了，我記得那天晚上沒收他的錢。」

「他有沒有說什麼？」

「他什麼也沒說就離開了。」

「之後呢？」

「之後……」並木看著妻子，「好像就沒來過？」

真智子點了點頭，「應該就沒再來了。」

「請問是什麼時候的事？」

「什麼時候喔……」並木微微偏著頭。

「第一次要求佐織倒酒是在遊行那一天，然後差不多一個多月……應該是三年多前的十二月。」

「所以，」夏美小聲嘀咕說：「是姊姊失蹤前不久。」

「我瞭解了。」草薙把照片交給內海薰。

「這個人是誰？」並木加強語氣問，「雖然他來過幾次，但我們完全不知道他是誰，也不知道他住哪裡。」

草薙的嘴角露出笑容，「很抱歉，目前還沒辦法透露……」

「至少可以告訴我們名字啊。」真智子露出求助的眼神，「拜託了。」

「目前偵查才剛開始，希望你們可以諒解，如果有可以向你們報告的事，我們會馬上通知你們。」

草薙向內海薰使了一個眼色後站了起來，再度對他們一家三口說：

「今天很感謝三位的協助，我們將傾全力查明真相，今後也請多指教。」說完，他深深地鞠了一躬，身旁的內海薰也說：「請多指教。」

陷入悲劇漩渦的一家三口什麼都沒說。

6

他重新調整顏色，先閉上眼睛，等待數秒之後，再度張開眼睛注視著螢幕，如果不先清空大腦，就連自己也不知道是不是比之前更好了。

高垣智也確認了圖像後，覺得效果還不錯。螢幕上是一家高級養老院的房間，他正在挑選放在簡介上的照片，客戶要求必須有明亮開朗的感覺，所以不能只是把照片放上去而已，需要某種程度的加工。

正當他在考慮要不要加工成陽光從窗戶照進來的感覺時，放在一旁的手機響起了來電鈴聲。他接了起來，是櫃檯的女同事打來的。

「有一位內海小姐來找你。」

「內海小姐？哪裡的內海小姐？」

他不認識姓內海的人。

「她說是菊野商店街的人。」

「菊野？」

他對這個地名很熟悉。因為他就住在那裡，只是因為某個原因，他最近都沒去商店街。

「怎麼辦？如果你走不開，我會向她這麼說明。」

「不，我這就過去，我也想知道她找我有什麼事。」智也沒有關電腦就直接站了起來。

一個身穿黑色長褲套裝的女人站在櫃檯，一頭長髮綁在腦後，年紀大約三十出頭，或是稍微再年長幾歲。

「請問是高垣先生嗎？」那個女人走過來時問道。

智也回答：「我就是。」她又靠近一步，然後瞥了一眼櫃檯後，從上衣口袋裡拿出什麼東西，小聲地說：「這是我的證件。」

智也一時沒看清那是什麼，幾秒鐘後才意識到是警察證。智也眨了眨眼睛，看著對方的臉。

女警官露出好勝的眼神迎接他的視線，「有沒有可以安靜說話的地方？」

她似乎不希望別人聽到他們的談話。

「有一個開會的房間，那裡可以嗎？雖然空間很小。」

「已經足夠了，謝謝。」

從她客氣的態度知道，對方並不是因為自己犯了什麼罪而找上門。智也鬆了一口氣，但其實他根本沒有做任何需要驚動警察的事。

智也和女警官在只有桌子和椅子的簡陋小房間內面對面坐了下來。她拿出了名片，重新自我介紹。她是警視廳搜查一課的巡查部長內海薰。

「不好意思，在你忙碌時來打擾。那我就有話直說了，請問你認識這位女生嗎？」

智也看到她拿出的照片，忍不住倒吸了一口氣。相片上的人他不止認識，而且難以忘記，根本想要忘記也忘不了。

「是……並木佐織小姐。」他注視著滿面笑容，比出勝利手勢的佐織回答。

「請問她和你是什麼關係？」

智也吞了口水後回答說：

「我們曾經交往過，但已經是三年前的事了。內海小姐，佐織該不會……」他想不到接下來該說什麼。

女刑警微微皺起眉頭，輕輕點了點頭。

「在靜岡縣一處發生火災的民宅內，發現了她的屍體。」

「靜岡？」

這個地名完全出乎他的意料。

「但目前認為她在更早之前就已經去世了，應該是失蹤後不久。」

他覺得好像有什麼東西離開了身體。果然是這樣。佐織果然死了。

雖然之前就猜想是這麼一回事，已經對佐織活著不抱任何希望了，但親耳聽到這個消息，還是很受打擊。

智也調整呼吸後看著內海薰，「她為什麼會跑去靜岡？」

「目前還不知道，目前正在調查包括這個問題在內的所有情況。你有沒有什麼線索？佐織小姐生前有沒有向你提過靜岡？」

「從來沒有。」智也斷言道，「我想她甚至沒去過靜岡。」

「她的父母也這麼說，」內海薰點著頭說完後，目不轉睛地看著智也，「請問你和佐織小姐交往到什麼程度？只要在你願意說的範圍就好。」

「什麼程度……應該就只是普通的交往。」智也抓著頭繼續說道，「我們正式……雖然這麼說有點奇怪，但我們是在她高中畢業之後才正式開始約會。那時候我進公司第二年，逐漸適應了工作，慢慢有了餘裕。在此之前，只有我去『並木屋』的時候會和她聊幾句。」

「約會的頻率呢？」

「一、兩個星期約會一次，因為我們都很忙。」

「如果你不介意，是否可以請教你們都去哪裡約會？」

「大部分都是去都心約會，但也只是逛街、買東西而已。」

是否必須告訴她，自己和佐織已經有了肉體關係？智也暗自思考這個問題，警察有權力這樣侵犯他人的隱私嗎？

但內海薰並沒有繼續多問什麼，而是改問了與案情有關的問題。

「可不可以請你盡可能詳細說一下佐織小姐失蹤時的情況？」

智也努力回憶。

「我是在她失蹤幾天之後才得知這件事。即使傳訊息給她，她也沒有已讀，也不接電話，我覺得有點奇怪，於是就在下班後去了『並木屋』，發現竟然臨時店休。我猜想一定出了什麼大事，剛好接到夏美的電話，才終於知道發生了這種事。」

「警方有沒有和你接觸？」

「沒有。因為只有夏美知道我和佐織的關係，而且她似乎答應佐織，不會告訴其他人，所以也沒有告訴警察。她還對我說，擔心告訴警察會造成我的困擾。」

智也在說話時，回想起當時的情況。

智也得知佐織失蹤後，曾經多次去「並木屋」，但每次都關著門。他痛苦不已，很想知道到底是怎麼回事，但他告訴自己，目前最痛苦的是佐織的家人。

「那我直截了當地請教你，」內海薰直視著他，「你認為並木佐織小姐是因為什麼原因失蹤、死亡？」

這個問題真的很直接。智也不知所措地搖了搖頭。

「我不知道，我怎麼可能知道？她在某一天突然下落不明，然後就沒有消息了。」

「我們認為並木佐織小姐被捲入某起事件的可能性相當高，關於這一點，你有什麼看法？你同意這樣的見解嗎？」

「當然啊。」他這次點了點頭，「我認為應該是被人殺害。」

「你知道是被誰殺害嗎？」女刑警露出試探的眼神看著他。

智也的腦海中閃過一個想法，所以他沒有馬上回答，但隨即回答說：「我不知道。」

「你剛才猶豫了一下，」內海薰敏銳地問道，「是不是想到了什麼？」

「不，那個……」

智也結巴起來。

「高垣先生，」內海薰滿面笑容，親切地叫著他，「除了我以外，並沒有其他人聽到我們的談話，所以請你不必有任何顧慮。或許你有所誤會，認為不該說一些不負責任的臆測，但其實不必想那麼多，我們會從這些真真假假的消息中找出真相，所以請你務必提供協助。」最後她對著智也鞠了一躬。

智也舔了舔乾澀的嘴唇。這名女刑警說的完全正確，完全說中了他內心的想法。

「並沒有什麼根據，只是我的想像而已。」

「沒問題。」內海薰抬起頭，一雙細長的眼睛發亮。

智也清了清嗓子後開了口。

「我記得是佐織畢業那一年的秋天，她告訴我說，有一個討厭的客人經常去『並木屋』，總是肆無忌憚地用色瞇瞇的眼神看她，還叫她倒啤酒。那個人似乎總是很晚去店裡，所以我沒有見過他，於是有一次我故意留到很晚，那個男人也去了店裡。就像佐織說的那樣，他命令佐織為他倒酒，還要求她坐在他旁邊。當時佐織巧妙推託，逃去了二樓，但聽說他之後也經常去店裡。我很擔心，結果佐織說不必擔心，因為她爸爸把那個客人趕走了，那個人之後就沒再去店裡。但是——」

他猶豫該不該繼續說下去。

「怎麼了？」內海薰當然立刻追問。

「佐織說，經常在路上遇到那個男人，好幾次猛然發現那個男人出現在身旁，她每次都逃走了。」

「那個男人在跟蹤她嗎？」

「那就不知道了，佐織說，可能是自己想太多了。」

「你還知道那個人的其他事嗎？像是姓名或是職業？」

智也搖了搖頭，「我什麼都不知道，只知道他是經常去『並木屋』的客人，也不知道他住在哪裡？」

「你以前沒有向警方提過這件事？」

「對，因為那是佐織失蹤之前的事，所以她失蹤時，我並沒有馬上想到，但之後左想右想，覺得可能和那個男人有關……」

內海薰沉思片刻後，打開放在一旁的皮包。

「請問這裡面有那個男人嗎？」說完，她在桌上放了五張相片，都是男人的大頭照，看起來像是駕照上的照片。

當他看到左側第二張照片時，忍不住倒吸了一口氣。因為他曾經見過那張削瘦的臉和陰森的眼睛。

「就是他。」智也指著照片說。

「這樣啊。」女刑警臉上的表情並沒有太大的變化，俐落地把照片收進了皮包。

「果然是這個男人嗎？」智也問，「既然妳隨身帶著他的照片，是不是代表警方已經盯上他了？是不是已經發現了什麼證據？」

內海薰微微放鬆嘴角，「目前正在偵辦，並不是只懷疑他一個人。」

「但是……那至少可不可以告訴我他的名字？他到底是誰？」

「很抱歉，即使告訴你，對偵查工作也沒有加分作用。」

「但也不會減分吧？」

「如果你告訴別人，消息逐漸傳開，很可能會對偵查工作造成負面影響。」

「我向妳保證，不會告訴任何人。」

「我不告訴你比相信你這句話需要承擔的風險更少，希望你能夠理解。」

聽到女刑警淡淡地說這句話，智也咬著嘴唇。雖然很不甘心，但她說的完全正確。

內海薰看了一眼手錶。

「你提供的資訊幫助很大，謝謝你的協助。」她微微欠身，從椅子上站了起來。

智也送她去玄關後，回到自己的座位，但遲遲沒有心情工作。當他回過神時，已經拿起手機搜尋相關報導，但用並木佐織的名字搜尋，並沒有找到任何相符的報導。在網路新聞中似乎沒有用真實的名字。

他放下手機，把整個身體靠在椅背上，茫然地看著桌子。他剛進這家公司時，就坐在這張辦公桌，他回想起當時的記憶。

五年前的四月，智也第一次走進「並木屋」吃晚餐。他和母親同住，但母親里枝是護理師，那天晚上要輪夜班。之前母親都會在出門上班前為他準備好晚餐，智也開始工作後，認為自己可以解決晚餐的問題。「並木屋」位在從車站走回家的路上，是一家感覺很不錯的小餐館，他之前就很想去吃看看。

第一次去的時候，智也看到了在店裡幫忙的佐織。佐織的臉很小，眼睛很大，智也覺得她的容貌，可以馬上進入演藝圈當藝人，而且她臉上的表情生動，深深吸引了智也。雖然智也是第一次上門的客人，但她就像對待老主顧一樣親切招呼，也讓智也感到很高興。

智也很快就成為真正的老主顧，然後就發現自己每個星期都會去光顧一次，有時候即使里枝沒上夜班，他也說今天晚上要在外面吃飯，在下班後就跑去「並木屋」。一方面當然是因為那裡的料理好吃，但真正的目的當然是為了見佐織。

但是他並不急著表明心意，因為佐織還是高中生。

更何況他覺得佐織未必會接受自己。雖然在經常造訪後，可以感覺到佐織並不討厭自己，但也可能是一廂情願的誤會。

智也從她的母親並木真智子和客人聊天中，得知她並沒有男朋友，但應該有不少客人和智也一樣，都是為了她才來店裡。每次看到店裡有年輕男客就會忍不住在意，覺得大家都是為了佐織而來，看到她對每個客人都很親切的態度，也感到坐立難安。

轉眼之間，一年就過去了。三月的某個夜晚，智也趁店裡沒有其他客人時，送了佐織禮物。他送了一個金色蝴蝶造型的髮夾，說是要慶祝她畢業。

佐織雙眼發亮，立刻戴在自己的頭髮上。因為旁邊沒有鏡子，所以智也用手機幫她從背後拍了照，然後給她看。

「好可愛。」佐織看了照片，興奮地說。她的表情看起來不像是演出來的，「真希望戴上這個髮夾出去走走，要不要去？」她摸著髮夾說完後，看著智也說：「高垣先生，帶我出去走走。」

智也忍不住一驚。因為他完全沒想到佐織會提出這種要求。

「那要不要去看電影？」

智也有點手足無措地這麼提議，佐織面露難色地說，去暗的地方就沒意思了。於是，他們第一次約會就去了東京迪士尼。佐織每次看到鏡子，就會照一下自己戴著髮夾的背影，說了好幾次「真可愛」。

那次之後，他們開始定期約會。交往之後，智也越來越喜歡佐織。她是個溫柔體貼、善解人意的女生。

雖然他們並沒有對周圍人公開交往的事，但智也告訴了里枝。里枝說想要見見她，於是他就帶佐織回家。里枝一眼就喜歡上這個女生，甚至說智也配不上這麼漂亮的女生。

佐織才十九歲，智也知道考慮將來的事還太早，更何況她夢想成為職業歌手，智也認為自己必須支持她實現夢想。

沒想到一切都在轉眼之間被奪走了。佐織消失後的三年簡直就像地獄。他整天鬱鬱寡歡，痛苦不已。雖然他持續去「並木屋」，想瞭解是否有後續消息，但之後越來越少去，因為他已經不抱任何希望了。

7

來到新倉直紀住家的是警視廳姓岸谷的副警部，和菊野分局的一名年輕刑警。岸谷年紀四十歲，感覺是一個理智的人，說話也很溫和平靜。

新倉早就預料到警察會找上門，所以對他們的造訪並不感到意外。之前也接到「並木屋」的並木祐太郎的聯絡，得知發現了佐織的屍體，聽說負責這次偵查工作的負責人親自去拜訪了並木。

岸谷的問題主要有三大重點。佐織失蹤當時的情況、人際關係，以及是否知道她被捲入那起事件的相關線索。

新倉也很希望能夠提供有助於警方辦案的消息，但對於岸谷的發問，只能皺起眉頭和搖頭而已。雖然很不甘心，但這是事實。如果現在有可以提供的線索，三年前早就告訴警方了。

雖然警方毫無收穫，但岸谷臨走前還是很感謝他的協助。新倉送他們到玄關時，感受到空虛的無力感。

他和妻子留美一起回到了客廳。桌上放著兩名刑警幾乎沒有碰的茶杯。

「要不要泡咖啡？」留美在收拾茶杯時問。

「嗯，好啊，那就來一杯吧。」新倉在沙發上坐了下來，拿起岸谷留下的名片，嘆了一口氣。

新倉無法向警方提供像樣的線索，也無法從警方那裡瞭解到什麼情況，警方甚至不願透露發現了佐織屍體的靜岡那棟房子屋主是誰。

唯一的收穫，就是他們出示了一張男人的照片，問他是否認識照片中的人。新倉想起並木說，警察也給他們看了一張男人的照片，所以八成是同一張。聽並木說，那個人是之前經常去店裡的客人，但對佐織的行為很不規矩，只不過新倉沒有見過那個人，當然也不知道他是誰。

那個男人是兇手嗎？佐織是被那個男人殺害的嗎？

他回想起那張照片上的人，那個人的長相看起來就不像是善類。他對佐織心懷不軌，遭到抵抗後行兇殺人——是這樣嗎？果真如此的話，簡直太可惡了。

並木佐織是新倉難得遇到的鑽石原石。

他之前就聽說菊野商店街有一名天才少女，每年的飆歌大賽總是人滿為患，很多人都是為了去聽她唱歌。但是新倉並沒有太大的興趣，終究只是飆歌大賽，小女生唱得好聽一點，那些大人就把她捧上了天，他一直以為只是這種程度而已。

有一次，一名認識的音樂工作者交給他一張簡介，上面介紹了本地高中的文化節。簡介上介紹了輕音樂社將舉行音樂會，主唱就是那名天才少女，那個朋友建議他去聽聽看，還打包票說絕對不會讓他白跑一趟。

新倉那天剛好有空，於是就和留美一起前往。他的內心完全不抱任何期待，以為會聽到模仿低俗搖滾樂團的歌曲。

沒想到去了之後，完全顛覆了他原本的預料。並木佐織唱的並不是搖滾樂曲，而是爵士和藍調，雖然也有一些經典歌曲，但也有不少只有內行人才知道的歌曲，而且都是歌唱難度很高的歌曲。佐織在音樂方面的感性很出色，似乎完全理解那些歌曲的意思，難以想像她只是一個高中生。

新倉和太太不知不覺一直坐在會場內，直到演唱會結束。兩個人一致認為，不能浪費她的才華。

新倉立刻拜訪了並木家，見到了佐織的父母。她的父母雖然知道女兒有才華，但似乎完全沒有想過要走歌手這條路，顯得有點不知所措。新倉用熱切的語氣說服後，他們終於認識到這個現實，並說要問女兒的意見。

我女兒說她想挑戰——幾天之後，接到了並木的電話，夫妻兩人都興奮不已。

於是，新倉得到了並木佐織這顆鑽石。只不過還只是原石，必須仔細雕琢，才能綻放出光芒。新倉運用了自己的人脈，為佐織找了一位值得信賴的歌唱導師，新倉的家裡有隔音室，佐織都在那裡上課。

新倉認為，必須竭盡全力讓這種才華開花，即使投入自己的一切也無所謂。因為佐織有可能成為日本的財產，不，甚至有機會成為世界的財產。

新倉家代代都是醫生，也開了好幾家醫院，目前兩個哥哥繼承了那幾家醫院。新倉也曾經就讀大學醫學系，原本打算從醫，但在學生時代熱衷於玩樂團，改變了自己的人生。他原本就很喜歡音樂，從五歲開始學鋼琴。升上中學後，對作曲產生了興趣，他的夢想不再是成為醫生，而是想當音樂家。

他從大學休學時，周圍人都極力反對，但在他腳踏實地從事音樂活動後，獲得越來越多的理解。尤其兩個哥哥很支持他，說他們會負責醫院的經營，他可以做自己喜歡的事。因為有兩個哥哥，所以他從來不曾為金錢的問題發過愁。

但他很早就發現自己缺乏才華。四十歲後，他開始發掘有才華的年輕人，想要栽培他們。他開了音樂學校和錄音室，尋找發掘人才的機會，也曾經發現了幾個有才華的年輕人，把他們送進了音樂界，但佐織在眾多人才中出類拔萃。

佐織一如新倉夫婦的期待，進步相當神速。她可以在音樂界立足——當他們對這件事越來越有自信時，發生了意想不到的事，這塊至寶消失不見了。

他們作夢都沒有想到會發生這種事。如果發生車禍，或是生病，或許能夠死心，但她突然失蹤是怎麼回事？當他得知這件事時，明知道不該遷怒，但還是忍不住生氣地責怪並木夫婦，為什麼不更加注意女兒的行動。

自從佐織消失後，新倉的生活就完全變了樣。他失去了生命的意義，整天渾渾噩噩，在旁人眼中，他已經變成了行屍走肉。

他聞到一股香氣回過神來，留美用托盤把咖啡端了過來。

「你喝黑咖啡吧？」

「對。」新倉回答後，伸手拿起杯子。喝了一口咖啡，卻喝不出味道。因為他滿腦子都想著佐織，所以感覺變得遲鈍。

「我問你啊，」留美說，「照片上那個人是兇手嗎？」

「不知道……但可能性很高。」

「如果他是兇手，應該會被判死刑吧？」

新倉偏著頭說：

「這就難說了，我之前聽說殺一個人不會判死刑。」

「是這樣嗎？」妻子瞪大了眼睛，似乎感到很意外。

「我記得是這樣，應該會判十幾年徒刑吧。」新倉放下杯子，持續看著半空，「真希望在他被警方逮捕前親手殺了他。」

8

間宮聽著草薙報告共同搜查總部成立至今一個星期以來的偵查進度，始終愁眉不展。因為完全沒有任何有助於破案的好消息，也難怪他會露出這樣的表情。

「目前只能針對年金的問題進攻嗎？」間宮坐在椅子上，看著報告問道。

「即使要針對這一點進攻，也必須證明蓮沼曾經出入垃圾屋。」草薙站在那裡回答。

「查訪沒有成果嗎？」

「目前並沒有什麼成果。」

間宮面色凝重地低吟了一聲。

共同搜查總部成立以來，大量偵查員傾全力尋找蓮沼芳惠去世的六年前至今，蓮沼寬一出入芳惠家的痕跡。草薙和間宮認為，只要可以證實一次，至少代表他發現芳惠已經死亡，就可以針對這一點加以追究。

靜岡縣警查到了一件重要的事。不時有人用提款卡從芳惠的年金帳戶提領現金，不久之前，有人從都內自動提款機提領了帳戶內所有存款。確認監視器的影像後，拍到了一個很像蓮沼的男人。顯然他已經知道芳惠的屍體被警方發現，所以在帳戶凍結之前，先把錢領出來。
草薙早就預料到這件事。也就是說，只要有證據能夠顯示他得知母親死亡這件事，就能夠以詐欺罪逮捕他。
然而，雖然出動大批偵查員努力查訪，仍然無法掌握蓮沼曾經在這六年期間去過芳惠家的事實。靜岡縣警持續調查，是否有人看到像是蓮沼的人出現在燒毀的垃圾屋附近，但目前仍然沒有掌握有利的線索。
雖然曾經討論過是否能夠以遺棄屍體罪逮捕蓮沼，但如果缺乏他曾經出入那棟房子的證據，同樣無法起訴他。除此以外，還有時效的問題。如果朝遺棄屍體罪的方向偵辦，就必須證明並木佐織在失蹤後至少活了兩個月。
「蓮沼有沒有什麼動靜？」間宮問。
「沒有，還是老樣子。」
自從在燒毀的垃圾屋中發現兩具屍體後，隨時派人跟蹤蓮沼。在查明屍體身分之前，由靜岡縣警的偵查員負責跟監。搜查總部成立之後，由警視廳的偵查員接手跟監。主要是為了防止他逃亡，但同時觀察蓮沼是否有任何湮滅證據的舉動。
但是，根據目前為止的報告，蓮沼除了出門買東西或是去小鋼珠店以外，以乎都窩在江戶川區的公寓內。一個月前，他任職的鐵屑業者破產了，他目前應該沒有收入。
令人在意的是，有好幾名偵查員覺得，他似乎發現有人跟監。有一名資深刑警說，蓮沼在穿越百貨公司的女性內衣賣場時，突然轉過頭，他一時無處可躲。
間宮重重地嘆了一口氣，抱著雙臂，「現在恐怕還無法要求他主動到案說明。」
「他一定會堅稱不管在他繼母住的垃圾屋發現了誰的屍體，都和他無關。」

「是啊。」間宮露出愁容，「好，那就請你們繼續加油。」

草薙回到自己的座位，正在看資料，岸谷跑了過來。

「股長，目前查到蓮沼在三年前經常使用的那輛車子，是他任職公司的廂型車。」岸谷遞上一張印了白色廂型車影像的紙，「和這輛車同型的車子。」

草薙接過紙，看著圖像點了點頭。

蓮沼搬運並木佐織的屍體需要車子，但紀錄顯示蓮沼當時名下並沒有車子，但草薙想到他可能使用任職的廢品回收公司的車子，所以派岸谷和其他人去調查這件事。

「當時只有蓮沼使用這輛車子，其他員工都不會用這輛車，公司有車輛使用紀錄，已經確認過了。」

「好。」草薙再度看著廂型車的圖像。

「還有一件事很值得玩味。」岸谷說。

「什麼事？」

「最後看到並木佐織身影的是便利商店的監視器，在仔細調查影像之後——」岸谷把兩張列印出來的照片放在桌上，其中一張是並木佐織邊走路邊講手機，另一張拍到了一輛白色廂型車。

「喂，這是……」草薙看了圖像中顯示的時間，兩個畫面所顯示的時間相差不到一分鐘。

「並木佐織經過便利商店前不久，廂型車就開了過去，是否可以認為他在跟蹤佐織？」

「知道那輛車的車牌嗎？」

「當然。」

「那去核對N系統的紀錄，同時聯絡靜岡縣警。」

「瞭解。」岸谷充滿鬥志地回答後，又豎起食指說：「那家公司內有一個人和蓮沼的關係特別好，從他那裡打聽到一件有趣的事。這三年期間，蓮沼偶爾會和他聯絡，而且都是用公用電話。」

「公用電話？」

「蓮沼問的事每次都一樣，都是問公司的情況，尤其關心有沒有警察去過公司，但只有最初幾個月頻繁聯絡，之後的次數越來越少，最近一年左右完全沒有聯絡。」

草薙聽了岸谷的報告後點了點頭。

「他應該想要確認佐織失蹤事件有沒有懷疑到自己頭上，蓮沼在搬離公寓後，也沒有立刻把戶籍遷走，可能就是考慮到萬一被警察追捕的情況。他用公用電話聯絡，應該也是相同的原因，但後來似乎覺得沒問題，就感到安心了，才遷了戶籍，也更新了駕照。」

「我也這麼認為。」岸谷表示同意。

又發現一個增加蓮沼嫌疑的材料。雖然只是間接證據。

不久之後，N系統的追蹤結果就出爐了。三年多前，這輛廂型車曾經從菊野駛上最近的交流道，上了高速公路後前往靜岡。兩個小時後，行駛在相反的方向。無論日期和時間，都和並木佐織失蹤的時間完全一致。

草薙決定去蓮沼家搜索，並請他到案說明。

草薙親自偵訊蓮沼。

在偵訊室內見到的蓮沼比十九年前更瘦，臉頰更加凹陷，但還是和以前一樣，臉上沒有什麼表情，眼神也依然空洞。

草薙先自我介紹，但蓮沼沒有任何反應。他可能已經忘了十九年前見過的基層刑警。在訊問姓名和住址時，蓮沼都老實回答，草薙暗自鬆了一口氣。因為有些嫌犯從這個時候開始就保持緘默。

草薙決定亮出第一張王牌。他把一張影像放在蓮沼的面前。那是一個男人在自動提款機提款的影像。「這是你吧？」

蓮沼用冷漠的眼神瞥了一眼，冷冷地回答說：「不知道。」

「這一天，有人從蓮沼芳惠的帳戶提領了現金，如果那個人不是你，就代表提款卡遭竊，密碼也被人知道了，所以我們必須偵辦這起竊盜案。到時候也會請求你這個關係人的協助，你瞭解嗎？」

蓮沼的三白眼看著草薙，發出吸鼻子的聲音後，從上衣口袋裡拿出皮夾，抽出一張卡片。那是一張提款卡。他把提款卡放在桌上。

「我可以看一下嗎？」

草薙問。蓮沼眨了眨眼睛，代替了點頭。

提款卡上印的是蓮沼芳惠這個名字的片假名，不是指紋認證的提款卡。

「為什麼會在你手上？」草薙把提款卡歸還給他時問。

「因為有些原因。」蓮沼拿起提款卡。

「請問是什麼原因？」

蓮沼微微聳了聳肩，「因為關係到隱私，所以我不想說。」

「你在接受靜岡縣警的偵訊時說，和芳惠老太太已經好幾年沒見面，也沒有和她聯絡了。你最後一次見到她是什麼時候？」

「太久之前的事，所以我忘了。」
「大致的時間就好。」
「我不想說一些模糊的回答。」蓮沼說完，撇了撇嘴角。草薙覺得他在忍著笑。
蓮沼發揮了拿手的本領，決定不多說不必要的話。
草薙作好了心理準備，決定換一個角度展開攻勢。
「你三年前住在哪裡？」
蓮沼偏著頭說：「我忘了，因為搬了不少地方。」
「紀錄顯示，當時你在菊野市的南菊野租了公寓。」
「是嗎？」蓮沼連眉頭都沒有皺一下。
「為什麼搬家？」
「為什麼呢？我忘了。」
「你連工作都辭了，應該發生了什麼大事吧。」
「不清楚。」蓮沼發出意興闌珊的聲音，「我不記得了，因為我也換了很多工作。」
他似乎決定徹底裝蒜。
「當時你都怎麼解決晚餐問題，是自己煮嗎？還是外食？」
「我也忘了，應該是有時候自己煮，有時候外食吧。」
「是不是經常去一家名叫『並木屋』的定食屋？」
蓮沼露出一絲冷笑。
「為了填飽肚子，我去過很多家店，哪可能記得每家店的名字。」
「在你媽被燒毀的房子中發現的另一具屍體，就是那家店老闆的女兒並木佐織小姐。關於這件事，你有沒有想到什麼？」

蓮沼輕輕閉上眼睛之後，腦袋機械式地搖了搖，「我沒什麼可說的。」

草薙瞪著他面無表情的臉，但蓮沼可能毫無感覺，只是無力地坐在椅子上一動也不動。他似乎完全不覺得眼前的時間是一種痛苦。

「三年前，你曾經開著公司的車子，在住家和蓮沼芳惠家中往返，N系統留下了相關的紀錄。」

雖然N系統無法確認到這麼詳細的程度，但草薙還是虛張聲勢。

但是，蓮沼的表情沒有任何變化，用平淡的語氣回答說：「我不記得了。」他一副不以為然的態度，似乎認定靠N系統無法這麼斷言。

今天就到此結束吧。草薙心想。

「那就沒問題了。今天謝謝你特地來這裡。」

蓮沼緩緩站了起來，走向負責紀錄的年輕刑警打開的門，但中途停下腳步，回頭看著草薙。

「草薙先生，這次會有什麼結果呢？」他撇著嘴角問。

「啊？」

「那個人是不是叫間宮先生？他好像升官了。」

聽到他用黏呼呼的語氣說的這句話，草薙說不出話。

原來他還記得。原來他記得前一刻偵訊他的警察，就是十九年前去他家的基層刑警——

蓮沼得意地笑了走，走出偵訊室。

偵訊的兩個星期後，有了重大進展。在搜索蓮沼住家所扣押的物品中，找到了他之前在廢品回收公司任職時的制服。雖然有清洗的痕跡，但上面還隱約殘留著像是血跡的痕跡。

偵查人員立刻將制服送去科學搜查研究所，檢驗結果發現，血型和ＤＮＡ都和並木佐織相符。

到底該不該逮捕蓮沼寬一？草薙請示了間宮和多多良的意見。這次的狀況和十九年前極其相似，可以證明蓮沼遺棄了並木佐織的屍體，但有沒有辦法證明是他殺害的呢？有可以稱為物證的證據嗎？

討論之後，三個人都認為可以證明。這次的屍體上有頭蓋骨凹陷的痕跡，和無法確定死因的十九年前不同。因為有造成骨骼凹陷的打擊，所以不能說沒有殺意。

距離從燒毀的垃圾屋中發現並木佐織的屍體已經過了一個多月。

然後——

蓮沼遭到逮捕後的態度和十九年前完全相同。在拘留期間完全緘默，聽說在檢方偵訊時也採取相同的態度。

因為事先已經在某種程度上預料到這一點，所以草薙他們並沒有太驚訝。在逮捕他之前，就已經決定即使無法取得他的供詞，也可以起訴他。

然而，檢方有不同的判斷。在拘留期限屆滿之前，作出了保留處分的結論。

蓮沼寬一遭到釋放。

9

和菊野車站相連的車站大樓是四層樓的小型建築，走出驗票口，走向購物中心的方向，就有一家咖啡店。

草薙走進自動門，巡視著店內，店內幾乎坐了六成的客人。

他要找的人正在窗邊的座位看雜誌，桌上已經有一杯咖啡。

草薙走過去，低頭看著相識多年的老朋友。「喂！」

湯川學抬起頭，嘴角露出淡淡的笑容問：「幾年沒見了？」

「四年沒見了。既然你回到了日本，至少也該通知我一下啊。」草薙在對面的椅子上坐了下來。

「我已經通知了內海。」

「問題是內海並沒有告訴我。」

「你對我抱怨下屬的怠慢也沒用啊。」

草薙忍不住苦笑，「你還是這麼嘴硬。」

服務生送水過來，草薙點了咖啡，然後仔細打量著老朋友。

他的身材還是像以前一樣瘦，不，應該說是緊實，頭上似乎冒出了幾根白髮。

「你看起來很不錯，」草薙說，「美國的情況怎麼樣？」

湯川一臉冷淡的表情點了點頭，拿起了杯子。

「得到不少刺激，研究方面也獲得了某種程度的成果，應該算不枉此行吧。」

「我聽內海說，你升上教授了。」

湯川從內側口袋中拿出名片夾，抽出一張名片放在草薙面前。「聯絡方式和之前不一樣了。」

草薙拿起名片，名片上的頭銜的確變成了教授。

「恭喜啊。」草薙說。

湯川一臉無趣地微微偏著頭，「沒什麼好恭喜的。」

「沒這回事吧？上面不是沒有人管束你了嗎？」

「我當副教授時，就沒有人管束我，不需要考慮其他事，可以自由地做自己喜歡的研究，但升上教授之後就沒這麼輕鬆了，不管做什麼事，都必須考慮到這個。」湯川用大拇指和食指圍成一圈，似乎指的是錢的事，「我目前主要的工作就是找贊助人，用簡報的方式說明研究的價值，然後募集投資人，所以與其說是研究人員，更像是策劃人。」

「原來你在做這種工作，真是難以想像。」

「任何行業都有所謂的世代交替，現在輪到我為後進開路了，所以只能接受，然後努力做好。」湯川用不帶感情的語氣說完後看向草薙，「你不是也和之前不一樣了嗎？」

「內海告訴你了嗎？」

「她沒告訴我什麼，但我可以想像。」

草薙也拿出自己的名片，湯川接過名片後，挑了一下眉毛。

「所以可以認為警視廳搜查一課又多了一位可靠的股長。」

「這就難說了，我很希望如此，只是恐怕很多人都覺得我是廢物。」

咖啡送了上來，草薙加了牛奶，攪動之後喝了一口。

「你好像愁眉不展啊。」湯川露出觀察的視線，那是科學家的眼神，「對了，你給我的電子郵件中提到一件令人在意的事。說什麼有一件頭痛的事，而且最近會去菊野商店街，如果我有空，要不要見一面？」

草薙問了內海薰湯川的電子郵件信箱，昨天寫了電子郵件給湯川。

「有一件令人生氣的事，」草薙聳了聳肩膀，「真讓人火大，也很不甘心，真的太窩囊了。」

「偵查工作似乎陷入了瓶頸。」

「哪是瓶頸，根本已經觸礁了。」

「太令人好奇了。」湯川探出身體，在桌上握著雙手，「如果是可以告訴普通老百姓也無妨的內容，我可以聽你抱怨一下。」

「是嗎？如果是阿狗阿貓的普通老百姓當然不行，但你不一樣。」草薙說完這句開場白後皺起眉頭，然後搖著右手說，「不，還是算了，我們難得見面，與其說這種心煩的事，還是聽你說說在美國的見聞更熱鬧、更開心。」

湯川皺起眉頭。

「即使聊那些見聞，也熱鬧不起來。」

「為什麼？和我聊聊你在美國的生活，我很有興趣。」

「我在美國時整天都在做研究，還是你想聽磁單極子探索和證明大統一理論有沒有關係？」

草薙聽到湯川好像在唸咒語般的回答，忍不住皺起眉頭。

「你不可能整天都在做研究吧？假日都在做什麼？」

「讓身體好好休息，」湯川很乾脆地回答，「這樣就能在假日結束後，馬上專心投入工作。因為事先決定了我能夠停留在美國的日期，所以一天也不能浪費。」

草薙忍不住感到洩氣。雖然聽起來好像在開玩笑，但湯川說的應該是事實，難以想像他在假日去打高爾夫，或是開車去兜風的樣子。

「怎麼了？你不必有什麼顧慮，把偵查觸礁的怨言說來聽聽吧。」湯川用雙手作出鼓勵的動作。

「你去了一趟美國之後，真的和以前不一樣了。你以前不是常說，對警方的偵查沒有興趣嗎？」

「那是因為你每次來找我，都會帶著棘手的問題。一下子有人頭上冒出了火，一下子又是可疑的宗教人士用念力把人推下樓，然後要我破解其中的玄機，但這次似乎不需要擔心這種事。」

草薙用鼻子哼了一聲。

「所以你的意思是，如果可以在一旁看好戲，就很歡迎我談偵查的事嗎？好吧，雖然不知道能不能讓你滿意。」草薙立刻巡視周圍，發現其他客人都離得很遠，應該不會有人偷聽到他們的談話。

草薙首先向湯川說明了這次事件的概況。最近發現了一具三年多前失蹤的女生屍體，雖然逮捕了應該是兇手的男人，但因為處分保留而遭到釋放。

「雖然我猜想你們身為警察，應該恨得牙癢癢，但不是偶爾會有因為證據不足而處分保留的情況嗎？」

「是啊，偶爾會有這種情況。」草薙說，「但原本覺得這次的案子不可能不起訴。不，如果嫌犯是普通人，檢方應該也會採取強勢的態度，問題是事情沒這麼簡單。」

湯川揚起下巴，用指尖推了推眼鏡。草薙知道這是他產生興趣時的習慣動作。

「為什麼不是普通人？」

「這次的嫌犯會保持緘默。」

「保持緘默？」

「這要從二十年前說起。」

草薙簡單說明了本橋優奈命案後，也說明了審判的情況。

湯川也忍不住發出低吟。

「有這麼多間接證據仍然判無罪，雖然覺得有點不合理，但審判應該就是這麼一回事吧。但我第一次聽說你當初偵辦了那樣的案子，和這次的案子有什麼關係？」

「你聽了別驚訝，這次的嫌犯就是上次的被告。」

湯川的太陽穴抖了一下。

「真有意思啊，所以就是那個緘默男嗎？」

「這次的案子在很多方面都和優奈的事件極其相似，像是遺棄屍體和毀損屍體的時效已經期滿，沒有他殺人的物證等等，唯一的不同，就是屍體的頭蓋骨有凹陷這個特徵，我們原本認為可以根據這個特徵確定死因，進而瞭解殺害的方法……」

「檢方不這麼認為嗎？」

草薙皺起眉頭，點了點頭。

「他們似乎認為這樣的證據不夠充分，光是頭蓋骨凹陷，無法斷定是遭到兇器毆打，還是其他意外造成的，甚至認為無法斷定這就是死因。」

「這麼一說，好像的確是這樣。」

「但是，我剛才也說了，如果換成是其他嫌犯，檢方應該也不會猶豫，問題在於這次的嫌犯是緘默男蓮沼。聽說他在檢察官偵訊時也不為所動，好像在說，想起訴就起訴啊。」

「他確信即使遭到起訴，只要保持緘默，就可以在法庭上獲勝。」

「沒錯。」

「但是在審判之前，不是要被關嗎？難道他不討厭被關嗎？」

「他的情況不一樣，也許覺得又可以趁機賺一筆。」

「賺一筆？」湯川訝異地皺起眉頭，「什麼意思？」

「上一次的案子在確定無罪後，他申請了刑事補償金和審判費用，聽說金額超過一千萬圓。」

「原來是這樣，看來是個狠角色。」湯川的視線在半空中飄忽後，指著草薙說，「聽你這麼說，我認為他的智商絕對不低。」

「你說對了，他讀書時的成績似乎很不錯。」

靜岡縣警詳細調查了蓮沼寬一的身世。他是蓮沼家的獨生子，十歲時父母離婚，他跟著父親。在他十三歲時，父親再婚，芳惠成為他的繼母，但他似乎從這個時候開始結交了不少壞朋友，素行不良越來越明顯，在高中畢業的同時就離家了，但據說是被他父親趕出家門。

「他的父親可能不希望他繼續讓自己蒙羞，因為他的父親是——」草薙停頓了一下，「他的父親是警察。」

湯川猛然坐直了身體，「喔，更讓人好奇了。」

「所以會忍不住想，他對父親的憎恨可能變成了對警察組織的仇視心理。」

「我這種想法太情緒化，我認為很可能他看到了父親的行為，然後視為反面教材。」

「反面教材？他父親的哪些地方？」

湯川搖了搖頭說：

「成為反面教材的並不是他的父親，而是他父親偵辦的嫌犯。從時間來推測，那時候的警察都是自白至上主義，即使沒有物證，也可以憑間接證據抓人，然後在偵訊室內逼供。嫌犯撐不下去，就只能在警方完成的筆錄上簽名。在審判時，筆錄就成為關鍵證據，幾乎都可以判有罪。如果他的父親得意洋洋地在家裡吹噓這些事，你認為兒子聽了會有什麼感想？」

草薙漸漸瞭解到湯川想要表達的意思。

「所以他覺得做了什麼壞事，一旦被逮捕，招供就完蛋了。」

「反過來說，只要不招供，就有可能找到勝算——他可能學習到這一點。」

草薙托腮嘆了一口氣，「我之前從來沒有想到這種可能……」

「如果我的想像正確，創造出蓮沼這個怪物的不是別人，而是日本的警察組織。」

草薙注視著一臉嚴肅地說這句話的湯川，「竟然說出這種討厭的話。」

「我都說是我的想像了，所以你不必放在心上。」湯川看了一眼手錶，喝完了剩下的咖啡，「我差不多該回去工作了，謝謝你告訴我這麼有趣的案子，下次再聽你慢慢聊後續故事。」

「你每天都會來菊野嗎？」草薙問。

「每個星期來兩、三次吧。」

「當天來回嗎？」

「基本上是這樣，但有時候也會住在這裡。設施內有住宿設備，因為這裡離都心太遠了。」

湯川伸手準備拿帳單，草薙搶先拿了起來。「今天我請客，之前去你研究室，被你請了好幾次咖啡。」

「那是即溶咖啡，而且馬克杯也不太乾淨，下次有機會再請你喝，那我先走了。」

湯川正準備站起來，又突然想起什麼似地坐了下來。

「我還沒問你重點，你說頭痛的事是什麼事？不是因為這件事，順便把我約來這裡嗎？」

「喔。」草薙點了點頭，他意識到自己臉上露出了愁容。

「等一下要去見被害人的家屬，要向他們說明嫌犯為什麼遭到釋放，雖然我平時不會做這種事，這次不一樣。」

「被害人家屬嗎？你說是在菊野商店街的一家食堂，叫什麼名字？」

草薙遲疑了一下，把「並木屋」的店名告訴了他。因為他覺得對湯川說侵犯隱私這種理由沒有意義。

「你去那裡吃過飯嗎？」湯川問。

「沒有，」草薙回答，「但是一家氣氛不錯的大眾食堂。」

「我會記住。」湯川說完站了起來，說了聲「改天見」，走向出口。

草薙拿起杯子。雖然杯子裡還剩下一些冷掉的咖啡，但他招手叫來服務生，又點了一杯咖啡。

他拿出記事本，確認了一些細節。他可以想像並木夫婦忍著憤怒的表情，一定會執拗地要求自己說明有這麼多證據，為什麼無法起訴蓮沼。

草薙沒有自信可以說服他們接受，因為他自己也難以接受，但是，不管怎麼樣，他都決定最後要這麼說。

請你們不要灰心，我們還沒有放棄……

10

她打開格子門走到門外，準備把暖簾掛起來，發現一大早就下不停的雨已經停了，而且風中也沒有黏在皮膚上的潮濕，乾爽的風吹起來很舒服，遠方的天空有一抹紅色。

秋天終於來了。並木夏美想道。雖然快十月了，但最近還是很悶熱，遲遲無法穿秋天的衣服，讓她感到很不開心。她的名字經常引起誤會，其實她並不喜歡夏天。

她走回店裡，整理好餐桌時，聽到拉門嘎啦一聲打開的聲音。

「喔喔，原來我是第一個。」

一張像岩石般有稜角的臉探頭進來。夏美和這個穿著白襯衫，打著領帶，外面穿著工作服的男人很熟。

「戶島叔叔，」夏美眨了眨眼睛，「怎麼了？怎麼這麼早就來了？」

「我也是不得已啊。」戶島修作把靠近門口那張四人桌的椅子拉了出來。

夏美跑去店的後方，對著廚房叫著：「爸爸，戶島叔叔來了。」

「修作嗎？」正在準備食材的並木祐太郎停下手，「怎麼了？」

「好像有什麼事。」

「沒關係，沒關係，不是什麼大事，」戶島用力搖著手，「小夏，妳不必告訴妳爸，但先給我來一瓶啤酒。」

「好。」夏美回答後，從冰箱裡拿出一瓶啤酒。「並木屋」內並沒有可以賣生啤酒的先進設備。

正在廚房的並木問戶島：「到底怎麼了？」

「不是什麼大事，」戶島搖了搖手，「機器故障，沒辦法工作，所以今天乾脆提早結束了。」

「故障？」

「食品冷凍機壞了。」

「冷凍機？又壞了嗎？上次不是才聽你說，冷凍機出了狀況，員工差點出事嗎？」

「這次是別的機器壞掉，我問了廠商，他們要到明天才能來修。真傷腦筋，偏偏在這麼忙的時候出問題。」

夏美聽祐太郎說，戶島是他從小學時代一起玩到大的損友。抽菸、喝酒、賭博，大部分壞事都是和他一起學的，高中時蹺課去打小鋼珠被輔導時，兩個人都一起理了光頭。

戶島也和祐太郎一樣繼承了家業，那是一家食品加工公司，夏美在上學路上曾經多次看到他騎著腳踏車去位在城鎮角落的工廠。

戶島每天下班後，就會來「並木屋」坐一下，喝一瓶啤酒，配一點下酒菜。這是他多年的習慣，平時都八點左右才會來店裡。

夏美把啤酒、杯子和小菜送到戶島的座位。

「偶爾早點休息也很好啊，過勞會危害健康。」夏美為戶島的杯子裡倒了酒。

戶島拿起杯子，開心地笑了起來。

「小夏，只有妳會對我說這種話，我老婆竟然說什麼既然工作這麼忙，就不必特地回家了。」

哈哈哈。夏美笑了起來。

「我沒開玩笑，她真的這麼說，把老公當成什麼了——」他用筷子夾了一口小菜的炒金平送進嘴裡後，視線集中在某一點，「喔，海報已經出來啦。」

夏美回頭看向身後，「嗯，麻耶姊昨天送來的。」

貼在那裡的是即將舉行的秋祭海報，許多扮成童話故事和民間故事中人物的人一臉高興的表情參加遊行。去年拍的這張照片用在今年的宣傳海報上，「菊野故事遊行」已經成為固定的名稱，有很多觀光客特地遠道而來參觀。

夏美口中的麻耶姊是本地屈指可數的大型書店「宮澤書店」的繼承人宮澤麻耶，才三十出頭的女生很有領導能力，不僅擔任町內會的理事，還是遊行的執行委員長。

「已經一年了啊，時間過得真快啊。」戶島深有感慨地說。

「真令人期待，聽說今年也設計了很多新的花樣，所以麻耶姊說，準備工作比平時更麻煩。」

「妳也要去幫忙嗎？」

「麻耶姊說，如果我有時間，希望我去幫忙。我去年第一次參與，發現在一旁幫忙，用油彩畫在那些小孩子臉上也很開心。」

「妳只是幫忙而已嗎？不參加遊行？」

雖然參加遊行的是從全國各地募集而來的角色扮演迷，但菊野商店街本身也會派出一支隊伍參加。去年表演的節目是「輝夜姬」，完全地詮釋了在竹子中找到嬰兒，以及許多男人向長大後的輝夜姬求婚的場面，還有輝夜姬搭著月亮使者的轎子離開的場景。最後得到第三名。聽工作人員說，主辦町的代表至少會進入前五名，所以他們鬆了一口氣。

「我不會參加。」夏美說。

「為什麼？妳可以參加了，年輕人都該參加，尤其像妳這麼漂亮的女生，更應該參加，否則就沒有亮點了。呃，我忘了是幾年前，那一次的節目很棒，出現了一個很大的貝殼，而且貝殼中途打開，人魚公主出現了，當時可轟動了——」戶島說到這裡，半張著嘴，表情僵在那裡，眼神飄忽起來。他說到一半回想起以前的記憶，發現自己差點禍從口出。

太好了，夏美暗想道。因為她正在為不知道該怎麼制止他著急，她假裝什麼都沒聽到，開始整理冰箱，然後偷偷打量戶島，他正一臉尷尬地喝著啤酒。

不一會兒，旁邊的樓梯就傳來腳步聲，真智子走了下來。

「啊喲，是戶島啊，你好，今天真早啊。」

「提早下班了，偶爾也該偷懶一下。」

「慢慢喝。」真智子說完，走去廚房。夏美看著媽媽的背影，猜想媽媽可能在樓梯上聽到了戶島說的話，所以沒有立刻下樓，在樓上等了一會兒。

夏美清楚記得戶島提到的那次遊行。大約四年前，夏美看到從貝殼中出現的人魚公主也嚇了一跳。

因為佐織太美了，她難以相信那是自己的姊姊。

即將六點時，拉門嘎啦一聲打開了，一名客人走了進來。夏美面對著廚房，但猜到是哪一個客人上門。這位客人在這一陣子，每逢這一天，就會在這個時間出現。

回頭一看，意料中的客人坐在還沒有人坐的六人座桌子的角落。

夏美送小毛巾過去，「歡迎光臨。」

男客人微笑著點了點頭說：「妳好。」他戴了一副無框眼鏡，他之前說自己四十多歲，但因為身體線條很緊實，所以看起來比實際年輕。

「先喝啤酒可以嗎？」

「好，還有每次點的那個。」

「什錦菜嗎？好的。」

夏美走回廚房，通知了廚房，然後和戶島來的時候一樣，把瓶裝啤酒、杯子和小菜放在托盤上，走向那名男客。

男客脫了上衣，正在看雜誌。翻開的那一頁上有好幾張好像漂亮立體圖案般的照片，夏美把啤酒和杯子放在桌上時，忍不住說：「真漂亮。」

「是不是很漂亮？」男人得意地把雜誌拿給她看，「妳覺得這是什麼？」

「看起來好像把紙很複雜地折來折去……」

「答對了，就是折紙。想辦法把一張很大的紙盡可能折得很小，重點在於不光是折起來，拆開時的步驟也必須很簡單。為什麼要這麼做？因為我剛才雖然說是折紙，但其實材料並不是紙，而是太陽能電池之類的太空能源板，在折得很小的狀態下裝上火箭，送到太空，在太空中展開之後，就可以使用。這項技術的靈感和起源來自日本的折紙，在那個領域的人，即使不是日本人，也聽得懂折紙的日文。」他口若懸河地說完後，看著夏美的臉，似乎想要聽她的感想。

夏美把托盤抱在胸前，露出親切的笑容，「教授，你目前在大學做這些研究嗎？」

男客皺起眉頭，用指尖推了推眼鏡的中心。

「很可惜，我做的研究沒這麼優雅，也沒這麼精采。」他嘆了一口氣，把雜誌闔了起來，塞進放在旁邊的皮包裡，「經常有人問我，你做的研究到底可以發揮什麼作用？可以為生活帶來方便嗎？和智慧型手機比較，哪一個比較厲害？」他拿起啤酒瓶，為自己的杯子倒了啤酒，「很遺憾，我都答不上來。雖然都是科學，但科學也有各種不同的種類，很多都是和大部分人一輩子都無關的研究，我做的研究也屬於這種類型。」他拿起杯子喝了一口啤酒，用另一隻手擦了擦嘴唇沾到的泡沫，「但如果妳還是想瞭解，我可以告訴妳我目前正在進行的研究主題。」

「不，還是算了。」

「我相信這對我們都好，對了，我有一個問題想要請教，這個是誰都可以參加的嗎？」他指著牆上的海報。

「遊行嗎？當然可以啊，只不過會有很多人，如果站在後面，就會看不太到。」

「沒有觀眾席嗎？」

「有工作人員席和來賓席，如果有關係，好像就可以張羅到那裡的座位。」

「關係嗎？我不認識任何人。」

「既然這樣，就只能早起去佔位置了。如果你想去，記得告訴我，我可以帶你去。」

「好，我會考慮。」男客連續點了好幾次頭，「謝謝妳告訴我。」

「不，那你慢慢享用。」夏美說完，轉身離開了。

這名男客姓湯川，是帝都大學的物理教授。至於夏美為什麼會知道，是因為其他客人問出來的。

他在今年的黃金週後第一次來這家店，剛好是在店裡生意最好的七點左右，那時候當然沒有空的桌子。問他願不願意和別人併桌，他說沒問題，問了兩名坐在六人座桌子旁的老主顧，他們也欣然答應併桌。

「並木屋」的老主顧中，有不少人因為這裡很隨興，所以態度有點大剌剌。當時那兩名老主顧正是這種類型。他們自己聊了一會兒，開始注意和他們併桌的陌生客人，不知道因為什麼契機和他聊了起來，問他是不是住在這附近，做什麼工作。

夏美忍不住有點提心吊膽，擔心第一次上門的男客感到不自在，以後再也不來了。但是，那個男客看起來並沒有不高興，用平靜的語氣告訴那兩名熟客，自己在帝都大學教物理，因為新完成的研究設施就在這附近，所以每個星期都會來幾次，然後還向兩名熟客請教了這裡值得推薦的料理。

那兩名熟客如魚得水般介紹起來，高湯煎蛋捲比普通的煎蛋捲更適合當下酒菜，串烤的話要同時點鹽味和醬汁兩種口味，來這家店不吃滷什錦蔬菜就是大笨蛋——他們說得口沫橫飛，但那名男客並沒有露出不悅的表情，不時附和，記著筆記，然後點了幾道他們推薦的料理，吃了幾口之後，心滿意足地點頭。那兩名熟客見狀，也顯得很開心。

他們理所當然地開始自我介紹，夏美也聽到了他們的談話。

那天之後，湯川不時來「並木屋」吃飯。因為他每次都一個人，所以經常和別人併桌，那些老主顧也每次都會和他聊天，夏美覺得湯川對這一切都樂在其中。

幾個月後，湯川也成為老主顧。認識他的客人都叫他教授，最近夏美也跟著一起叫他教授。

忘了從什麼時候開始，湯川開始六點之前來到店裡。也許他發現六點過後，店裡的客人就一下子多了起來。既然都要和別人併桌，至少希望坐在自己喜歡的座位上。

他的想法今天也應驗了。六點過後，客人好像約好似地陸續上門，雖然都不是老主顧，但都是來過幾次的客人。

三十分鐘後——

聽到嘎啦的開門聲，夏美不假思索地說了聲：「歡迎光臨」，看向門口。

一個男人站在門口，夏美一看到他，頓時感到背脊發冷。男人穿了一件黑色防風衣，用防風衣的帽子包住了頭。年紀大約五十多歲，因為曬得很黑，所以看起來皺紋很深。凹陷的雙眼很陰沉，臉頰凹了下去，渾身散發出可怕的感覺。

她在思考在哪裡見過這張臉的同時，記憶甦醒了。夏美愣在那裡，一時不知道該怎麼應對。

這個男人……這個男人——

他就是之前那個姓草薙的偵查負責人出示的那張照片上的男人。幾年前，他因為對佐織態度不遜，爸爸祐太郎禁止他來這家店，不久之後，佐織就失蹤了。草薙之所以會拿出照片打聽，一定是他和佐織的死有關，而且不久之後，警方也以殺人的嫌疑逮捕了他，夏美也是在當時第一次知道他名叫蓮沼寬一。

這個男人為什麼來這裡？

蓮沼面無表情地看著夏美，然後緩緩巡視店內，指著旁邊的桌子問：「可以坐這裡嗎？」

那是一張六人座的桌子，湯川坐在角落的座位。

湯川一手拿著雜誌，正在吃生魚片，點了點頭說：「請坐。」他對剛進來的客人沒有興趣，可能以為只是像往常一樣有人併桌。

蓮沼拉了椅子坐了下來，仍然沒有拿下帽子，然後看著夏美，冷冷地說：「啤酒。」

「好。」夏美應了一聲，她腦袋一片空白，完全無法思考。她像往常一樣打開冰箱，拿出一瓶啤酒。

她走去廚房拿小菜時愣了一下，因為祐太郎一臉可怕的表情，真智子也站在他的身後。他們兩個人都瞪著店內的某個人。

「爸爸，」夏美小聲叫了一聲，「怎麼辦？」

祐太郎不發一語走去廚房，拿下了圍裙，走到蓮沼面前。

「你來幹什麼？」他站在那裡，低頭看著蓮沼問，可以感受到他努力克制內心的感情。

蓮沼的肩膀動了一下，「這裡不是吃飯的地方嗎？」說完，他偏著頭，看著夏美問：「啤酒呢？」

「沒有給你喝的啤酒。」祐太郎說，「也沒有菜給你吃，你給我出去。」

蓮沼揚起下巴，瞪著祐太郎。

「喂，我說你啊，」坐在遠處桌子旁的戶島剛才一直沒有吭氣，這時指著蓮沼說：「我剛才就覺得你不對勁，原來是你啊，竟然還敢來這裡。」

「修作，你不要說話。」祐太郎轉頭說了一句，又回頭看著蓮沼說：「我不知道你有什麼目的，但這裡不是你該來的地方。」

「是喔。」蓮沼用指尖抓著鼻翼，「我想問一下原因。」

「沒這個必要，你在這裡會造成其他客人的困擾，你趕快給我離開。」祐太郎轉身準備走去廚房。

「我說並木先生啊，你是不是誤會了什麼？」

祐太郎聽到蓮沼的話，停下了腳步，「誤會？」

「對。」蓮沼微張著嘴點了點頭。「我不知道你是怎麼想的，但我是受害者，因為你們的關係被當成了兇手，丟了工作，也失去了信用，到底要怎麼辦？」

「把你當成兇手？我認定你就是兇手。」

「哼，」蓮沼冷笑一聲，「那我為什麼會在這裡？為什麼沒有去坐牢？」

「那只是現在而已，」祐太郎說，「警察也沒有放棄，很快就會把你抓進去。」

「是這樣嗎？」蓮沼撇著嘴角，「你還沒有回答我的問題，你要怎麼補償我承受的這些不白之冤？」

「補償？我聽不懂你在說什麼。」

「我是說賠償金的事，是你在警察面前說一些有的沒的，讓他們來抓我，我說錯了嗎？」

「我只是實話實說。」

「你少裝蒜了，我知道你對警察說了些什麼，因為他們在偵訊室問了一大堆，所以，我來這裡是有原因的，要和你談賠償金的事。」

祐太郎向前踏出一步，夏美以為他要打蓮沼，忍不住屏住了呼吸。

「如果是這樣，那就在非營業時間過來。」祐太郎克制著內心的感情低聲說道。

「要什麼時候來是我的自由，不過，算了——」蓮沼站了起來，「今天我就先離開，我相信你也要作好心理準備，但是千萬別忘了，我沒有被起訴。雖然檢方用處分保留這種模稜兩可的字眼，但反正就是我沒有過錯，你沒資格對我說三道四，也沒有理由把我趕出這家店。我是受害人，你害我蒙受了不白之冤的可憐受害人。」

蓮沼大言不慚地說完之後，巡視了店內，所有客人都露出夾雜著困惑、驚訝和不悅的表情，他心滿意足地撇著嘴角笑了笑，粗暴地打開拉門走了出去。

「真智子，」祐太郎叫了起來，「拿鹽過來，一整袋都拿過來。」

真智子從廚房走了出來，手上拿著裝了鹽的塑膠袋。「給我。」祐太郎一把搶了過來，走去玄關，一打開拉門，抓起鹽用力撒了起來。

11

草薙在深川分局成立的強盜殺人案的搜查總部聽取了報告，打電話給他的是菊野分局的武藤副警部，他是正在持續偵辦並木佐織離奇死亡事件的武藤。

「聽說你已經進入其他案子的搜查總部，所以我知道你一定很忙，但還是覺得應該向你報告一下。」武藤的聲音很低沉。之前雖然逮捕了嫌犯，卻因為處分保留而釋放，所以他當然很難提起勁來。

據武藤說，蓮沼寬一昨天搬離了江戶川區的公寓。原因很簡單，因為租約到期了。

「我們知道租約快到期了，所以向房東確認是否打算更新租約。房東當然知道這起事件，雖然他被釋放了，但房東還是不希望因為殺人罪遭到逮捕的人租自己的房子，所以打算用適當的理由拒絕他續約，於是我派了幾名偵查員跟蹤蓮沼，想要查明他搬離公寓後的去處。」

沒想到蓮沼竟然去了菊野市。不僅如此，他走出菊野車站後，去了並木佐織家的「並木屋」。

「蓮沼去了並木屋？他去那裡幹什麼？」

「他很快就離開了，之後，一名偵查員去『並木屋』瞭解情況，並木先生和在場的其他客人都說，他為了被當成殺人兇手懷恨在心，要求並木先生補償他，還提到了賠償金這幾個字。」

「賠償金……」

草薙覺得太荒唐了，簡直前所未聞，但是那個蓮沼說這種話也不意外。他在本橋優奈命案中，獲得了刑事補償金，這次因為沒有起訴，所以他可能打算向那些協助警方逮捕他的人勒索。

「知道蓮沼最後去了哪裡嗎？」

「知道，是之前任職的廢品回收公司的倉庫。」

「倉庫？」

「正確地說，是倉庫的管理辦公室，那個倉庫幾乎已經不再使用，從四年前左右，有員工把那個辦公室當作住處，住在那裡。那個人是蓮沼最好的朋友，偵查員也曾經數度向他瞭解情況。蓮沼在辭職之後，也不時和那個人聯絡。」

「你這麼一說，我想起的確有這麼一個人。」

草薙想起蓮沼不時用公用電話打電話給這個人，確認警察是否注意到他。

武藤說，那個人姓增村，是七十歲左右的男人。

「今天派了偵查員去廢品回收公司，向增村確認之後，得知蓮沼不久之前曾經打電話給他，說希望在找到新的住處之前，可以借住在那裡。」

「增村同意了嗎？」

「對，他說沒有理由拒絕。」

「原來是這樣啊，我記得他們關係很不錯。」

「為了以防萬一，我們昨晚就一直派人守在那裡，他們可能在慶祝久別重逢，所以喝酒聊天到很晚。」

草薙吐了一口氣。世界之大，真的無奇不有，這個世界上竟然有人和蓮沼這種畜生合得來。

「我們稍微調查了一下那個姓增村的人，發現他有前科。」武藤壓低了聲音，「但已經是四十多年前的事了，是傷害致死。」

「是喔。」草薙不置可否地附和了一聲。這就是所謂的「物以類聚」吧。

「你們今後打算如何繼續偵查？」

草薙問，電話中傳來痛苦的低吟。

「只能繼續蒐集目擊線索，雖然覺得該做的都已經做了。」

「要繼續監視蓮沼嗎？」

「會定期確認他的下落，但目前判斷不需要監視，因為並沒有湮滅證據和逃亡的可能性。」

「是啊。」

草薙也認為這樣的判斷很合理。事到如今，蓮沼不可能露出殺害並木佐織相關的破綻。通常遇到這種案子，都會以另外的理由拘留，然後徹底偵訊，直到嫌犯招供，但這一招對於根本不怕長期監禁，能夠持續保持緘默的蓮沼完全無效。

「那就先這樣。」武藤說完，掛上了電話，草薙放下手機，覺得好像吞下了什麼苦澀的東西。

無力感籠罩他的全身，他甚至不想站起來。

蓮沼獲得釋放後，草薙曾經問承辦的檢察官，要蒐集怎樣的證據，才可以起訴他。

檢察官認為，必須有可以證明被害人不是意外死亡或是自然死亡，而是遭到殺害的證據，以及除了蓮沼以外，不可能是其他人下手的證據。如果沒有這兩項證據，就很難起訴。即使起訴，如果蓮沼徹底保持緘默，根據前例，極有可能被判無罪。

「最痛苦的就是很難在法庭上主張蓮沼把屍體運往靜岡這件事，因為並不是基於目擊證人的證詞，而是N系統的紀錄掌握了這個情況。」

草薙聽了檢察官指出的問題，不得不閉了嘴。目前警界規定，不能將N系統的偵查紀錄作為證據交給法庭。因為一旦提出作為證據，就必須在法庭上詳細交代N系統的架構和監視地點。警察廳在當初提出這個系統的構想階段，就要求避免這種情況發生，這個方針至今仍然沒有改變。

雖然檢方的要求很嚴格，但草薙激勵自己，無論如何都要找到可以符合這些條件的證據，要向遺族證明，警方還沒有放棄這句話並不是說說而已。

然而，即使用盡了能夠想到的所有方法，仍然無法找到檢方要求的證據。他去找了幾位法醫學家，都說無法從發現的骨骼狀態判斷死因。在克服這個難題之前，無法繼續走向下一步。

但東京這個地方幾乎每天都發生兇殘的事件，無法一直拘泥過去的案子。事實上，草薙帶領手下已經接手了深川的一起強盜殺人案。

幸好這起案子的偵查工作很順利。要求被害人的一個熟人主動到案說明後，他立刻坦承犯案，在他招供丟棄兇器的地方，也順利找到了沾有被害人血跡的魚刀，目前已經準備好移送檢方的相關資料。檢察官應該很滿意這起案子的偵辦工作，一定可以很有自信地起訴嫌犯。草薙也有完成一件工作的成就感。

但是，蓮沼寛一的事始終揮之不去。雖然已經不可能再接手那個案子，但他很不希望就這樣結束。

12

那個倉庫位在遠離住宅區的地方，附近有一條小河。

倉庫旁有一棟小屋，看起來像是辦公室，有一道門。

坐在轎車副駕駛座上的新倉直紀拿著望遠鏡觀察。小屋雖然有窗戶，但窗戶內放了東西，而且室內很暗，完全看不到裡面的情況。

「有沒有看到什麼？」坐在駕駛座上的戶島修作問。

「不，完全看不到。」新倉放下了望遠鏡，「他真的在裡面嗎？」

「就在裡面。」戶島斷言，「我昨天親眼看到那個傢伙從裡面走出來。」

戶島把車子開了過去，在經過倉庫前時，新倉凝視著小屋，但還是無法看到人影。

旁邊是一家家庭餐廳，他們把車停在那裡，兩個人一起走進餐廳，在周圍都沒有其他客人的最深處桌子坐了下來。

「我費了不少工夫，才終於找到那個倉庫旁的管理辦公室，但目前已經不是辦公室，只有一個七十歲左右的老頭一個人住在那裡。」戶島說完，喝了一口咖啡。

「那個傢伙也在那裡嗎？」

「對，」戶島小聲回答，「蓮沼也開始住在那裡。」

新倉緩緩搖著頭，「難以相信。」

「是不是很離譜？」

「如果他躲起來避風頭還能夠理解，沒想到竟然回到犯案的地方……不知道該說他是臉皮太厚，還是膽大包天，到底是怎麼回事？」新倉握緊右手捶著桌子。

今天中午過後，新倉接到了戶島的電話，說有事要和他商量，能不能馬上見面。新倉問他是哪方面的事，戶島回答說，是有關蓮沼寬一的事。新倉這時才得知蓮沼又回到了菊野，忍不住感到驚愕。他覺得一定是搞錯了，於是戶島說，要帶他來這裡。

新倉和戶島是透過佐織認識的朋友。之前佐織在Live House舉辦小型音樂會時，並木祐太郎介紹他們認識，之後在「並木屋」遇見時就會打招呼。

「我在電話中也說了，蓮沼上個星期去了『並木屋』。」

新倉聽了戶島的話，用力嘆了一口氣。

「已經無法用震驚這兩個字表達了，幸虧我當時不在場，不然很可能怒不可遏，不知道會作出什麼事。話說回來，他到底為什麼……」

「他是來找麻煩，」戶島咬牙切齒地說，「他覺得自己是因為『並木屋』和住在這裡的人的證詞，才會遭到逮捕，他對此懷恨在心，所以他要來讓我們看看他被釋放了，想要藉此報復我們。」

「報復……他根本是反咬一口。」

「都怪警察，雖然搞不清楚證據不足還是什麼原因，怎麼可以把那種人放出來。即使用強硬的手段，也要把他抓起來，然後關進大牢。」

「我也這麼想，但實際上沒辦法這麼做。」

戶島一臉愁容地點了點頭。

「即使期待警察也沒用，他們似乎也無計可施，但我們不能坐視這種情況發生。必須考慮到祐太郎他們……考慮到『並木屋』的心情，你不認為嗎？」

「我當然這麼認為，」新倉用力說道，「並木先生他們的遺憾難以用言語表達，但我內心也有強烈的憤怒，如果不會有後患，甚至很想親手解決那個傢伙。」

「是啊，是啊，我知道。」戶島聽到了他期待的話，用力點著頭，「因為你發掘了佐織的才華，親手栽培她成為歌手，我知道你內心一定很懊惱，正因為這麼想——」他迅速巡視了周圍，比剛才更壓低了聲音，「正因為這麼想，才會邀你一起加入這個計畫。」

「計畫？」新倉忍不住緊張起來，因為他完全沒想到會聽到這個詞彙，「什麼計畫？」

戶島似乎擔心被別人聽到，再度巡視周圍後，隔著桌子微微探出身體。

「不能期待警方，法律沒辦法懲罰那個傢伙，所以我們覺得，既然這樣，就只能自己動手。」

戶島說出了意想不到的話，新倉大吃一驚，「動手？……是指什麼？」

「就是親手懲罰那個男人，懲罰蓮沼寬一。」戶島眼中露出認真的眼神，顯然並不是在開玩笑。

新倉一時說不出話，拿起水杯，喝了一大口。

「懲罰……是指？怎樣的懲罰？」

「符合他犯下罪行的懲罰。」戶島說，「不瞞你說，想出這個計畫的並不是我，至於是誰想出來的，我相信不用我說，你也知道。」

「並木先生……嗎？」

戶島的脖子上下動了兩、三次。

「所謂竹馬之友，我和祐太郎完全就是這樣的關係。我們從小一起玩、一起幹壞事，被抓到也一起挨罵。」他閒聊時稍微放鬆了臉上的表情，但很快又露出嚴肅的表情，「當多年的狐朋狗友一輩子難得拜託我一次，我怎麼可能不拔刀相助？更何況是為了佐織遭到殺害的事。」

新倉又喝了一口水，雖然杯子裡還有咖啡，但他覺得無法解渴。

「沒想到並木先生……」他試圖謹慎地措詞，卻想不出適當的表達方式，「不知道該說是報仇，還是報復……他想要消除女兒遭到殺害的仇恨嗎？」

「我認為對父親來說，這是很正常的心理。」戶島說話雖然很小聲，但發自內心的話語卻很有力，「我也有兩個孩子，如果遇到相同的事，我應該也會有同樣的想法。」

「我對於……」新倉不知道該如何回答。按照常識來說，必須表達否定的意見，但那並不是他的真實想法，新倉決定踏出一步，「我非常瞭解這種心情。」

「就是啊，你剛才也說，很希望親手解決他。」

「不，但是，」新倉伸出手制止戶島，「我剛才是說，如果不會有後患的話，但很可惜，在目前的時代不允許所謂的報私仇。」

「所以就只能放棄嗎？」戶島露出好像在窺視新倉內心的眼神，「只能默默看著那種人渣繼續快樂逍遙嗎？」

新倉再度握緊右手，咚地敲了一下桌子。

「這的確讓人很不甘心，也不想放棄，但這並不現實。雖然我不知道你們想了什麼方法，但蓮沼有什麼狀況，警察一定會出動。不可能因為他是死有餘辜的人，警方就不偵辦，而且會最先懷疑並木先生他們，難道他無所謂……」新倉原本想問這個問題，但隨即自己發現了答案。他猛然睜大了眼睛，「喔，我知道了，他一定覺得只要能夠為女兒報仇，即使被警察抓也沒問題——並木先生一定這麼想，對嗎？即使有人幫忙，他也會絕口不提，一個人扛下所有的罪，他一定已經作好了這樣的心理準備。」

戶島皺起眉頭，食指放在嘴唇上說：「你說話太大聲了。」

「啊，不好意思。」新倉摸著嘴唇，他似乎在不知不覺中提高了音量。

「新倉先生，」戶島坐直了身體，用平靜的語氣說：「你猜對了，沒錯，就是這樣。並木祐太郎已經作好了這樣的心理準備。他說，萬一出了狀況，即使去坐牢也不怕。」

「也許是這樣。」

「請你聽我說完。我剛才不是說了嗎？我和祐太郎是竹馬之友，你覺得我能夠接受從小一起長大的朋友去坐牢嗎？」

新倉聽了戶島的話感到困惑。從戶島剛才說的這番話判斷，他似乎要說完全相反的話。

「……什麼意思？」

「祐太郎不會被警察抓到，不光是祐太郎，任何人都不會被抓。在這個基礎上，懲罰那個傢伙——蓮沼，這就是我們考慮的計畫，只是很希望你也可以一起加入。當然，即使最後事跡敗露，也絕對不會追究你的罪責。」

「有這麼理想的方法嗎？」

「只要大家齊心協力。」戶島露出充滿了計謀的眼神。

13

高垣智也看到那則訊息的瞬間，感到一陣暈眩，甚至以為是在開玩笑，但想到傳這則訊息的人，就知道不可能是開玩笑。

傳這則訊息給他的是並木夏美。半年前，他去了久違的「並木屋」，相互留下了聯絡方式。

他從那個姓內海的女刑警口中得知發現了佐織遺體後，去了「並木屋」，見到了約一年未見的並木夫妻，向他們打了招呼。在表達哀悼時，忍不住落了淚。並木夫婦也流了眼淚。

那天之後，智也不時造訪「並木屋」。雖然每次都打聽警方目前的偵查進度，但他們也幾乎完全不瞭解狀況。他們說，雖然不時有刑警去店裡，但完全不透露偵查進度。即使並木夫婦打聽，也只是形式化地回答：「我們正在努力逮捕兇手」，似乎和女刑警內海的態度相同。

但是，在逮捕蓮沼寬一後，偵查工作的負責人立刻打電話通知了並木夫妻。當接到夏美傳來通知他這件事的訊息時，智也忍不住緊緊握住了手機，另一隻手揮動了拳頭。他以為終於可以真相大白，佐織不再死不瞑目。

那天晚上，他立刻去了「並木屋」，發現店內擠滿了老主顧。指導佐織的新倉和其他人也都在，大家都為逮捕兇手感到高興。並木夫婦和夏美都哭了，智也跟著哭了起來。他在流淚時知道，原來自己仍然沒有忘記佐織。

沒想到接下來的發展完全出乎意料。

雖然逮捕了兇手，但完全沒有傳出真相大白的消息。智也正納悶到底是怎麼回事，收到夏美的訊息後啞口無言，因為蓮沼竟然獲釋了。

他立刻打電話給夏美。她先說了一句：「我也搞不太清楚」，然後告訴他，偵查工作的負責人草薙來到「並木屋」向他們說明情況。根據他的說明，檢察官認為目前證據還不充分。

身為被害人的家屬，他們當然無法接受這種事，並木並用激動的語氣問草薙，是否已經放棄逮捕兇手。草薙回答說，絕對沒有放棄，將和檢察官齊心協力，找出充分的證據，一定會起訴兇手。

然而，幾個月過去了，草薙仍然沒有完成當初的約定。智也從一位熟悉法律的朋友口中得知，法律上有所謂的一次性原則，基本上無法因為同一起事件逮捕嫌犯兩次，只有在發現相當有力的新證據時，才有這種可能。

警察到底在幹嘛？蓮沼目前人在哪裡？又在幹什麼？智也完全搞不清楚狀況，內心的怒火也無法充分燃燒，只能抱著一線希望，等待時間一天又一天過去。

夏美不再傳訊息給他。過了一陣子，智也主動傳了訊息。他並沒有抱任何期待，只是問她最近好不好，「並木屋」的大家都還好嗎？

沒想到不一會兒，夏美就回了他的訊息。他看了訊息之後，忍不住驚愕不已。蓮沼竟然在十天前去了「並木屋」。並木夫婦和夏美因為太受打擊，所以「並木屋」休息了好幾天，三天前才又重新開張營業。

智也看到訊息之後就無心繼續工作。蓮沼為什麼會去「並木屋」？他打算做什麼？

下班時間一到，智也立刻迅速收拾好東西，走出了公司。在快步走向車站的途中，打電話給母親里枝，說今天晚上不回家吃飯。里枝問他是不是去「並木屋」，他回答說是。

「發生什麼事了嗎？」里枝擔心地問。
「有一點事。」
「是關於佐織的事？」
「嗯。」
「什麼事？那個兇手又被抓起來了嗎？」
「不是，他又來這裡了。」
「啊？這是怎麼回事？」
「我也搞不清楚，詳細情況回家再告訴妳。」他掛上電話，加快了腳步。
發現佐織的屍體後，他曾經和里枝談過這起命案的事。在蓮沼遭到逮捕時，里枝也很高興地說，真是太好了。得知蓮沼獲得釋放時，她和智也一樣感到憤慨。
但是，里枝最近的態度和之前有點不太一樣，不時對智也說，差不多該忘了這件事。不管兇手是否遭到逮捕，或是被判死刑，佐織都無法復活。
她應該看到兒子一直追著死去女友的影子感到擔心，希望他趕快忘記痛苦的事，早日遇見其他女生。
智也也知道這樣比較好，但在搞清楚佐織為什麼遭到殺害的真相之前，他無法踏出下一步，這有點像是在證明自己對佐織的感情並不是這麼膚淺。
來到「並木屋」門口時還不到六點，所以他以為店裡應該沒什麼人，沒想到一打開拉門時嚇了一跳，所有的桌子都坐滿了人。
智也站在門口，夏美立刻從裡面跑了出來，「啊，對不起，他們很快就會離開。」
「不好意思。」坐在中間桌子的女人說道。智也曾經在這裡見過她幾次，記得她是附近最大書店的繼承人，名叫宮澤麻耶。她個子很高，體格也不錯，似乎從事什麼運動，渾身散發出很有威望的大姊頭氣勢。

宮澤麻耶的面前攤了一本筆記本，仔細一看，發現店內十幾名男女都面對她坐著。原來是這樣。智也心想。他們似乎在討論每年一度遊行的事，他之前聽說宮澤麻耶是參加遊行的比賽隊伍的隊長。

兩個坐在四人桌旁的人移動座位後，請智也入座。智也接受了他們的好意坐了下來。

「好，那我來歸納一下。」宮澤麻耶拿起筆記本站了起來，「A組繼續負責製作服裝和配件，B組負責編輯樂曲和確認音響設備，C組負責最後的彩排，還要確認氣球，差不多就是這樣，還有什麼問題嗎？」

「經常有人問，菊野隊今年要表演什麼，」一個頭上綁著頭巾的年輕人開了口，「還是必須等到當天才能公佈嗎？」

菊野隊是他們這支參加隊伍的名字。

「當然，」宮澤麻耶說，「我每年都會說這句話，沒有驚喜，就沒有娛樂效果，大家也不要忘了這一點。還有其他問題嗎？」

沒有人發言。

「OK，」宮澤麻耶說話的同時闔上了筆記本，「今天就先解散，距離正式表演只剩下沒幾天了，大家一起加油。」

「好。」大家很有精神地回答，紛紛站了起來。

夏美拿了小毛巾給智也，「不好意思，讓你久等了。」

「那倒是沒問題，妳說蓮沼來過這裡，這件事是真的嗎？」

夏美立刻愁容滿面，輕輕點了點頭。

「簡直太離譜了，」正在收拾的宮澤麻耶在一旁插嘴說，「我聽說這件事時，還懷疑自己聽錯了。我搞不懂處分保留是什麼，但大家都知道他就是兇手，沒想到他竟然還敢來這裡，真不知道他想幹什麼。」

「他來這裡時說，要我們付賠償金給他，除非他拿到錢，否則還會再來這裡。」

智也聽到夏美這麼說，忍不住困惑起來，「賠償金？」

「他說是因為我們的關係，他才會被當成兇手，所以要我們補償他。」

「他在說什麼屁話！」宮澤麻耶咬牙切齒地說，「他腦筋有問題嗎？警察到底在幹嘛？怎麼可以讓這種人逍遙法外？」

「他離開後不久，刑警來我們店裡，問蓮沼在店裡時做了些什麼，警察好像一直在跟蹤他。」

「他好像還在這附近。」戴頭巾的年輕人說。

「真的假的？」宮澤麻耶瞪大了眼睛。

「有人寫在社群網站上，我朋友看到之後告訴我，在社群網站上留言的是那傢伙之前任職的那家公司的人，那傢伙好像去投靠還在那家公司上班的同事那裡，警察還曾經上門調查。」

宮澤麻耶咂了一下嘴。

「他打算留在這裡到什麼時候？該不會真的以為可以拿到賠償金？」

「那就不知道了。」綁頭巾的男人偏著頭，似乎覺得問他這種問題，他也很傷腦筋。

「請問，」智也站了起來，看著綁頭巾的年輕人，「社群網站上有沒有寫他投靠的那個人住在哪裡？」

年輕人一臉為難地搖了搖頭，「不，這就……」

「夏美。」這時傳來叫聲，並木祐太郎不知道什麼時候從廚房走了出來，「妳在幹什麼？有沒有問智也要喝什麼？」

「啊，我正打算問……」

「客人要陸續進來了，不要在那裡發呆──智也，不好意思。」並木向他鞠了一躬。

「不……」智也坐了下來，抬頭看著夏美說：「那就先給我啤酒。」

「好。」夏美說完，轉身走了進去。

「老闆，」宮澤麻耶轉頭看著並木，「如果有什麼需要幫忙，隨時告訴我，如果你不希望蓮沼來這裡，大家會齊心協力阻止他。」

並木的嘴角微微放鬆，小聲說了聲：「謝謝。」

「那我就先走了。」宮澤麻耶和其他人一起走了出去。

夏美拿著一瓶啤酒、杯子和小菜送了上來，並木說了聲：「我坐一下」，然後在智也對面坐了下來，為他的杯子裡倒啤酒。

「夏美告訴你，蓮沼來過這裡的事嗎？」

「對，今天白天……」

並木咂了一下嘴，轉頭看著女兒，「大家在忙工作，妳卻在聊這種無聊的事。」

「因為……」夏美嘟著嘴，低下了頭。

「智也，」並木轉過頭看著他，「我很感謝你至今仍然沒有忘記佐織，但你有你的將來，也差不多該放下了。」

智也把舉到嘴邊的杯子放回桌子上。

「這是……叫我忘記那件事和佐織的意思嗎？」

「也許很難徹底忘記，但一直放不下，對你的人生會產生影響，我們家人被那起事件綁住就夠了，我不希望造成別人的困擾。」

「根本不是什麼困擾，」智也語氣堅定地說，「就像剛才宮澤小姐說的那樣，我也很希望出一點力，更何況我也完全無法接受那個男人遭到釋放這件事。」

「謝謝，你有這份心意就足夠了。但有一句話我要聲明，在這件事上，即使你認為已經和你無關也完全沒有問題，我也不會覺得你薄情寡義。」

「認為和我無關……呃，請問這句話是什麼意思？」

「沒什麼特別的意思，就是字面上的意思。」

「請慢用。」並木站了起來，然後走回了廚房。

智也困惑地目送他的背影，完全搞不懂他為什麼說那句話。

拉門發出嘎啦啦的聲音，有新的客人進來。智也抬頭一看，發現是曾經在這裡見過幾次的客人。他好像姓湯川，大家都叫他教授。他似乎最近經常來這裡。

對方似乎也記得智也，默默向他點頭打了招呼，智也也向他點了點頭。

夏美拿著小毛巾走向湯川，「歡迎光臨，老樣子嗎？」

「嗯，老樣子，再給我啤酒。」

「好。」夏美回答後，走去後方。

智也獨自吃著晚餐，思考著並木剛才那番話的意思，他覺得其中似乎有什麼深奧的含義。

坐在隔壁桌的湯川正在和夏美聊天，似乎請夏美帶他去看遊行，夏美請他至少要提前一個小時去佔位置。

智也在晚上七點多走出「並木屋」。他對並木剛才的話耿耿於懷，腳步也格外沉重。

當他走向回家的方向沒幾步，就聽到有人叫他「高垣」。叫他的那個聲音聽起來並不陌生，他停下腳步，東張西望起來。

「這裡啦。」那個聲音再度響起。

原來叫他的人坐在停在路旁一輛轎車的駕駛座上。智也的確和那個人很熟。他是「並木屋」的老主顧戶島。

智也走去車旁問：「怎麼了？」

「你現在方便嗎？有一件重要的事想和你談一談。」

「……關於什麼事？」

「那當然是——」戶島舔了舔嘴唇，瞥了一眼「並木屋」後，再度抬頭看著智也，「是關於蓮沼的事，當然，如果你對佐織還有感情的話。」

智也用力深呼吸，「請你務必告訴我。」

「來，那就上車吧。」

「好。」

智也繞去車子的另一側，他感到心跳加速。

回到家時，已經將近晚上十點了，里枝坐在客廳的沙發上看電視，看到智也回家，立刻拿起遙控器關了電視。「今天真晚啊。」

「嗯，因為聊了許多事。」

「聊了些什麼？」

「就很多事啊，也遇到很多老主顧。」

「那個兇手會怎麼樣？他為什麼又跑來菊野？」

「不知道，大家都很生氣。」

「智也，」智也正準備走去自己房間，里枝叫住了他。「佐織不會再回來了。」

「所以呢？」

「我看你是不是別再去『並木屋』了？那只會讓你想起痛苦的往事。」

智也沒有吭氣，走出了客廳。走進自己房間，脫下西裝，解開領帶，就直接倒在床上。

他回想著和戶島之間的談話。戶島和他談的內容很驚人，如果被里枝知道，她一定會目瞪口呆地表示反對，也會要求自己絕對別做那種事。

他終於瞭解並木在店裡的時候為什麼會說那些話，並木知道戶島會去找智也一起協助，所以事先暗示智也，不需要勉強答應，即使拒絕也無妨。即使智也拒絕，也不會覺得智也薄情寡義。

但是，智也立刻告訴戶島，請務必讓自己參與。

因為他覺得，一旦逃避，自己將會抱憾終生。

14

今天是對菊野商店街來說特別的星期天。正在店內的夏美打量著街道，發現一大早就有許多人來來往往。現在才上午十點多，離遊行開始還有將近一個小時，觀光客都四處走動，想要佔一個好位置。

「幸好今天天氣放晴了。」真智子的聲音從正後方傳來。

「嗯。」夏美轉過頭，點了點頭，「如果下雨，那些負責準備工作的人會很辛苦。」

「是啊。」真智子點了點頭，走進廚房去幫忙已經開始張羅的祐太郎。「並木屋」在非假日只有晚餐時段營業，星期六和星期天在午餐時間也會營業。

拉門外有一個人影，嘎啦一聲打開拉門的，果然就是意料中的人。

「鐵路公司也太不貼心了。」身穿深綠色夾克的湯川不悅地說，「像今天這種日子應該加開班次。」

「電車很擁擠嗎？」

湯川一臉疲憊地點了點頭。

「簡直就像是沙丁魚罐頭，不要說根本沒座位，連站直身體都很困難，我還必須舉起雙手，以免別人誤會我是色狼。」

「哈哈哈，」夏美大笑起來，「那真是辛苦啊。」

「看來遊行比我想像中更加熱鬧，沿途都看到很多人都在搶最佳拍攝位置。」

「也許吧，我們可能也要早點出發。」夏美站了起來，穿上了放在一旁椅子上的連帽外套，「媽媽，那我出門了。」

真智子從廚房的櫃檯探出頭說：「路上小心，湯川老師，玩得開心點。」

「謝謝，我晚上會再來。」湯川笑著對廚房說。

牆邊放了兩張折疊式的木椅，夏美把其中一張遞給湯川說：「來，這個給你。」

「不錯不錯，」湯川接過椅子，心領神會地點了點頭說：「好主意，能夠坐著欣賞真是太好了。」

「很可惜，沒那麼輕鬆。」

湯川不解地皺起眉頭問：「什麼意思？」

「等一下你就知道了，我們走吧。」夏美也拎起另一張椅子。

一走出食堂，就差點撞到一個拿著相機的男人，這一帶的人行道雖然很寬敞，但沿途都聚集了人群，所以能夠走路的範圍變小了。

「啊呀啊呀，簡直和廟會差不多啊。」湯川邊走邊嘀咕，「照這樣來看，好位置恐怕已經被人佔走了。」

「馬路旁應該沒位置了，因為這個遊行一年比一年更熱鬧，在活動還沒有完全結束之前，就會有人把影像接連傳到社群網站，所以有人為了能夠拍到最好的角度，從昨晚就開始佔位置。」

「這樣啊，這些人真有心啊。」

「這代表這場遊行真的很值得一看，教授，你看了之後就知道了。」

「嗯，我是很期待啦。」

他們撥開人群往前走，不一會兒，來到一個很大的路口。橫向的路今天禁止通行。

夏美走向街角的大樓，打開椅子，放在牆邊。

「教授，你也把椅子放在我的旁邊。」

「這樣可以嗎？」

夏美看到湯川放下椅子，說了聲「ＯＫ」，在椅子上坐了下來。

「坐在這裡可以看到嗎？」湯川也坐了下來，問了內心的疑問，「前面應該會有很多人走來走去，等遊行開始之後，應該會有更多觀光客，除非前面的人蹲下來，否則根本看不到。」

「雖然主辦單位會要求最前排的人壓低姿勢，但後排就沒辦法了，因為大家都會踮起腳尖。」

「那我們不就看不到了嗎？」

「別擔心，別擔心，交給我吧。」

時間一分一秒過去，觀眾越來越多，還有很多人一身角色扮演的裝扮。遊行的官方網站上寫著，歡迎民眾也一起角色扮演。有人穿得很有模有樣，而且已經在街頭拍照。

「雖然現在不太適合談論這個問題，但那天之後，那個男人還有再來嗎？」湯川問。

「那個男人？」

「就是之前突然闖進『並木屋』的那個人，他是殺害妳姊姊的嫌犯。」

「喔……」

「雖然妳爸爸把他趕走了，但他說還會再來，他真的來了嗎？」

「不，那天之後，他沒有來過。」

「是嗎？那就太好了。不好意思，讓妳想起不愉快的事。」

「沒事。」夏美搖著頭，感覺到自己的臉頰漸漸僵硬。

每次想到蓮沼的事，她的心情就會變得很沉重。得知那個男人就在附近，比起憎恨，更害怕他因為之前遭到逮捕而懷恨在心，可能會伺機報復。真智子可能也有相同的擔心，所以再三叮嚀她，盡可能不要一個人出門。可能覺得蓮沼如果圖謀不軌，可能會對夏美下手。

那個傢伙為什麼會遭到釋放？為什麼沒有坐牢？夏美完全不瞭解詳情，她內心的憎恨和憤怒完全沒有減少，但也漸漸對於這種不公平感到煩躁的日子感到疲倦。她漸漸覺得，既然那個男人沒有遭到懲罰是無法改變的現實，那就只能接受這個現實，不要再執著過去，看向未來才更加合理。

既然那個姓蓮沼的男人沒有受到懲罰，真希望他至少遠離這裡，讓自己可以忘記這個人，這是夏美內心的真實想法。

「轟」的號砲聲音，把夏美拉回了現實。遊行開始了。她發現周圍擠滿了人，連走路都有點困難。

不一會兒，遠處傳來音樂聲，第一支隊伍慢慢走了過來。觀眾紛紛踮起了腳，伸長了脖子。

「教授，趕快站起來。」夏美拍了拍湯川的肩膀站了起來，然後穿著鞋子站在椅子上。

「原來還有這一招。」湯川也立刻學她站在椅子上，「原來是把椅子當成站台，喔喔，這下子看得很清楚。」

他們隔著人牆看向遠方，一群穿著五顏六色衣服的人配合音樂的節奏，緩緩向這裡前進。夏美從牛仔褲口袋裡拿出一張折起的紙。那是遊行的節目表，上面有出場的順序。

「這是來自兵庫縣神戶市的隊伍，」夏美說，「去年是第二名，當時表演的是『一千零一夜』，今年是『美女與野獸』。」

那支隊伍來到他們面前，扮成餐具和傢俱的隨從走在最前面，他們的服裝品質很高，完全沒有廉價的感覺。兩名主角跟在他們身後出現了，野獸的扮相很出色，美女的服裝也很豪華，而且挑選了原本就很漂亮的女生扮演美女。

他們剛才只是邊走邊向觀眾揮手，來到路口的中央時，野獸和美女開始跳舞，那些扮成餐具和傢俱的隨從也開始演奏樂器。那是動畫中的經典場面。觀眾都歡呼起來。

「太棒了。」站在夏美身旁的湯川說，「沒想到娛樂效果超乎我的想像。」

「我就說吧。」

「但我想到一件事。」

「什麼事？」

「著作權的問題。據我的觀察，他們表演的『美女與野獸』和迪士尼的動畫很像，他們有得到授權嗎？」

「你要問這個問題？」

湯川一臉不解地看著她，「什麼意思？」

「這個問題很微妙。這支隊伍去年表演的『一千零一夜』就是迪士尼的『阿拉丁神燈』的翻版，而且也使用了電影的音樂，我猜想他們應該並沒有獲得授權。」

「這樣沒問題嗎？」

「我也不太清楚。」夏美偏著頭。

「有時候會討論這個問題，目前認為嚴格來說，應該不行，但畢竟不是用來做生意，而且萬聖節時使用通常都沒有問題，所以主辦的菊野市認為，就交由各隊自行判斷。」

「菊野市本身是什麼態度？不是也有一支隊伍參賽嗎？」

「菊野隊表演的節目都是沒有著作權的故事，像是民間故事或是童話，還有作者去世幾十年，已經不受著作權保護的故事。去年演的是『輝夜姬』。」

「今年呢？」

夏美低頭看著節目表說：「好像是『金銀島』。」

「原來是羅伯特・路易斯・史蒂文森，真令人期待啊，他們什麼時候出場？」

「菊野隊都是最後出場，節目表上寫的是下午兩點左右。」

「兩點？我們要一直站在這上面嗎？」

「累了可以坐下來休息，這才是椅子原本的功能啊。」

「……那倒是。」

之後，又有幾支隊伍從他們面前經過，很多都是知名動畫中的角色。雖然如湯川所說，違反了著作權，但每支隊伍的表演完成度都很高，可以感受到他們的投入，相信作者願意一笑置之。

夏美發現手機響了。是真智子打來的。一看時間，她忍不住倒吸了一口氣。原來已經過了正午。

「教授，對不起，我要先回店裡。」因為表演隊伍的音響車剛好經過，所以夏美大聲地說，「我兩點會再來這裡。」

夏美看到湯川點頭後跳下椅子。

她回到「並木屋」，發現已經有三桌客人，夏美被正在招呼客人的真智子瞪了一眼，聳了聳肩膀，吐著舌頭。

門外持續傳來熱鬧的音樂聲，有動畫電影的主題曲，還有童謠或是古典音樂。想到許多人為了今天這個日子做了周到的準備，就為身為這裡的居民感到高興。

客人絡繹不絕，來了又走，走了又來。從客人的談話中發現，他們有各自喜歡的隊伍，看完了那個隊伍的表演，所以才來吃午餐，有不少人從中午就開始喝啤酒。

下午一點半是午餐的最後點餐時間。夏美原本打算等過了最後點餐時間後就回去找湯川，沒想到剛好有客人在那個時間進來，那是一個身材微胖的中年女人。

「不好意思，現在還可以點餐嗎？」

「沒問題，但已經是最後點餐時間了。」

「沒關係，我馬上就點餐。」

那個女人一坐下，就點了炸牡蠣和另外幾道菜。她沒有看菜單，就一口氣說出了菜名，可能以前曾經來過這裡，但夏美不記得曾經看過她。

夏美把客人點餐的內容告訴正在廚房的真智子後說：「那我回去教授那裡。」然後就離開了。

遊行漸入佳境，夏美看著知名機器人動畫中的角色昂首闊步走在街上的樣子，走去找湯川。

湯川站在椅子上，正在用手機拍攝。他的表情很專注，夏美覺得很有趣。

「你似乎樂在其中。」夏美站上湯川身旁的椅子時說道。

「比起樂在其中，我更覺得受益良多。」湯川推了推眼鏡，「雖然是重現故事的經典場面，但每個人認為的經典場面並不相同。剛才連續兩支隊伍都是以同一部動畫電影作為題材，卻重現了完全不同的場面，實在太有意思了。」

夏美一臉很受不了的表情說：「這就叫樂在其中啊。」

之後又有幾支隊伍從他們面前經過。初期的時候，參加的隊伍很少，而且每支隊伍的扮相都看起來很粗糙，如今一年比一年豪華，參賽的隊伍也都打扮得更華麗。

「菊野隊終於要出場了。」夏美確認了節目表後說道。

遠處傳來了音樂聲，掌聲和歡聲比之前更加熱烈。

有什麼巨大的東西漸漸靠近。夏美定睛細看，忍不住倒吸了一口氣。原來是一艘船。那是模仿古代木造船的花車，上面站了好幾個海盜。

「太厲害了，竟然連這個也可以作出來。」

菊野隊保密到家，在表演當天之前，只有極少數人看過遊行的服裝和大小道具，夏美想像著執行委員會委員長的宮澤麻耶臉上得意的表情。

跟在船後方的是顯示藏寶地點的藏寶圖，還有幾個藏寶箱。藏寶箱打開著，裡面裝滿了金銀財寶，扮成海盜的人一個接著一個邊跳著舞，邊推著藏寶箱。

船來到路口中央時停了下來，海盜在船上和船的周圍打了起來。應該是在重現某個經典場景。他們似乎練習了多次，配合得天衣無縫。海盜打了一會兒，又開始搶藏寶箱，他們的動作很激烈，藏寶箱相互撞擊的聲音也很震撼。

打了一陣子之後，他們又繼續往前走。有些人喘著粗氣。因為他們都穿著沉重的戲服打鬥，運動量也很大。

海盜離開後，一個巨大的藍色氣球隨著音樂出現了。音樂是新倉直紀為這場遊行創作的主題曲。

「那是什麼？」湯川問，「是青蛙妖怪嗎？」

夏美噗哧一聲笑了起來。她知道湯川是在問那個氣球。

「雖然看起來像青蛙，但其實是虛構的動物。看起來像眼睛的地方是耳朵，像鼻孔的地方是眼睛。這是為這場遊行設計的吉祥物，名字叫菊野寶寶，從四年前開始，都會在遊行結束時出現。」

「原來叫菊野寶寶，但光要把這麼大一個氣球吹起來也很辛苦啊。」湯川說話的語氣很冷靜。

氣球很大，長度足足有十公尺左右。裡面充了氦氣，但有幾處用繩子綁住，周圍的人抓在手上，以免氣球飄走。

「啊，今年的遊行也結束了。」夏美看著氣球遠去，從椅子上跳了下來。她看了手機顯示的時間，發現已經下午三點多了。

「兩個小時後才會公佈結果，不知道今年哪一隊會獲得冠軍。教授，你不是從頭看到尾嗎？你覺得哪一隊最棒？」

湯川操作著手機，似乎正在確認自己拍攝的影片。

「每一隊都很出色，但我個人認為『海蒂』最精采。」

「海蒂？有這個節目嗎？」

「有一個巨大的鞦韆，坐在那上面要有很大的勇氣，太了不起了。」

夏美皺起眉頭，微微偏著頭，她完全無法想像那是怎樣的表演。

她正想問那是怎樣的節目時，手機響了，螢幕上顯示的是「並木屋」的電話。

「喂？」她接起了電話。

「夏美？妳人在哪裡？」真智子問。

「哪裡……我在四丁目的路口，和教授一起看遊行，遊行剛結束。」

「那妳可不可以馬上回來？因為出了點麻煩。」

「怎麼了？發生什麼事了？」夏美內心有一種不祥的預感。她想起蓮沼的臉。那個男人該不會又去店裡了？

「有客人身體不舒服。」真智子的回答完全出乎她的意料。

「客人？」

「最後進來的那個女客人，有點胖胖的。」

「喔，」夏美想起來了，「就是點炸牡蠣的人。」

「沒錯，她吃完後不久走去廁所，然後一直沒出來。好不容易走出來了，卻說肚子很痛。」

「啊，是吃了牡蠣有問題嗎？」

「牡蠣都煮熟了，絕對沒有這種事，但還是決定帶她去醫院，所以爸爸開車帶她去了。」

「原來發生了這種事，太可怕了。」

「所以妳可不可以趕快回來？我也想去醫院看一下是什麼狀況，但鍋子裡正在煮晚上店裡要用的菜。」

「好。」

夏美掛上電話，向湯川說明了情況，戴著無框眼鏡的他眨了眨眼睛。

「那可不太妙啊，妳趕快回去吧，兩張椅子我等一下會拿去店裡。」

「真的嗎？太好了，謝謝你。那就一會兒見。」夏美快步離開了。

回到店裡，真智子已經作好了出門的準備。夏美向她瞭解了狀況，她回答說：「我也搞不清楚，反正我先去醫院。鍋子裡的東西還在燒，但妳不用動它沒關係。妳順便把碗盤也洗一下。」真智子說完就走了出去。

廚房內堆滿了髒碗盤和烹飪器具，夏美嘆了一口氣，拿起掛在牆上的圍裙。

兩個小時後，祐太郎和真智子才回到店裡。兩個人都一臉不悅的表情，夏美以為發生了什麼很糟糕的事，於是問他們到底是什麼狀況，真智子回答說：「結果好像沒事。爸爸開車送她去醫院時，她還在嗯嗯呻吟，但好像之後就好了一些。我去的時候，她剛好從診間出來，一副沒事的樣子，還向我們道歉說，好像只是身體狀況有點問題，很不好意思，還讓我們為她擔心。」

「原來是這樣，那真是太好了，我還擔心萬一食物中毒就慘了。」

「就是啊，真搞不懂是怎麼回事。」真智子感到很納悶。

「我不認識那個客人，她常來嗎？」

「沒有，」真智子搖了搖頭，「應該是第一次來店裡，爸爸也不認識她。」

「她叫什麼名字？」

「她說她姓山田，」祐太郎嘀咕說，「幸好沒事，真是太好了。」說完，他走進了廚房。不知道是否剛才很緊張，所以看起來好像鬆了一口氣。

夏美的手機收到了訊息。是湯川傳來的訊息，問她情況怎麼樣。湯川似乎也很擔心。

夏美回覆說，似乎沒事了。

傍晚五點半，準備開始做晚餐的生意。夏美正把「準備中」的牌子換成「營業中」時，聽到背後傳來一個聲音：「我會不會太早來了。」轉頭一看，湯川拿了兩張椅子站在那裡。

「不會，謝謝你幫我把椅子帶回來，來，進來吧。」

夏美打開拉門，請湯川進來。

「幸好那位客人平安無事。」湯川坐下後說。

「是啊，我還很緊張，以為衛生所的人會衝過來。」

「對餐廳來說，食物中毒真的是攸關生死的問題，」湯川說完，豎起了手指，「先來一瓶啤酒，還有——」

「滷什錦菜吧？我知道了。」夏美把小毛巾放在湯川面前後走去後方。

六點過後，戶島、新倉夫婦、高垣智也這些老主顧也陸續上門，每個人都在熱烈討論遊行的事。聽說「海蒂」獲得了冠軍。夏美和湯川互看了一眼，湯川一臉得意地喝啤酒。

不一會兒，宮澤麻耶也和兩個年輕男人一起走進店裡。雖然他們等一下要舉行慶功宴，但他們似乎先來吃一點東西填肚子。菊野隊獲得第四名，他們覺得有點遺憾。

「不過真的很棒，」夏美把料理送到他們桌上時說，「那艘船很逼真，海盜也很有模有樣。」

「是啊，很出色，真的很了不起。」戶島似乎也聽到了，在遠處的座位插嘴說。其他人也都紛紛點頭。

「謝謝，聽到你們這麼說，我真是太安慰了。好，那就先來乾杯。」宮澤麻耶一聲令下，三個杯子在桌子上方碰在一起。

不一會兒，菊野隊的另一名成員也走進店裡，這個年輕人一臉凝重地走向宮澤麻耶的那張桌子。

「怎麼這麼晚才來？你剛才跑去哪裡混了？」宮澤為那個年輕人倒啤酒時問。

「我有事去了鄰町一下，回來的路上，看到有很多警車，所以就去看了一下。」年輕人拿著裝了啤酒的杯子回答，「就是在河邊有一排倉庫的地方，沒想到——」

他突然很小聲說話，夏美沒聽到他在說什麼。

「什麼?真的嗎?」宮澤麻耶大聲問。
「應該錯不了,因為我剛好聽到警察在說。」
宮澤麻耶抬頭看著夏美,猶豫了一下之後說:
「他說蓮沼死了。」

15

草薙懷疑自己聽錯了。怎麼可能有這種事?但間宮不可能開這種玩笑。
「真的是蓮沼嗎?」草薙握著手機的手忍不住用力。
「菊野分局已經確認了,所以應該沒錯,只是目前還不知道是不是他殺,所以還沒有決定是否要成立搜查總部。」
「地點呢?」
「好像是蓮沼以前同事的住處。」
「喔。」草薙立刻瞭解了,「菊野分局的武藤副警部曾經向我提過這件事,說他被江戶川區公寓的房東趕了出來,所以就去投靠以前的同事。」
「聽說也是那個同事發現了他的屍體。」
「知道了,我馬上過去。」正坐在家中餐桌旁的草薙站了起來,桌上的盤子內還有一大半還沒吃完的義大利麵,「管理官,如果確定是他殺,希望交給我們這一股負責,這樣沒問題吧?」
「我正是打算這樣,所以才和你聯絡,只不過——」電話中傳來嘆氣的聲音,「你要謹慎行事。」

「我知道。」

掛上電話後，他拿起義大利麵的盤子，走進廚房，倒進了廚餘袋。

走出家門後攔了計程車前往菊野。在車上時和下屬岸谷、內海薰等人聯絡。內海薰問，她是否也可以去現場，草薙回答說都可以。

他聯絡了菊野分局的武藤。電話接通了，武藤劈頭就問：「你有沒有聽說蓮沼的事？」

「我剛才聽說了，太驚訝了。」

「我也一樣，太出乎意料了。」

「我目前正趕往那裡，我可以去看一下現場嗎？」

「只要鑑識工作結束就沒問題。我也在現場附近，我把詳細位置傳給你，可以請你直接來這裡嗎？」

「我知道了。」

掛上電話後不久，就收到了電子郵件，確認地圖後，發現那一帶並不是住宅區。他想起武藤之前曾經提過，那裡是倉庫的管理辦公室。

進入菊野市後，草薙不停地向司機發出指示，不一會兒，就看到前方警車的紅燈，有好幾輛警車。

「司機，就停在這裡。」

下了計程車，草薙巡視四周，走向現場。這一帶有一排倉庫和小工廠，不見住宅和店家。菊野分局的刑警應該全員出動，但不難想像，應該很難打聽到有用的目擊線索。

看起來像是現場附近的倉庫周圍拉起了封鎖線，有幾名警察在站崗，草薙向其中一名警察出示了警察證。

「我是草薙，請問武藤副警部在嗎？」

「請等一下。」

年輕的警察用對講機不知道和哪裡聯絡之後，對草薙說：「請你在這裡等他。」倉庫旁有一棟小房子，應該就是蓮沼以前的同事住的管理辦公室，身穿鑑識制服的人不停地進進出出。

草薙等了一會兒，身穿西裝的武藤從房子內走了出來。他皮膚黝黑，五官輪廓很深，看起來像是南方人，但他說自己是在北方出生的。

簡單打完招呼後，立刻進入了正題。

「屍體已經搬走，鑑識作業也已經告一段落，你要察看現場嗎？」

「我很想看看。」

「那我帶你去，但你看了可能會感到失望。」

「你的意思是？」

「嗯，你看了就知道了。」

草薙跟著武藤走向辦公室。辦公室的門敞開著，裡面的燈光洩了出來。

從入口向內張望，發現地上鋪著木棧板。一進門就是脫鞋子的地方，草薙在那裡脫了鞋子，戴上手套的同時，跟著武藤走進去。

辦公室大約三坪大，放了一張單人床，小流理台旁放著小冰箱和收納箱，收納箱內放著餐具。

除此以外，只有一張小桌子和一台電視，並沒有櫥櫃。牆上釘了幾根釘子，掛著鐵絲的衣架。下面排放了紙箱，打開一看，裡面雜亂地丟著衣服。

房間深處有一道拉門，目前敞開著，草薙看了之後問：「隔壁還有一個房間嗎？」

「對，只是能不能稱為房間很微妙。」武藤說，「蓮沼的屍體就是在那裡發現的。」

武藤走了進去，草薙也跟在他身後。

他站在入口向內張望，房間差不多一半多大，天花板很低，草薙只要一伸手就可以摸到。沒有窗戶，也沒有收納空間，地上鋪著木板，但有點髒。

「聽說這裡原本是辦公室的儲藏室。」武藤說。

「原來是這樣。」草薙恍然大悟，「這裡什麼都沒有，是鑑識人員把所有東西都搬出去了嗎？」

「是啊，但其實原本就沒什麼東西，」武藤操作著智慧型手機，把螢幕朝向草薙，「這是發現時的狀態。」

螢幕上出現了蓮沼倒在地上的樣子，他穿著灰色運動服，仰躺在地上，地上鋪著野餐墊，上面鋪著床墊和被子，旁邊放著脫下的衣服和皮包。

「聽說目前還不知道死因。」

「對，下午五點半左右，住在這裡的人外出回家，就看到他躺在這裡，沒有呼吸了。於是立刻叫了救護車，救護人員確認已經死亡後，立刻報了警。屍體並沒有明顯的外傷，也沒有被掐脖子的痕跡，當然更沒有打鬥的痕跡，目前判斷大約是死後三十分鐘到兩個小時之間。」武藤把手機放回懷裡。

下午五點半時判斷死後三十分鐘到兩個小時，代表他是在下午三點半至五點期間死亡。

「住在這裡的人是蓮沼以前的同事吧？呃……」草薙準備拿出記事本。

「他叫增村，增加的增，村莊的村。」

「能不能向這個增村瞭解情況？」

「他目前正在分局接受偵訊，之後會安排他今晚住在車站前的商務飯店，如果你想當面問他，可以調整行程。」

「那就麻煩你調整一下。」

「好。」

武藤再度拿出手機，不知道打電話去哪裡。

草薙再度打量著原本是儲藏室的小房間。不知道蓮沼躺在這麼狹小的房間在想什麼？聽說他一回到這裡，就立刻去了「並木屋」，他為什麼要去刺激被害人家屬？

房間的入口是拉門，軌道在室內那一側。沒有門把，只裝了一個金屬把手，還加裝了可以上鎖的金屬門扣。因為原本是儲藏室，應該是用來防盜。

武藤掛上了電話。

「增村的偵訊已經結束了，我請他們送他去商務飯店之前，把他帶來這裡。」

「太好了，在這裡聽他說明，比較能夠瞭解現場狀況。」

「我在旁邊也沒問題嗎？」

「當然。」

草薙回答時，入口那裡傳來了動靜。回頭一看，內海薰探頭進來。

「可以打擾嗎？」

「請進。」武藤回答後，轉頭對草薙說：「連內海都來了，看來警視廳認為他殺的可能性很高。」

「菊野分局目前的看法是？」

「當然最先考慮這種可能性，因為蓮沼有即使被殺也不奇怪的情況，刑警應該已經去瞭解情況了。」武藤停頓了一下後說：「去『並木屋』。」

草薙默默點了點頭。在目前的狀況下，只要參與並木佐織離奇死亡事件偵查工作的人，應該都會想到同一件事。

「我等一下也可以去嗎？」

內海薰問。

「先不要去，」草薙回答，「目前菊野分局還沒有向警視廳申請支援，先不要插手。」

女刑警一臉不服氣地想要皺眉頭，但隨即順從地回答說：「好。」

「屍體上並沒有明顯的異常，其他情況如何，鑑識人員有沒有說什麼？」草薙問武藤。

「好像並沒有發現任何特別需要注意的問題，也沒有發現指紋被擦掉的痕跡。」

「是嗎？」

草薙嘆了一口氣。目前還無法斷言是刑事案件，只能等待解剖結果出爐。既然沒有外傷，如果是他殺，很可能使用了毒藥。

武藤剛才出示的照片中，蓮沼身旁並沒有飲料的容器。即使使用飲料讓蓮沼服毒，應該也被兇手帶走了。

草薙想起並木祐太郎的臉。他嫌疑最重大，而且也有十足的動機。

但是——

草薙注視著小房間，很難想像並木和蓮沼在這麼狹小的空間內對峙。如果並木找上門，蓮沼一定會心生警戒，應該不可能輕易喝下有毒的飲料。

武藤拿出手機，似乎有人打電話給他，他把手機放在耳邊。

「我在裡面，讓他進來。」他掛上電話後，看著草薙和內海，「住在這裡的人到了。」

外面很快傳來說話的聲音，草薙看向入口。

一個身穿運動夾克、個子矮小的男人跟著制服警察走了進來，他看到草薙等人，立刻鞠了一躬。

16

菊野分局的刑警直到將近半夜十二點時才終於離開。他們在「並木屋」快打烊時出現，等到最後一名客人離開後，分別偵訊了並木家的三個人——祐太郎、真智子和夏美。

夏美在停在門外的警車內接受了偵訊，刑警主要問她今天一整天的行動。詳細瞭解了她幾點到幾點之間在哪裡，做了什麼，和誰在一起。如果曾經接到電話，又是誰在幾點打來；如果曾經打電話給別人，又是打給誰，談什麼事。

夏美不需要隱瞞任何事，所以就一五一十如實回答，但她覺得很不舒服，因為她明顯感受到刑警在調查她是否有不在場證明。

刑警離開後，她在店裡和祐太郎、真智子一起討論這件事，發現警察也詳細調查了他們的不在場證明。

「警察有沒有告訴妳們蓮沼是怎麼死的？」祐太郎看了看夏美，又看向真智子問道。

真智子默默搖了搖頭。

「他們也沒告訴我，」夏美回答說：「只是一個勁地問很多問題，我根本不敢問他們。爸爸，你有問他們嗎？」

「我問了，但他們沒告訴我，我覺得那些刑警似乎也搞不清楚，既然會來問我們的不在場證明，代表他們認為蓮沼很可能是被人殺害的嗎？」祐太郎難以理解地偏著頭。

「如果是被人殺害，當然會懷疑是我們幹的。」真智子說。

「但我相信他們應該已經知道，我們並沒有說謊。」

夫妻兩人聽了夏美的話，互看了一眼。

「嗯，應該吧。」祐太郎說完，抓了抓耳朵後方。

不知道哪裡傳來手機鈴聲。祐太郎走去吧檯，拿起放在吧檯上的手機。

「是修作。」他嘀咕了一句，接起了電話，「喂，是我……嗯，剛才還在這裡。還有其他刑警偵訊了真智子和夏美……應該是為了確認我們有沒有串供吧……嗯，關於這件事……」祐太郎邊說邊走進了廚房。

「夏美，我要關燈了。」真智子關了牆上的開關。

「嗯。」夏美回答後，脫下鞋子上了樓。

回到房間，只剩下一個人後，她檢查了手機，智也傳來了訊息，他想瞭解狀況。

她覺得打電話比較省事，於是決定打電話，智也應該不會這麼早睡覺吧。

電話很快就接通了，電話中傳來智也的聲音。

「喂？夏美嗎？」

「對，你現在方便嗎？」

「沒問題。之後情況怎麼樣？」

宮澤麻耶告訴大家蓮沼死了之後，「並木屋」內一片譁然。當時在店裡的都是老主顧，全都知道蓮沼的事。大家議論紛紛，討論他為什麼死了，是不是被人殺死。

但是，大家漸漸安靜下來，最後所有人都閉了嘴。除了得知蓮沼已死以外，沒有任何消息，大家想必都發現，即使再怎麼談論臆測也沒有意義。

這時，祐太郎從廚房走出來說：「我相信很快就會有消息，我們就靜靜關注事態的發展。」當然沒有人能夠反駁他這句話，大家都默默地點頭。

宮澤麻耶等人起身去參加慶功宴時，其他客人也都紛紛結帳離開了，智也在離開之前，對夏美咬耳朵說：「如果有什麼狀況通知我。」

夏美告訴智也，刑警來店裡問了很多事。

「他們果然最先懷疑你們。」

「我覺得這也很自然，更何況我們真的恨死他了。」夏美說出了真心話，「但我們三個人都清楚說明了今天一整天的行動，我想應該不會再懷疑我們了。」

「所以你們有不在場證明。」智也的聲音聽起來很意外。

「至少我爸媽有不在場證明，他們一直在店裡，中午的營業時間結束之後去了醫院。」

「醫院？」

「嗯，剛好有一個客人身體不舒服——」

夏美把那個女客人的事告訴了他。

「是喔，原來有這種事……」

「現在回想起來，反而覺得很幸運。平時在中午時段結束後，到晚餐時段之前，只有我爸媽兩個人在店裡，如果非要懷疑我們的話，只有留在店裡的我沒有不在場證明。」

「我想應該不會懷疑到妳頭上。」

「反正目前只知道這些情況，我也不知道之後會怎麼樣。」

「是啊，老闆也說了，只能靜觀其變。」

「如果有什麼狀況，我會再通知你。謝謝你的關心。」

「我也很在意這件事，話說回來……」智也有點吞吞吐吐。

「什麼？」

「不，我只是在想，既然這樣，到底是誰殺了他呢？」

夏美聽了智也的問題，一時答不上來，因為她覺得好像有哪裡不對勁。

「現在好像還不知道他是不是被人殺害的。」

「啊！」智也叫了一聲，「對喔……但是他會暴斃嗎？」

「這我就不知道了。」夏美只能這麼回答。

「想這種事也沒用，那就晚安了。」

「晚安。」

掛上電話後，夏美把手機拿去充電。她解開襯衫的扣子準備換睡衣時，突然想到一件事。

既然這樣，到底是誰殺了他呢？剛才智也這麼問。

難道他以為是並木家的人殺了蓮沼嗎？

算了，也不能怪他——夏美嘆了一口氣。

17

草薙醒來之後，去廁所尿完，在旁邊的洗手台前開始刷牙。看著鏡子中的自己，忍不住覺得自己蒼老了。皮膚看起來沒有彈性，顯然不光是因為室內的燈光是白色的關係。

他沖完澡，讓腦袋充分清醒後，用毛巾擦著濕頭髮，走出了浴室。

從菊野車站走路只要幾分鐘的這家商務飯店的單人房很狹小，而且有淡淡的消毒水味道。除了床上和一張小椅子以外，根本沒有其他空間，必須彎著身體才能打開壁櫥。就連阿嘉莎·克莉絲蒂的小說中有名的東方快車上的包廂，搞不好也比這裡的單人房寬敞。而且聽說星期六還一室難求，因為許多觀光客為了參加昨天的遊行都住在這裡，看來菊野市舉辦的這個活動的確很受歡迎。

菊野警察分局的局長可能在對情勢作出判斷後，很快會向警視廳請求支援，而且菊野分局可能一大早就會發現重大的線索，所以草薙昨晚決定住在這裡。內海薰也提出要留下，但草薙說服她先回去。因為一旦成立搜查總部，就會經常無法回家。

向蓮沼提供住處的增村榮治也住在這家飯店，在明確查明到底發生了什麼事之前，他恐怕要暫時住在這裡。雖然這家飯店的房間很狹小，但他可以住在商務飯店，而且由警察埋單，他可能會偷笑，覺得自己運氣太好了。和他聊天之後，發現他並沒有為蓮沼的死感到難過，這代表他們之間也只不過是這種程度的關係而已。

草薙從上衣口袋中拿出記事本，坐在床上，整理了昨晚從增村口中得知的情況。

增村在四年前認識了蓮沼，他進入目前任職的這家廢品回收公司後，兩個人不知不覺就混熟了。

「是他主動接近我。他不知道從誰的口中得知我有前科，所以就追根究柢地問我到底做了什麼。」

增村在那家公司做了一年左右，蓮沼有天突然離開了，但不久之後就主動聯絡增村，每次都用公用電話打電話到公司，問他有沒有警察去公司。

「即使我問他做了什麼，他也都東扯西扯，從來不正面回答我。不久之後，也不再打電話了。」

草薙並不是第一次聽說這件事，之前岸谷也曾經提過，這也成為他們當初決定逮捕蓮沼的原因之一。

兩個星期前，蓮沼又再度聯絡了增村，說他必須搬離目前住的地方，希望在找到新的住處之前，可以暫時借住在增村那裡。

「他說會付一半房租，所以我覺得也不壞。我問他，我住的地方很小也沒關係嗎？他說只要有地方可以睡就行了，於是我就答應了。雖然兩個男人住在一起，家裡一定會很亂，但有人一起喝酒很不錯。」

草薙之前也曾經聽武藤提過，蓮沼第一天搬去和增村同住時的情況。聽跟監的刑警說，他們一直喝到很晚，可見他們兩個人臭味相投。

草薙問了蓮沼之後的生活情況。

「我也不是很清楚，」增村偏著頭說，「雖然我們晚上一起喝酒，但我完全不知道他白天在幹什麼，應該都是在家裡發懶，即使出門，也應該只是去小鋼珠店。」

蓮沼不打算找工作嗎？增村聽了這個問題，也只是興趣缺缺地說不知道。問他是不是有人去找蓮沼，他也回答說不知道。

接下來終於進入正題。草薙問了增村當天的行動，增村一臉疲憊地說：

「我在警局已經說了好幾次，我上午在家，中午出門去吃飯，但那天不是剛好有那個嗎？就是遊行，所以不管去哪裡都到處是人。我走路去了鄰町，我最近加入了那裡一家網咖的會員，只要付九百圓，就可以看三個小時的漫畫，而且也可以洗澡。我帶了便利商店的便當去那裡，看漫畫、看電視，差不多五點左右離開。」

回到家裡差不多五點半左右，因為裡面的拉門敞開著，增村探頭張望，發現蓮沼仰躺在那裡。增村覺得蓮沼還真能睡，但因為他完全不動，就把手放在他的嘴巴上方，發現已經沒有呼吸了。於是增村慌忙報了警——這就是增村說明的情況。

增村出門時，蓮沼似乎躺在那裡看電視。增村邀他一起去吃午餐，但蓮沼說他肚子不餓，所以婉拒了他。

增村說，他記得自己沒有鎖門。

草薙闔起了記事本，以他對增村的印象，並不認為他在說謊。他去網咖這件事八成也屬實，因為那種店家一定會裝監視器，一旦說謊，馬上就會發現。

他拿起放在桌上的手機，原本打算傳電子郵件問武藤今天的安排，但發現收到了一封電子郵件，而且是意外的對象——湯川傳來的電子郵件。

一看郵件的內容，再次嚇了一跳。因為內容竟然是「我想瞭解關於蓮沼的死一事，等你有空時，和我聯絡一下。」一看寄發郵件的時間，是一個多小時前，早上七點多寄發的。

草薙立刻撥打了湯川的電話，電話很快就接通了。湯川連招呼也沒打，劈頭就問：

「你是不是看到郵件了？」

「你怎麼會知道？」草薙也單刀直入地問，「我是說蓮沼死了這件事。」

「因為我昨晚就在『並木屋』，在現場聽到警察討論的人嚇了一跳，跑來通知大家。」

「你為什麼會在『並木屋』？」

「當然是去吃飯啊，別忘了當初是你告訴我『並木屋』這家店。」

「你經常去那裡嗎？」

「雖然我不知道你說的經常是代表怎樣的頻率，反正我差不多每個星期去兩次左右。」

那就是老主顧了。

「你為什麼想知道蓮沼的死這件事？」

「我常去的店家老闆和家人可能被懷疑是殺人兇手，不關心這件事才奇怪吧？」

「是喔，沒想到你竟然會說出這麼有人情味的話，你去了美國之後，變得成熟了嗎？」

「這種事不重要，我希望你告訴我你目前掌握的情況。」

「很可惜，我無法提供任何情況。」

「是不能告訴普通老百姓的意思嗎？」

「我向來不把你當成普通老百姓，不是這個意思，而是目前什麼都不知道。因為死因不明，所以也無法判斷是不是他殺。」

「是嗎？目前這樣就足夠了，不好意思，一大早打擾你。」

湯川似乎打算掛電話。

「等一下，」草薙立刻制止了他，「既然你昨晚在『並木屋』，我也有話想要問你，你今天有時間見面嗎？」

「我今天上午有空，但來不及去都心。」

「都心？你目前人在哪裡？」

「菊野研究所內的住宿所。」

「搞什麼嘛，幹嘛不早說，」草薙在床上盤起了腿，「你吃過早餐了嗎？」

「正準備去吃。」

「好，」草薙說，「那我們一起去吃，我請客。」

三十分鐘後，他和湯川面對面坐在車站大樓內的咖啡店內，就是他們之前久別重逢時相約見面的那家店。

一看菜單，發現有早餐套餐，草薙點了有咖啡、三明治和沙拉的套餐。

「沒想到以這種方式又來這家店和你見面。」草薙闔起菜單時說。

「是你說要在這裡見面。」

「因為我覺得約起來比較方便，我想說的並不是這個意思，而是說沒想到會為了辦案和你見面。」

「這是辦案嗎？」湯川挑起兩道眉毛。

「不，」草薙含糊其詞，「現在還不能稱為辦案，因為還不知道是不是刑事案件。」

草薙大致說明了蓮沼去投靠以前同事的事和現場的狀況。

「你剛才說死因不明。」

「沒有外傷，也沒有被人掐脖子的痕跡。」

「他本身有沒有生什麼病？比方說心臟病之類的。」

「沒聽說有這種事，這個人厚顏無恥的程度，讓人懷疑他的心臟特別大顆，甚至搞不好是鐵打的。」

「我說的心臟和你說的心臟意思不太一樣，所以他因病死亡的可能性很低，也沒有使用毒品的可能性嗎？」

「目前還不知道，我認為這種可能性最高——」

服務生走了過來，草薙沒有說下去，清了清嗓子，不發一語地看著服務生把餐點放在他們兩個人面前。

「問題在於要如何讓他喝下去。」服務生離開後，湯川伸手拿咖啡時開了口，「要如何讓他服毒。」

「這就是問題所在，蓮沼當然也不是傻瓜，不可能輕易喝下來路不明的飲料。」草薙拿起三明治。

「你說的來路不明的飲料，是指對他有殺機的人準備的飲料吧？」

草薙咬著三明治，點了點頭，咀嚼之後吞了下去。

「我們進入正題，這正是我想問你的事。你昨天晚上不是在『並木屋』嗎？我想瞭解對他有殺機的人的狀況，他們得知那傢伙死了之後有什麼反應？」

湯川把撕下的三明治放進嘴裡，看著斜上方，似乎在回想昨晚的情況。

「簡單地說，所有人都很震驚。」

「所有人是指？」

「就是在店裡的所有人，昨晚在店裡的都是老主顧，所以大家都知道蓮沼的事。」

「你沒有聽到我說的話嗎？我問你的是對蓮沼有殺機的人，和老主顧沒有關係。」

「這樣說就太奇怪了，」湯川把停在半空的手放在桌上，注視著草薙，「要怎麼分辨誰有殺機，誰沒有殺機？這根本不可能，最多只能分辨誰可能有殺機。至於誰有這種可能性，我認為知道蓮沼那件事的所有人應該都有可能。」

草薙皺著眉頭，抓了抓鼻翼，湯川這番話的確有道理。

「不好意思，是我沒有問清楚，我想知道並木一家人的情況，尤其是並木祐太郎，他的感覺怎麼樣？」

「嗯。」湯川抱起了雙臂，「在得知蓮沼死了的消息之後，所有老主顧都議論紛紛，當時並木夫婦正在廚房，所以我不知道他們的情況。當客人安靜下來後，並木先生走了出來，告訴大家繼續觀察後續的情況，他的態度很鎮定，沒有任何不自然的感覺。他太太一直在廚房，所以我不知道她的情況。至於夏美……嗯，她露出不知所措的表情，關於他們的情況，我能說的就只有這些。」

「是喔……你有什麼看法？」

湯川似乎聽不懂這個問題的意思，微微皺起了眉頭。

「你認為他們三個人和蓮沼的死有關嗎？」

「如果你是問我是不是他們下的手，那我必須說我不這麼認為，因為他們不可能行兇。我相信菊野分局應該已經確認過了，他們都有不在場證明。」

聽湯川說，昨天中午，他和夏美一起看遊行，但因為「並木屋」有一名女客人說自己身體不舒服，所以並木送她去醫院，真智子之後也去醫院瞭解情況，所以夏美就回去店裡。

「並木夫婦的不在場證明應該牢不可破，夏美雖然有獨處的時間，但都是因為發生了突發狀況而採取的行動，所以不可能犯案。」

草薙低吟了一聲，「既然這樣，他們應該是清白的。」

「但是，」湯川放下了準備吃沙拉的叉子，「如果你問的不是他們有沒有下手，而是原本的問題——我是否認為他們和蓮沼的死有關，那我必須回答不知道。因為在一年一度的遊行時，因為殺人嫌疑而處分保留中的人離奇死亡，被害人的遺族有堅不可摧的不在場證明，我並沒有傻到會以為這只是巧合而已。」

「你是說，並木一家人的不在場證明有隱情？」

「這就不知道了，」湯川微微偏著頭，「目前還無法表達任何意見，所以我只能說不知道。」他拿起叉子，開始吃沙拉。

草薙思考著這位物理學家意味深長的話裡真正的含義，正準備吃完剩下的三明治時，放在上衣內側口袋的手機震動起來。一看螢幕，是武藤打來的。

他站了起來，走向咖啡店角落的同時按下了通話鍵，「喂，我是草薙。」

「我是武藤，請問你現在方便嗎？」

「沒問題，有什麼事嗎？」

「一部分解剖結果出爐了，雖然還無法確定死因，但確認到有瘀點。」

「瘀點……所以很可能是窒息死亡？」

「沒錯，但如果是絞殺或扼殺，瘀點似乎太少了，脖子上也沒有發現勒痕，脖子的骨骼和關節也沒有異常。」

「是喔，那真是太奇怪了。」

當因為某種原因導致呼吸困難，橫膈膜的活動導致心臟受到影響，血液循環停滯，靜脈中的血液就會無處可去，進而衝出毛細血管造成瘀血，出現斑點狀的狀態稱為瘀點。

「除此以外，還在血液中檢驗出安眠藥的成分。」

草薙握緊手機問：「真的嗎？」

「應該沒錯，但蓮沼的私人物品中並沒有安眠藥。」

草薙用力吐了一口氣，讓心情平靜下來，「只是普通的安眠藥嗎？有沒有含有毒物的可能性？」

「目前認為應該沒有。」

「我瞭解了，目前菊野分局如何判斷？」

「局長和刑事課長他們正在討論，我猜想應該會請求警視廳的支援。」

「瞭解，謝謝你通知我，等一下我會去分局。」

掛上電話回到座位時，湯川已經吃完早餐，正在喝咖啡。

草薙在快速吃三明治和沙拉時，簡單地把從武藤那裡得知的情況告訴了湯川。湯川雖然博學，但並不知道瘀點這個名詞。

「我來簡單整理一下，有人餵食了安眠藥，讓他睡著後，用某種方法導致他窒息。」湯川向草薙確認。

「應該是這樣，問題在於到底用了什麼方法。即使吃了安眠藥，一旦無法呼吸，就會醒過來；如果被捂住鼻子和嘴巴，就會掙扎。」

「如果手腳被綁住呢？不是用繩子之類的綁住，而是用膠帶隔著衣服綁住的話，應該不會留下痕跡吧？」

「如果拚命掙扎，皮膚會和衣服產生摩擦，一定會留下痕跡，無法逃過法醫的眼睛。」

「聽你這麼說，的確有可能。」湯川聽了草薙的反駁，難得接受了他的意見，「這麼一來，殺害方法的確是很大的問題。如果知道是用什麼方法讓蓮沼窒息死亡，記得一定要告訴我。」

草薙用叉子指著湯川，「你不是很擅長這種事嗎？遇到這種匪夷所思的犯罪謎團，正是伽利略老師大顯身手的時候。」

草薙以為湯川會露出不悅的表情拒絕，沒想到他一臉順從地點了點頭。

「也對，我有空的時候來想一下。」

草薙一臉驚訝地看著他，他問：「怎麼了？」

「不，沒事，那就拜託你了。」

「那我必須看一下現場，你可以帶我去嗎？」

「沒問題，等菊野分局正式申請支援，由我們股負責這起案子後，我會立刻帶你去。」

「好，那我就等你聯絡。」湯川看了一下手錶，「時間差不多了，那我先走了。」說完，他拿起桌上的帳單。

「等一下，不是說好我請客嗎？」

「我從你那裡得知的線索遠遠超過我提供的線索，而且上次也是你請客，我不喜歡欠別人，那就這樣了。」

湯川舉起拿著帳單的手走向收銀台。草薙目送他的背影，回想起他剛才說的話。

「在一年一度的遊行時，因為殺人嫌疑而處分保留中的人離奇死亡，被害人家屬有堅不可摧的不在場證明，我並沒有傻到會以為這只是巧合而已。」

但在草薙看來，還有另一個巧合，那就是湯川也和這些事產生了交集。

18

智也每次回過神，就發現自己停下了手，眼神渙散的雙眼只是茫然地盯著螢幕。明天必須呈交的工作遲遲無法完成，一看手錶，已經快下午四點了。

智也站了起來，他打算去自動販賣機買咖啡，但才走了兩、三步，放在桌上的手機就響了。

他走回桌前，拿起了手機，發現螢幕上顯示了一個陌生的號碼，但他還是接了起來。

「喂？」

「請問是高垣智也先生嗎？」電話中傳來一個女人的聲音，之前好像聽過這個聲音。

「我就是。」

「不好意思，在你忙碌時打擾，我是以前曾經拜訪過你的內海，警視廳搜查一課的內海。」

「啊！」智也忍不住叫了一聲，但不知道接下來該說什麼，對方繼續說了下去。

「我有事情想要請教你，不知道你時間方便嗎？」

「沒問題，呃，什麼時候？」

「越快越好，最好是現在，其實我已經在貴公司大樓的樓下了。」

「呃……」智也把手機放在耳邊，從旁邊的窗戶看著樓下，但辦公室在五樓，無法看到刑警內海的身影。

「請問方便嗎？」

「呃，好，沒問題，那我等妳。」

「不好意思，那就麻煩你了。」

「好，一會兒見……」

掛上電話後，智也克制著內心的慌亂思考起來。上次見到那名女刑警至今已經半年，因為當時曾經給她名片，所以她才知道自己的電話號碼，但她之後就沒找過自己，為什麼現在又找上門？

不用說，當然是因為蓮沼死了，警方懷疑智也和這件事有關。

必須嚴陣以待。他用力深呼吸。

智也等在櫃檯前，內海從電梯廳走了過來。和上次一樣，她把一頭長髮綁在腦後，今天穿了一套深藍色的長褲套裝，大步走來的颯爽英姿看起來很能幹。

她來到智也面前後鞠了一躬說：「很抱歉，突然上門打擾。」

「不……去之前的那個會客室可以嗎？」

「當然沒問題。」

他們在狹小的會客室面對面坐下後，女刑警雙手放在腿上，坐直了身體。

「非常感謝你上次願意協助偵查。」

「我說的那些事有幫助嗎？」

「有很大的參考作用，我們也因此逮捕了兇手，」內海停頓了一下，注視著智也說：「但是，我相信你應該也知道了，最後並沒有起訴兇手，檢察官作出了處分保留的決定，所以釋放了嫌犯。」從她強烈的視線中，可以感受到絕不會錯過智也任何反應的決心。

智也沒有吭氣，她又追問：「你應該知道這件事吧？」

「對，我聽說了。」

「聽誰說的？」

「佐織……並木佐織的家人，正確地說，是她的妹妹夏美。」智也在回答的同時，很納悶刑警為什麼要問這個問題。

「你聽說之後，有沒有什麼想法？」

「什麼想法……當然覺得太奇怪了。因為不是有很多證據嗎？結果竟然還釋放他，不是很奇怪嗎？」

「我完全瞭解你的心情，所以你覺得該怎麼辦？」

「啊？」智也聽了內海的問題感到困惑，「怎麼辦……是指？」

「不好意思，請問你知道什麼是處分保留嗎？」

「喔，不，老實說並不是很瞭解，但應該是不會受到懲罰的意思吧？」

「並沒有確定，而是保留的狀態，所以很有可能不起訴。如果是不起訴，就不會受到懲罰，即使這樣，你也覺得沒關係嗎？」

「不，這……」智也用力搖頭，「怎麼可能沒關係？當然無法原諒，所以很希望警察和檢察官繼續努力查明真相。」

雖然智也覺得自己用熱切的口吻說了這番話，但內海並沒有太大的反應，看著智也的視線很冷漠。

「如果，」她開了口，「如果確定嫌犯不會受到懲罰——如果最後不起訴，你會怎麼做？」

「不起訴……嗎？」智也意識到自己的眼神飄忽，「我努力不去想這種事，也祈禱這種情況不會發生。」

說完之後，他又補充說：「發自內心地祈禱」，但女刑警並沒有點頭。智也覺得她好像對自己的回答感到不滿，不由得不安起來。

「那我直接請教，如果不起訴的話，你有沒有考慮過向檢察審查會申訴？」

「檢察……嗯？」

「檢察審查會。當刑事被告不起訴時，審查檢方的判斷是否正確的地方，只有告訴人、告發人或是被害人的遺族才能申訴，但你和並木佐織小姐的家人很熟，所以我想你可能會向他們提議，或是一起討論這件事，所以才會請教你這個問題，但顯然並沒有考慮過這件事。」

智也聽了內海口若懸河地說明的內容，忍不住感到混亂。

「對，我沒想過，不好意思，我對法律很外行……」

「你剛才說，會祈禱不會發生不起訴的情況，也就是說，你認為一旦不起訴，就無計可施，無法靠法律解決問題，是嗎？」

「嗯，是啊……對，我是這麼想，雖然只是模糊的想法。」

內海輕輕點頭，開始在記事本上寫什麼。雖然智也很在意她在寫什麼，但即使要求看一下，她應該也會拒絕。

「呃，那個檢察審……」

內海抬起頭，「檢察審查會？」

「對，向檢察審查會申訴……嗎？如果申訴，結果會怎麼樣？」

「正如我剛才所說，審查會將會審議不起訴的判斷是否正確。如果得出這樣的判斷不當，檢察官就會重新檢討案子。如果檢察官再度作出不起訴的判斷，可以視實際情況，可能會再度舉行檢察審查會，所以整個過程可能會很冗長。」

「但也可能會翻轉嗎？最後得出還是必須起訴的結論。」

「很少有這種情況，但並不是完全沒有。在殺人命案中，如果不起訴嫌犯，對死者家屬來說，向檢察審查會申訴是最後的抵抗。」

「原來是這樣啊。」

智也忍不住想，不知道並木家的人是否知道這件事，但之前從來沒有聽夏美提起。

「我換一個問題，」內海用沒有感情的聲音說，「關於曾經以殺害並木佐織的嫌疑遭到逮捕的嫌犯，如果你瞭解他的近況，可不可以請你如實告訴我？盡可能詳細一點。」

「關於蓮沼嗎？」

「對，沒錯。」女刑警稍微放鬆嘴角，點了點頭。

智也努力回想，發現她始終沒有提過蓮沼這個名字，可能故意不主動提起。

「我所知道的事，就是夏美告訴我，或是在『並木屋』聽到的一些情況。」

「沒關係，請你告訴我。」內海再度準備好記事本和筆。

智也把自己所知道的事——蓮沼去了『並木屋』，聽說住在菊野的某個倉庫辦公室，以及聽說昨天死了——都告訴了內海，也同時說明了消息來源。

內海停下了做筆記的手，目不轉睛地看著他問：

「你知道嫌犯蓮沼在來菊野之前住在哪裡嗎？」

「不，我不知道。」
「有沒有曾經想去調查？」
「沒有，我為什麼要去調查這種事？」
「你在得知必須受到懲罰的人獲釋，有沒有想看看他到底過著怎樣的生活？」
智也眨了眨眼睛，左右搖著頭說：「我沒想過。」
內海輕輕點了一下頭，雖然她的嘴角露出笑容，但視線仍然很銳利。
「你得知蓮沼死了的消息後有什麼感想？」
「當然很驚訝，」智也瞪大了眼睛，「忍不住想，到底發生了什麼事。」
「你覺得他是意外身亡嗎？還是生病死亡？」
必須小心回答這個問題。智也告訴自己，然後緩慢地吸了一口氣。
「因為沒聽說他生病，所以並不覺得他是生病死亡，但也不覺得是意外身亡。只是隱約覺得……要怎麼說，隱約覺得他可能捲入了什麼糾紛，沒錯，覺得他可能捲入了糾紛，那種人應該會遇到這種事吧。」
「那種人？」
「就是殺人不眨眼的傢伙。」
「目前並沒有確定是遭到殺害。」
「我相信他就是殺了佐織的兇手。」
智也有點生氣地瞪著內海，但內海一臉不痛不癢的表情。
「你說的糾紛，是指被人殺害的意思嗎？」
「並沒有想得這麼具體，只是覺得和人吵架，或是某種閃失……」

「你認為有可能被人殺害嗎？」女刑警的雙眼似乎一亮。

「這……」智也舔了舔嘴唇，千萬不能失言。

「老實說，我也不太清楚，只是覺得他即使被殺也不奇怪，因為我猜想應該有很多人恨他，比方說——」他充分思考之後，繼續說了下去，「如果得知並木家的某個人殺了他，雖然我會很驚訝，但可能並不會覺得意外。」

內海連續點了幾次頭，「如果是你呢？」內海用原子筆的筆尖指著智也，「你覺得如果大家得知是你殺的，會有什麼感想？」

「我嗎？」內海的問題太出乎意料，智也有點慌了神，他察覺到自己臉紅了。

「我相信大家都已經知道你和並木佐織交往的事，我的意思是，假設大家聽到並木先生是兇手時，並不會感到意外，在得知你是兇手時，應該很少有人會感到意外吧？」

這個問題的用意是什麼？怎樣回答才恰當？

「這個嘛，呃，我無法表達意見。妳說得沒錯，也許有人不會感到驚訝，但熟悉我的人應該知道不可能，因為我這個人很膽小，復仇這種可怕的事……」

「你從來沒想過？」

智也感覺到汗水從太陽穴流了下來，他從口袋裡拿出手帕擦了擦。

「我曾經幻想過，」他老實回答，「但只是幻想而已，但我不可能不知道做這種事的後果。」

「謝謝。」內海似乎接受了他的說法。

「最後一個問題，可以請你詳細說明一下昨天一整天的行動嗎？如果有不想說的事，不提也沒關係，但如果你願意說明你所在的地點，我會感激不盡。」

這是確認不在場證明，他之前就料到一定會問這件事。
智也在回憶的同時說了起來。早上和母親里枝一起在家，中午之前出門，準備去看遊行，他和公司的兩名後輩同事約好一起去看，其中一人是今年剛進公司的女同事。他們兩個人都說從來沒看過菊野故事遊行，所以智也就決定帶他們去參觀。
「請問你們在哪裡看？」內海問。
「在終點附近，因為很多隊伍都會在最後表演重頭戲。」
「你們看到結束嗎？」
「對，我記得下午三點多才結束，之後我們先解散了一次。」
「解散？」
「因為他們好像有各自想去的店，所以就決定分頭行動，決定四點在車站前的啤酒餐廳集合，然後就解散了。」
雖然智也不太想提這件事，但只要去問那兩個同事，馬上就會知道，所以不如坦承說出來比較好。
「你去了哪裡？」女刑警的表情和語氣都沒有改變，卻顯然覺得發現了獵物。
「我去了終點，去向剛參加完遊行的菊野隊的人，像是宮澤小姐他們打招呼。」
「宮澤小姐是？」
「她是隊長，也是商店街『宮澤書店』的老闆，她的聯絡方式就……」
「沒關係，除了她以外，還和誰打了招呼？」
「就是經常在『並木屋』見到的那些人，但我不知道他們的名字。」
「之後呢？」

「因為約定的時間快到了，所以我就去了車站前的啤酒餐廳，和那兩個同事會合。在那裡喝了幾杯啤酒，差不多在六點左右才解散。」

然後他獨自去了「並木屋」，從晚到的客人口中得知了蓮沼的死訊，他如實說明了之後的情況。

內海聽完他的說明後，問了他一起看遊行的後輩同事的姓名和電話，智也沒有理由拒絕，所以就告訴了她。

「謝謝你的協助，對我們很有幫助。之後可能還會叨擾你，到時候請多指教。」內海闔起記事本，恭敬地鞠了一躬。

「今天還是無法透露任何事嗎？」

「啊？」內海聽了智也的話，微微偏著頭。

「關於案情，今天和上次一樣，都是妳一直發問，甚至沒有告訴我蓮沼是不是被人殺害。」

「關於這件事，我記得上次已經向你說明了原因。」

「我知道。」

「請你見諒，」內海說完這句話後站了起來，但並沒有立刻走向門口，而是看著智也說，「但是，也的確沒有任何可以告訴你的事。」

「什麼意思？」

「目前對於嫌犯蓮沼的死是不是他殺還沒有結論，因為現在甚至還無法確定死因。」

智也眨了眨眼睛，「是這樣啊。」

內海微微點了點頭，「謝謝你的協助。」說完後，打開了會客室的門。

19

「檢察審查會嗎？嗯，當然啊，」新倉緩緩點了點頭，「當然曾經考慮過這件事。」

「原來你知道，一般民眾可能一輩子都不會接觸這個字眼，」岸谷副警部的長相很溫厚，他拿起玻璃茶杯，瞪大了眼睛。

「我也是直到最近才知道，在得知那個男人獲釋之後才知道，我搞不懂處分保留是什麼意思，所以去查了很多資料。」

「你搞懂了嗎？」

「應該吧，我自認為搞懂了。」新倉聳了聳肩，「老實說，我覺得這條規定根本很不完善，不，甚至不能稱為規定，因為在法律上，並不是正式的規定，不是嗎？」

「你說得對。案子在移送檢方之後，檢方必須在一定期間內決定起訴或是不起訴，這只是拖延下結論的時間。」

「於是我調查了是否可以做什麼加以對抗，得知了檢察審查會，但也得知在目前的時間點無法申訴。因為只有不起訴嫌犯時才可以申訴，目前只是處分保留，還沒有到那個階段，而且也只有告發人、告訴人和被害人遺族才能申訴。」

岸谷露出淡淡的笑容，一臉陶醉地喝了一口花草茶，把茶杯放回桌子上，「你的確很有研究。」

「所以我覺得只能等待——對不對？」新倉看著把托盤抱在胸前，坐在餐桌旁的留美，徵求她的同意。

她默默點了點頭。

「你們認為事態會如何發展？你們相信他早晚會被起訴嗎？」岸谷的嘴角露出笑容，但眼神很嚴肅。

「這個嘛，呃……」新倉不由得結巴起來。

如果說相信，就是在說謊。之前想到那個男人以後也不會受到任何懲罰，繼續大搖大擺地過日子，整天都悶悶不樂。

「如果最後作出不起訴處分，就打算向檢察審查會提出申訴嗎？」

「是啊，我想應該會向並木先生他們提議這件事，因為我覺得他們應該也無法接受。」

「所以你們還沒有談過這件事嗎？」

「對，最近即使見到並木夫婦，也很少會提佐織的事，因為對我們來說，這都是痛苦的話題。」

「在嫌犯蓮沼回到菊野之後也沒有討論嗎？」岸谷的一雙三白眼看著新倉，用執著的語氣問。

「關於這件事，」新倉打起了精神，知道自己在回答這個問題時必須小心謹慎，「我之前並不知道那件事。」

「那件事是指？」

「蓮沼回到菊野這件事，也不知道他回來之後去了『並木屋』。昨天晚上，在得知蓮沼死訊之後，有其他客人提起，我才第一次知道，因為我這一陣子沒去『並木屋』。」

他這麼回答事出有因。事實上，在戶島告訴他之前，他的確不知道蓮沼回到了菊野，而且之後也沒有人告訴他這件事，如果他說昨晚得知蓮沼的死訊，在「並木屋」造成轟動之前知道這件事，就會自相矛盾。

「喔，是這樣啊。」

岸谷意外地微微張著嘴，在記事本上寫了什麼。雖然他的長相看起來和藹親切，但從某種角度來看，也可以覺得他很狡猾，如今也完全看不出他是否相信了新倉的話。

岸谷停下正在紀錄的手，抬起了頭。

「可不可以請你說一下目前的心情？得知嫌犯蓮沼死了這件事，你有什麼感想？」

「目前的心情……嗎？」新倉低頭思考。在目前的情況下，怎樣回答比較妥當？他在思考後抬起頭說：「這得看他是怎麼死的。」

「你的意思是？」

「如果是被人殺害，就會覺得他罪有應得，我很想感謝那個兇手，因為兇手一解我們的心頭之恨，但如果是意外或是生病這種和普通人相同的死法，就有點……不，是相當不甘心。這種情況下，只能認為是上天在懲罰他。」

岸谷頻頻點頭，似乎表示同意，然後轉頭看著留美問：「新倉太太，那妳呢？」

「我也……對，是啊，我有點搞不清楚狀況，還有點稀裡糊塗……」她的語尾越來越小聲。

「刑警先生，」新倉注視著岸谷，「實際情況到底如何？蓮沼是被人殺死的嗎？因為他是被人殺死，所以你們警視廳的刑警才會展開偵查，不是嗎？」

岸谷一臉嚴肅地聽完新倉的問題後，露出白齒笑了笑。

「我們目前還在積極偵查，對了，想請教另一件事。」他作出準備紀錄的姿勢，

「請問你昨天在哪裡？」

該來的躲不掉，要確認我的不在場證明了，新倉的內心不由得緊張起來。

「我們一起去看遊行，因為畢竟是一年一度的慶典。」

「可不可以請你說得更詳細點？如果你可以具體告訴我，從幾點到幾點為止，在哪裡、和誰一起做了什麼，我將感激不盡。」

「大致的時間就可以了嗎？」

「還是希望盡可能詳細，」岸谷露出謙遜的笑容，「不好意思，我也只是奉命行事。」

「上午在家裡，出門的是──」他看向留美，「好像十二點多？」

「我不太記得了，但我們去那裡沒多久，就看到了『海蒂』的隊伍。」

「喔，沒錯。」

「請問你們在哪一帶？」

「離起點不遠的地方，那裡有郵局，郵局前比人行道稍微高一點，看得比較清楚。」

「你們一直在那裡嗎？」

「不，並沒有一直在這裡，有時候會走來走去，但一直沒有找到理想的地點，結果又回到了原地。」

「有沒有遇到熟人？」

「有啊，遇到好幾個人。」

「請問是哪些人？如果方便的話，可不可以告訴我？」岸谷把原子筆拿到記事本前。

「我不記得詳細的時間和地點了。」

「沒問題，我會去確認。」

新倉覺得岸谷好像在說，如果你說謊，我也很快就會知道。

新倉說了幾個人的名字，都是他實際遇到的人。因為這裡是個小地方，而且新倉人面很廣，別人經常主動和他打招呼。

他最後提到了宮澤麻耶的名字。

「她是菊野隊的隊長，我也為他們的表演出了一點力，所以在他們表演之前去討論了一下，也順便為他們加油。」

「你說出了一點力是指？」

「菊野隊在遊行時用的樂曲是我編的曲，避免涉及著作權的問題，在他們之後出場的是吉祥物，那首曲子是我創作的。」

「原來是這樣，真是太了不起了。」岸谷雖然表示佩服，但說話的語氣聽起來言不由衷，「遊行結束之後呢？」

「我去了舉行飆歌大賽的菊野公園，因為我們從去年開始擔任評審。飆歌大賽差不多在六點結束，然後就去了『並木屋』，得知了蓮沼的死訊，在驚訝中吃完了晚餐，八點左右離開，就回來家裡了，差不多就是這樣。」新倉最後說道。

岸谷可能在確認自己記下的內容，看著記事本，嘴裡嘀咕著。然後用力闔起了記事本。

「我瞭解了，感謝兩位在百忙之中配合。」他站了起來，把記事本和筆放進了皮包。

送刑警到玄關後，新倉回到客廳，留美仍然維持和剛才相同的姿勢。她臉色蒼白，盯著桌面。

「有什麼問題嗎？」

「啊？」她抬頭看著新倉。

「我是說，剛才我的回答，那樣回答行嗎？有沒有出什麼紕漏？」

留美不安地偏著頭說：「我想應該沒問題……」

「就是啊。」

新倉正準備走向沙發，看到留美的手，停下了腳步。

因為他發現留美的手微微顫抖。

他走過去，把手放在妻子的肩上。

「沒事，妳不必感到害怕。」

留美抬起頭，她的雙眼滿是血絲。

「蓮沼殺了佐織，」新倉說，「他必須受到懲罰，即使世人知道是我們下的手，也沒有人會責備我們。」

20

妳偶爾也去露一下臉嘛。大學的同學要聚餐，朋友邀夏美參加。雖然覺得偶爾去散散心也不錯，但最後還是合起雙手，婉拒了那個女生說：「對不起，我還是沒辦法參加。」夏美不在的時候，真智子就必須在店裡招呼客人，她充分瞭解這有多辛苦。而且她也很關心蓮沼死了那件事，不知道之後是否有什麼進展。

回家時已經五點多了，祐太郎和真智子已經進了廚房。她衝上樓梯，換了衣服。去大學時穿的漂亮衣服無法在店裡俐落地端茶。

換好衣服，打掃完店裡，等到五點半，把暖簾掛在門口。

她坐在店內的椅子上滑手機，格子門打開了。今天的第一位客人是昨天也見過的人，夏美站了起來。

「妳好。」湯川走進來時向她打招呼。

「你好，昨天辛苦了。」

夏美走去後方，把小毛巾放在托盤上後走了回來，「請問要喝什麼？」

「啤酒，還有老樣子。」

「好。」

夏美向廚房傳達了湯川點的菜，從冰箱裡拿出啤酒，把杯子和小菜一起送了過去。今天的小菜是滷魚乾。

「謝謝。」湯川把啤酒倒進了杯子，「白天有刑警來找過我，問了我昨天的行動。」

「去找你嗎？為什麼？」

「他們問我幾點到幾點和妳在一起，幾點到幾點和妳分開。刑警雖然沒有說問我這些問題的目的，但我想應該不是想知道我的行動，而是確認妳說的話是否屬實。」

「喔……是這樣啊。」

昨天白天的時候，夏美有很長時間都和湯川在一起。當刑警問她一天的行蹤時，她也這麼回答，所以刑警才會去向湯川確認，也就是所謂的確認真偽。

「因為我覺得沒什麼好隱瞞，所以就實話實說了。雖然刑警問了詳細的時間，但我事先聲明，只記得大致的時間，然後才回答問題。其中可能會有我記憶或是和妳的回答有少許出入，希望妳見諒。」

「沒想到給你添了麻煩，對不起。」

「妳沒必要道歉，對你們來說，這才是無妄之災。因為從客觀的角度來看，你們有很多讓警方起疑心的要素。」

「雖然是這樣，但應該沒事，因為爸爸和媽媽都有完美的不在場證明。」

「他們送身體不舒服的客人去了醫院。」

「沒錯。」

「知道那個客人的身分嗎？我相信和我一樣，警方應該也希望向她瞭解情況。」

「這我就不知道了。」

夏美完全沒想到這件事。

「夏美。」廚房傳來祐太郎的聲音，湯川點的滷什錦菜似乎完成了。

夏美去拿菜的時候，順便問祐太郎，是否知道那個身體不適的女客人身分。

「我不知道，只聽說她叫山田。」祐太郎一邊做菜，一邊回答。

夏美把裝了什錦菜的碗端去湯川的座位，把這件事告訴了他。

「昨天是星期天，急診病人應該並不多。既然知道她姓山田，警察去問醫院，應該就可以查出她的身分，只不過警方可能不會去查這種事，因為護理師應該可以證明妳爸爸和媽媽去了醫院。」

「就是啊。」夏美聽到湯川用冷靜的口吻說的話，鬆了一口氣。

之後一直沒有客人上門，幾乎每天來報到的老主顧也沒有露臉，也許是受到蓮沼的死這件事的影響，這裡應該有許多人認定和並木家的人有關，夏美想起昨晚和高垣智也的對話，就連他也這麼認為。

她正在想這件事，智也就上門了。

「歡迎光臨。」夏美立刻招呼他。

智也巡視店內，似乎在猶豫不知該坐哪裡。

「偶爾一起坐吧？」湯川請他坐在自己的對面，「如果你不討厭併桌的話。」

「可以嗎？」

「當然可以啊，所以我才會邀你。」

「那我就不客氣了。」智也在湯川示意的座位上坐了下來。

夏美感到很新鮮。雖然他們兩個人都是老主顧，之前也曾經看過他們聊天，但應該是第一次這樣面對面坐在一起。

「是不是有刑警去找你？」湯川為智也的杯子裡倒啤酒時問。

「你怎麼知道？」

「這種事並不難猜到。因為從警方的角度來看，你和並木先生他們一樣，立場都很微妙。」湯川放下啤酒瓶，拿起自己的杯子，「可以說是值得懷疑的對象之一。」

「在發現佐織屍體後曾經來找過我的女刑警，今天白天去了我的公司。」智也說，「問了我的不在場證明。」

「喔，是女刑警啊，你的不在場證明可以成立嗎？」

「應該可以，因為在遊行時和之後，我都和後輩同事在一起。」

「那就放心了。」湯川點了點頭，「除此以外，還問了什麼？」

「還問我知不知道檢察審查會。」

「檢察……是這樣啊。」戴著眼鏡的湯川轉動著眼珠子，似乎在思考。

「檢察審查會是什麼？」夏美問他們。

湯川抬頭看著她說：

「當嫌犯移送檢方，最後不起訴時，如果對這個決定不服而申訴時，檢察審查會就會審查檢方的判斷是否正確，從二十歲以上的國民中抽籤挑選出檢察審查員。」

「教授，你知道得真清楚。」智也說。

「因為我認識的一個朋友曾經抽中。」湯川若無其事地說。

「我之前完全不知道，老實說，我直到今天才終於搞懂處分保留和不起訴的不同……但是，她為什麼問我這種問題？」

「警方可能認為，如果知道檢察審查會，應該不會在目前這個階段殺死蓮沼。即使最後不起訴，仍然有機會表達異議，應該還不會採取復仇這個最後的手段。」

「原來是這樣，所以我不知道這件事，搞不好仍然受到懷疑。」智也嘆著氣，拿起了杯子，「她還問了我一個奇怪的問題，問我在蓮沼來菊野之前，有沒有試圖調查他住在哪裡。我回答說沒有，事實上我真的從來沒有想過這種事。」

「警方應該懷疑，如果你是這起案子的兇手，在蓮沼獲釋後，就會想要復仇，所以會去調查他的下落。」

「喔，原來是這樣啊，但即使我是兇手，我也不可能據實以告啊。」智也嘟著嘴，「她這麼問，到底有什麼目的？」

「那位女刑警應該覺得，如果你說謊，她有自信可以識破。」聽湯川說話的語氣，他好像認識那位女刑警。

「也許吧，她很漂亮，只是眼神超犀利。」智也皺了皺眉頭，喝著啤酒。

之後雖然有零星的客人上門，但都不是老主顧。

智也吃完飯後，比湯川更早離開。啤酒都是教授請客，湯川今天難得坐了很久。

沒多久之後，新倉和戶島也來了。他們原本都打算獨自來這裡，剛好在路上遇到，他們也和湯川坐在同一桌。

三個人在聊天時並沒有提到蓮沼的名字，但夏美不時聽到「那傢伙」、「上天的懲罰」之類的話，也聽到他們說「警察」。

新倉還提到了檢察審查會，湯川附和著，說警察也問了高垣智也相同的問題。刑警似乎並沒有去找戶島，所以他一直在聽另外兩個人說話。

夏美探頭看向廚房，祐太郎和真智子應該並沒有聽到三個客人的談話內容，但他們默默做菜的樣子，又像是故意不聽客人的談話。

21

草薙聽到動靜後睜開眼，看到日光燈照亮的白色牆壁，他一時不知道自己在哪裡。眨了眨眼睛張望了一下，才發現是在菊野警察分局的會議室。

「對不起，好像把你吵醒了。」斜後方傳來聲音。回頭一看，內海薰站在門旁。

草薙抓起蓋在自己身上的毛毯，「是妳嗎？」

「對。」內海薰回答，「因為指揮官感冒就傷腦筋了。」

草薙苦笑著把毛毯放在旁邊的椅子上，「我好像睡著了。」

一看手錶，已經十一點多了。

「這麼晚了，妳還在這裡幹什麼？」

「我去確認高垣智也的不在場證明，已經問了當時和他一起去看遊行的兩個後輩同事。」

「情況怎麼樣？」

內海薰走回草薙的身旁。

「基本上和高垣所說的內容相同，他們幾乎都在一起。」

「妳第一次向我報告時曾經提到，他們曾經分開行動。」

「對，扣除移動的時間，大約有四十分鐘左右。」

「四十分鐘……」草薙抱起雙臂，發現內海薰手上拎著白色的超商袋子，「那是什麼？」

「罐裝啤酒和零食，」內海薰回答，「我想可以讓你放鬆一下。」

「既然都帶來了，就趕快拿出來啊。」草薙指著桌子說。

內海薰從超商袋子裡拿出罐裝啤酒和零食。草薙瞄了她一眼，低頭看著自己寫到一半的報告。雖然寫了很多內容，但沒有任何值得向間宮等上司報告的好消息。

今天中午過後，菊野分局正式向警視廳提出了協助偵查的請求，搜查一課也根據原本的安排，派草薙那一股來菊野分局支援，但課長等人判斷，暫時先不要成立搜查總部。

「因為目前還沒有確定是他殺，高層認為，在明確死因之前先按兵不動，但如果等到確定是他殺後再蒐集線索就可能太晚了，所以你們要在假設會成立搜查總部的情況下行動。」間宮向他下達了這樣的指示。

他立刻召集下屬，在菊野分局召開了偵查會議。雖然目前尚未確定發生了命案，但以此為前提建立了偵查方針。

草薙首先想瞭解並木家的人，尤其是並木祐太郎的不在場證明，菊野分局的偵查員在昨晚已經確認完畢。

確認的結果和今天早上從湯川口中得知的情況相同。「並木屋」的午餐時段即將結束時，一名女客身體不適，並木祐太郎開車送她去醫院。之後，他的妻子真智子也趕到醫院，兩個人一起等那名女客看完診。幸好沒有發現任何異常，那名女客人的情況也好轉，所以並木夫婦在下午四點半左右離開醫院，回到店裡。因為晚餐時段的營業時間即將開始，他們立刻去廚房做準備，在傍晚五點半準時營業，不一會兒，一位姓湯川的老主顧就走進店裡——

今天上午，菊野分局的偵查員也去醫院確認，證實並木他們的供詞並沒有問題，急診掛號的職員記得並木夫婦一臉擔心地等在候診室。

聽到「噗哧」的聲音，內海薰打開拉環，把啤酒遞到草薙面前說：「請。」

「喔，謝啦。」草薙把啤酒舉到臉前，然後喝了一口。帶著淡淡苦味的液體流過舌頭，一天的疲勞頓時變成了快感。他重重地吐了一口氣。

「憑我的印象，我認為高垣智也是清白的。」內海薰打開柿種米果的袋子時說。

「人不可貌相。」草薙把手伸向袋子，把柿種米果和花生一起放進嘴裡，「妳也是刑警，應該曾經多次有過這樣的體會。」

「對，那當然。」內海薰拿起罐裝啤酒，「但他太六神無主了。」

「六神無主？」

「我這樣問他，即使得知你是殺害蓮沼的兇手，應該也很少有人會感到驚訝，請問你對此有何感想。」

「他怎麼回答？」

「他說，也許是這樣，但真正瞭解他的人，就不會這麼想，還說自己很膽小。」

「這樣的回答很正常啊，有什麼問題嗎？」

「他在回答之前似乎很不安，好像完全沒想到周圍的人會這樣看他，如果他是兇手，應該不會那麼露骨地表現出自己的慌張。」

「是喔……」草薙喝了一口啤酒。

內海薰說的話不無道理。如果是兇手，就會事先猜想刑警會問的問題，作好充分的心理準備，無論刑警問什麼，都努力表現得鎮定從容。

「妳剛才說，高垣智也和同事分頭行動的時間是四十分鐘，他說那段時間做了什麼？」

內海薰打開了從皮包裡拿出的記事本。

「他去了終點，向菊野隊的成員打招呼。」

「有沒有確認真偽？」

「我去問了姓宮澤的隊長，她是『宮澤書店』的老闆，她說在遊行結束時，高垣的確去向他們打了招呼，只不過……」

內海薰有點故弄玄虛地停頓了一下。

「雖說是打招呼，但只是聊了幾句而已，類似『辛苦了』、『表演很棒』之類的話，應該不需要三十秒。」

「正確的時間呢？」

「宮澤說，她不記得這種事。因為遊行剛結束，隊長有很多事要忙，所以這也不能怪她。」

「所以說，高垣智也在遊行剛結束的三點多時，的確在終點附近，但之後去餐廳和後輩同事會合之前，有四十分鐘的時間沒有不在場證明。」

「沒錯。」

「從終點到蓮沼借住的辦公室之間距離是多少？」

「兩公里左右。」內海薰似乎事先已經調查過了，所以不假思索地回答。

來回大約五公里。草薙在腦袋中計算著。如果開車，平均時速三十公里的話，需要十分鐘左右，上車和下車也需要時間，所以只剩下二十分鐘的時間可以做其他事。這點時間能幹什麼？而且實際開車時，平均時速很難維持三十公里。

「要讓蓮沼服用安眠藥後，讓他窒息死亡，似乎不太可能……」草薙嘆著氣說，「高垣智也不可能犯案。」

「我也這麼認為，而且白天時我也已經報告過，當我問他有沒有試圖調查蓮沼之前的住處時，他回答說，從來沒想過這件事。我看他的表情，不像在說謊。」

「並木家的人都是清白，高垣智也也是清白……嗎？」草薙看著寫到一半的報告。「新倉夫妻那裡，是主任去瞭解情況吧？」內海薰問，主任就是指岸谷。「他的感覺如何？」

「他說很可疑。」

「怎麼可疑？」

「新倉直紀說，他並不知道蓮沼回到菊野這件事，昨天晚上在『並木屋』時才第一次聽說。他說最近很少去『並木屋』，但岸谷認為，即使這樣，怎麼可能沒有人告訴他這件事。」

「的確，主任真是一針見血。」

「但是，」草薙接著說了下去，「岸谷還說，新倉看起來不像那種愛徒遭到殺害，就會用殺害的方式報仇的人。我相信他應該知道，人不可貌相這個道理。」

「新倉夫婦對檢察審查會的問題說了什麼？」

「似乎知道，新倉回答說，如果檢方決定不起訴蓮沼，就會和並木家討論，摸索用法律對抗的方法。」

「他還真理智。」

「聽起來是這樣。」

假設蓮沼的死是他殺，最有可能的就是復仇，並木家的人和其他幾個人都有動機。但是，無論誰是兇手，照理說首先會尋求司法途徑。雖然蓮沼獲得釋放，但仍然是嫌犯，之後並非完全沒有遭到起訴的可能性。即使要復仇，等到確定不起訴時再復仇也不遲，更何況還有檢察審查會。

草薙要求內海薰和岸谷在向關係人瞭解情況時，確認他們是否知道檢察審查會，因為如果知道，就沒有理由在現階段展開復仇。

「新倉夫婦的不在場證明呢？」

「很不明確，」草薙低頭看著報告說，「他們說去看遊行，也遇到好幾個熟人，但並沒有一直和別人在一起。遊行結束之後，去公園當飆歌大賽的評審，但在這之前，有一小段空白的時間。」

內海薰放下啤酒，托著臉頰。

「因為還不知道殺害蓮沼需要多少時間，所以現在也很難下定論。當然，假設是他殺的話。」

「就是啊，」草薙皺著眉頭，抓了抓頭，「瘀點很分散，所以窒息的可能性很高，但並沒有發現絞殺或扼殺的跡象，因為如果是這樣，瘀點會更明顯。」

「如果不是掐脖子導致窒息死亡……那就是捂住嘴巴和鼻子嗎？」

「被害人為什麼沒有抵抗？雖然檢驗出安眠藥，但份量並不多。」

「是啊。」

草薙看著下屬沉思的臉，忍不住笑了起來。內海薰訝異地問：「怎麼了？」

「今天上午，我和湯川見了面，得知他也是關係人之一。」

草薙把和湯川學談話的內容告訴了內海薰。

「湯川老師去『並木屋』？是喔？」

「如果這次的案子是他殺，兇手怎麼殺害蓮沼？——我不抱希望地要求他用他最擅長的推理解決這個問題，沒想到他很有興趣，說想要看現場，所以我打算最近帶他去看一下，他也許可以想出什麼名堂。」

「那還真值得期待啊，但是——」內海薰偏著頭說：「真意外。」

「意外什麼？」

「我從來沒有以客人的身分去過『並木屋』，但那不是一家靠老主顧支持，充滿人情味的店嗎？我不太能想像湯川老師不時去那裡，因為他向來很討厭這種人情關係。」

「是啊，」草薙非常能夠理解她想表達的意思，「他去了美國之後似乎不太一樣了，妳可以見一見他，到時候就知道了。」

「好啊，改天和他見一面。」女刑警露出微笑，把啤酒罐送到嘴邊。

22

身穿制服的年輕員警一臉無趣地站在增村榮治住的辦公室前，忍著呵欠的臉似乎覺得即使不需要站崗，也不可能有人想要闖入這裡。

草薙和湯川走過去時，員警的表情立刻發生了變化。他的表情專注起來，雙眼也變得很有精神，但可能之前就接獲通知，知道有人會來這裡，所以並沒有驚訝。

草薙出示了證件，「我是警視廳的草薙。」

年輕員警敬禮說：「我已經接到通知，正在這裡恭候。」他轉過身，動作俐落地打開了辦公室的門鎖，「請進。」

草薙從口袋裡拿出兩副手套，把其中一副遞給身後的湯川，湯川默不作聲地接了過來。

今天是加入菊野分局偵查工作的第三天，至今仍然無法確定蓮沼的死因。草薙在徵求間宮和菊野分局的同意後，決定帶湯川來現場察看。他聯絡湯川後，湯川說希望馬上去看現場，所以他們上午就來了。

草薙用戴上手套的手轉動門把，打開了門。鑑識人員應該曾經多次出入，但裡面的狀況和之前一樣。

脫下鞋子後，走進鋪了木棧板的地上。湯川說著：「真是家徒四壁」，跟在他身後。

草薙沒有停下腳步，直接走了進去，在原本是儲藏室的小房間前停下了腳步，小房間的拉門敞開著。

「是這個房間嗎？」湯川站在他身旁，「的確很狹小，有幽閉恐懼症的人應該會受不了。」

「看每個人怎麼想，」草薙說，「世界上有些人覺得膠囊旅館也很舒適，聽說蓮沼在這裡鋪了野餐墊，然後鋪上床墊和被子，睡得很舒服。」

「你之前說他的心臟是鐵打的。」

「沒錯。」

「可以進去嗎？」

「請進。」

湯川走進小房間，站在中央附近，仔細打量周圍，然後視線集中在某一點上，他正注視著拉門。

「怎麼了？」

湯川把門拉了出來，摸著用來上鎖的金屬門扣。

「可以從外面鎖住吧？」

「因為原本是儲藏室，所以要鎖住，防止物品失竊吧。」

「那把鎖呢？鑑識人員帶走了嗎？」

「我會確認，但沒聽說有這種東西。」

接著，湯川打量著開門、關門時的金屬把手，然後輪流看著門的正面和背面。

「可以請外面的員警幫忙買東西嗎？」湯川問。

「買東西？」

「我想請他去便利超商買一組螺絲起子。」

「螺絲起子？要幹嘛？」

「我想確認一件事，如果不行，我就自己去買。」湯川仍然注視著把手，完全是科學家的表情。

「好，我去問看看。」

草薙走去外面，拜託了剛才那名員警。員警露出納悶的表情，但還是欣然答應了。

回到室內，發現湯川坐在床上，閉上了眼睛，似乎正在思考。

「他說馬上去買。」

「那太好了。」湯川閉著眼睛說，「你之前說，沒有抵抗的痕跡。」

「啊？」

「我是說蓮沼，現場不是沒有掙扎和抵抗的痕跡嗎？」

「對，他躺在被子上，身上的衣服也沒有亂。」

湯川睜開眼睛站了起來，關上了拉門，視線沿著門框移動。

「你在看什麼？」

「氣密性，我在看在門關上的狀態下，可以有多少空氣進出。」湯川打開了門，「即使關上門，門和門框之間也有很多縫隙，很難說氣密性很高。如果用膠帶貼住，當然就另當別論了。」

「如果氣密性很高，那又怎麼樣？」

「如果可以完全密閉，可以趁蓮沼睡覺時把門關起來，然後鎖住。因為無法供應氧氣，室內就會充滿二氧化碳，遲早會窒息。」

「原來如此，不，但是——」草薙偏著頭，「但他感到呼吸困難，不是會醒來嗎？」

「一定會醒來，」湯川一本正經地說，「雖然這個房間很小，但不會一下子缺氧，而且他身體可以活動，所以會試圖打開門。如果門鎖住了，就會用身體撞門。」

「既然這樣，不是行不通嗎？不符合目前的狀況。」

湯川豎起食指，在臉前左右搖晃著。

「你還是這麼性急，凡事都有先後順序，我只是先提出最簡單的方法，然後再慢慢補充新的點子，開拓想像力。光是把門關緊，無法一下子導致缺氧，所以要考慮怎樣才能做到。」

「怎樣才能做到？」

湯川皺起眉頭，「難道你不想自己稍微動動腦筋嗎？」

「我為什麼要動腦筋？不然我為什麼要帶你來這裡？」

湯川無奈地搖著頭，「關於讓他吃下安眠藥的方法呢？有沒有想出什麼主意？」

「這個問題我也投降。」草薙輕輕攤開雙手，「完全不知道什麼時候、在哪裡、用什麼方式讓他吃下了安眠藥。」

湯川指向房間角落，那裡有一個小冰箱，「有沒有檢查過裡面的東西？」

「當然，鑑識人員全都帶回去查過了，但似乎沒有發現任何可疑的地方。」

冰箱裡只有打開的烏龍茶和寶特瓶的水，都沒有檢驗出安眠藥的成分。

「但有一件令人在意的事，」草薙說：「聽法醫說，蓮沼很可能喝了啤酒，他血液中的酒精濃度有點高。聽說蓮沼很愛喝酒，如果有人請他喝啤酒，即使口不渴，他可能也會喝，但應該不至於來者不拒。」

「住在這裡的人呢？如果是他的話，讓蓮沼吃下安眠藥應該並不困難。」

「的確是這樣，但他沒有動機。」草薙立刻回答，顯然之前就想到了這個可能性，「增村和並木佐織完全沒有任何交集，而且增村和蓮沼是在佐織遭到殺害的一年前認識的，我們調查了他過去的經歷，他們之間也完全沒有交集。」

「兇手買通增村……風險太高了。」

「風險的確太高了，不知道增村什麼時候會招供，即使不招供，也可能再次勒索金錢。」

「的確是這樣。」湯川小聲嘀咕，再度看向小房間。

「打擾了。」不一會兒，年輕員警走了進來，「我買回來了，這個可以嗎？」

透明盒子裡有幾種不同的螺絲起子。

「可以，謝謝你。」湯川說完，接了過來。

他在拉門旁蹲了下來，用螺絲起子鬆開固定把手的螺絲，他不愧是科學家，動作很熟練。

「你在幹嘛？」

「你自己看不就知道了嗎？」

湯川只花了兩、三分鐘，就把門的內側和外側的把手拆了下來，露出一個長方形的洞。

「嗯，果然不出所料。」湯川看著原本裝了把手的洞，嘴角露出滿意的笑容。

「喂，怎麼回事？差不多該告訴我了吧？」

「即使不用說，也一目瞭然吧？」

湯川移向旁邊，草薙蹲下來向長方形的洞內張望，可以看到小房間的牆壁。

「喔，可以看到裡面。」

「沒錯，在門上裝把手時，通常不會把洞打穿，但這道門不是很厚，所以就打穿了。」

「這我已經知道了，你到底想要表達什麼？」

「你知不知道有一本推理小說名叫《猶大之窗》？」

「不，我不知道。」

湯川露出「果然不出所料」的表情點了點頭。

「這道門上有一扇秘密的小窗戶。」湯川把拉門關了起來，「即使關上了門，只要透過這個小窗，就可以對室內的人造成某種影響。」

「這麼小的洞？要怎麼使用？」

「我剛才不是說了嗎？如何才能使小房間內一下子缺氧？只要使用這個洞，就有幾種方法。」

「比方說？」

「可以透過這個洞把氧氣吸出來。」

「啊？」

「光吸氧氣很困難，所以是把空氣吸出來。只要使用吸塵器那樣的吸引裝置，就可以把空氣吸出來。雖然不可能吸到完全真空，但也許可以製造出空氣非常稀薄的狀態。」

「湯川，你……」草薙探頭看著他戴著無框眼鏡的那雙眼睛，「你是認真的嗎？」

「我可沒有閒到跑來這裡和你開玩笑。」

「你覺得這種方法能夠成功嗎？」

「應該不行，如果這種程度的空氣稀薄會導致死亡，挑戰高山的登山者全都死光光了。」

草薙雙腿無力，差一點跪下來，但他忍住了。如果這點小事就生氣，根本沒辦法和湯川這個人打交道。「下一個方法呢？」

「只要減少室內的氧氣就好，所以就讓房間變得更小。從物理學的語言來說，就是讓室內的容積縮小。」

「用這個洞嗎？要怎麼做？」

「將門上的縫隙封起來後，透過這個洞把東西丟進去，丟進去的物體的體積有多大，室內的容積就減少多少，空氣就會擠出來。只要重複這件事，就可以將容積減少到容易發生缺氧的程度。」

草薙打量用嚴肅的口吻說話的湯川，然後指著那個長方形的洞說：「有什麼東西可以透過這個洞丟進去？最多只能丟彈珠進去，雖然這個房間很小，但也需要幾萬顆……不，要幾十萬顆。」

「如果是不會變形的東西，應該就像你說的那樣，但如果使用氣球呢？」

「氣球？要怎麼使用？」

「把還沒有充氣的氣球口朝外，塞進這個洞裡。當氣球的主體穿進這個洞之後，再從這裡開始充氣。在充滿了氣之後，把口綁緊，丟進室內。正如我剛才說的，氣球的體積有多大，室內的容積就減少多少。如果使用大氣球，效率應該很高。」

草薙想像著室內氣球不斷增加的情況，需要多少氣球才能塞滿一坪多大的房間？

「這個方法很奇特……但沒有真實感。」

「你不滿意嗎？在彩色的氣球包圍中死去，不是很超現實，也很幽默嗎？我倒覺得這個機關很有趣。」

「我承認很超現實，但並不會急速窒息吧？當缺氧導致呼吸困難，他還是會醒過來，一旦發現是因為被大量氣球包圍關在房間裡，就會把氣球弄破。」

「也許吧，但如果氣球內不是空氣，結果會怎樣？」

「啊？什麼意思？」

湯川意味深長地嘿嘿笑著。

「應該說，既然不是空氣，連氣球也不需要。」

23

內海薰瞪大了一雙鳳眼，「氦氣嗎？」

「沒錯，把拉門關上，然後再鎖住，從那個長方形的小洞，把儲氣瓶裡的氦氣灌進室內。氦氣比空氣輕，所以會聚集在小房間的上方，會把空氣從拉門的縫隙等地方擠出室外。即使蓮沼躺在那裡，整體的氧氣濃度會降低，如果他中途發現後站起來，上方的氧氣濃度更低。如果拚命呼吸，吸入的不是空氣，而是氦氣，就會馬上昏迷。只要這種狀態持續，就一定會缺氧，這就是湯川的推理。」草薙把玩著咖啡已經喝完的空紙杯，抬頭看著幾名下屬。

他們正在菊野分局內的會議室，草薙向內海薰、岸谷和武藤說明了湯川告訴他的假設。

「不愧是伽利略老師。」岸谷嘆著氣說，「我完全沒有想到。」

「我和鑑識人員討論後，他們認為非常有可能，因為很快失去了意識，可以解釋為什麼室內沒有打鬥的痕跡，或是被害人掙扎的痕跡。我也和負責解剖的法醫討論過了，他認為如果是氦氣導致缺氧，不會有任何矛盾之處，反而可以解釋為什麼和絞殺等導致窒息身亡相比，屍體身上瘀點比較少的狀況。」

「既然這樣，問題就在於從哪裡張羅到氦氣。」武藤說。

「關於這一點，那位姓湯川的學者又提供了一個很有意思的線索。武藤警部，你可能知道這是什麼。」草薙操作了自己的手機，然後出示在另外三個人面前。

「這是什麼？」內海薰看著液晶畫面，忍不住皺起了眉頭。

「是不是……青蛙？」岸谷偏著頭。

武藤噗哧笑了起來，「大家都這麼說，我第一次看到時，也有同樣的感想。」

「這是遊行的吉祥物，名叫菊野寶寶。」草薙向內海薰和岸谷說明，「聽說都在遊行最後登場，但正如你們所看到的，是一個巨大的氣球。足足有十公尺，充氣時當然需要大量氦氣。雖然必須視儲氣瓶的尺寸大小，但湯川認為一、兩個高壓儲氣瓶恐怕不夠用。」

「所以其中一個可能用於犯罪？」岸谷問。

「值得調查一下。」

「好，我立刻派人去確認這件事。」岸谷轉身打開門，走了出去。

「警部，既然這樣，是否應該擴大調查？」武藤問。

「你的意思是？」

「遊行中只有菊野寶寶是大型氣球，但往年都有好幾個參賽隊伍都會使用小型氣球作為小道具，今年我沒有去看遊行，但應該也差不多吧。而且會場內有好幾個地方都會免費贈送氣球給小孩子，這種地方都會有氦氣的儲氣瓶。」

「有道理……」

遊行是一種慶典活動，慶典活動當然少不了氣球。

「不過，」武藤委婉地繼續說道，「即使使用了氦氣犯案，儲氣瓶被偷的可能性也很低。」

「為什麼？」

「因為購買氦氣很簡單，我家小孩年紀還小的時候，經常舉辦生日會，我太太經常在網路上購買為氣球充氣的氦氣。」

「我也曾經在朋友家見過那種東西，」內海薰表示同意，「因為朋友家有很多氣球，所以我就問了一下，她說是小孩子慶生會留下的。那個朋友也說是自己買了氦氣回家充氣。」

「喔。」草薙看著女下屬的臉，以年齡來說，她的很多朋友應該都生兒育女了。雖然草薙這麼想，但因為和案情無關，所以就沒有說出口，更何況這種發言會被視為性騷擾。

「那種儲氣瓶都是拋棄式，不需要歸還，只要五千圓左右就可以買到。」武藤說。

「五千圓……那還真便宜啊。」

「所以，如果是預謀犯案，兇手應該事先就買好了。」

「的確有可能，果真如此的話，要查明來源就很辛苦。」草薙陷入了思考，但立刻想到另一件事，「等一下，既然儲氣瓶不需要歸還，兇手在犯案後怎麼處理？」

「儲氣瓶的體積很大，而且也很重。兇手犯案後想要趕快脫身，一定覺得帶著儲氣瓶很礙事。」武藤似乎察覺了草薙的意圖，站了起來，「我會請手上沒有其他工作的人去現場附近搜索。」說完，他立刻衝了出去。

內海薰也向草薙行了一禮，但在門口停下腳步，轉頭看著草薙，似乎想要說什麼。

「怎麼了？」草薙問。

「為什麼要用這麼複雜的方法？」內海薰一臉難以釋懷的表情說，「讓死者吃安眠藥後入睡，再把氦氣灌進密閉的房間內，讓兇手窒息而死——你不覺得太大費周章了嗎？」

「喔？」草薙看著女下屬的雙眼露出了意外的眼神，「真難得啊，妳也會質疑湯川的推理嗎？」

「不是這樣，只是不瞭解兇手的目的。」

「可能是為了讓警方難以確定死因吧。目前驗屍報告上寫著，難以排除原因不明的心臟衰竭導致死亡的可能性，而且我們目前無法掌握他殺的證據，也無法成立搜查總部。」

「如果死的是普通人，我可能會同意這種觀點，但這次是蓮沼，發現的屍體是那個蓮沼寬一。」

「妳想說什麼？」

「除非兇手是天大的樂觀派，否則只要蓮沼死亡，即使無法確定死因，警察也一定會朝他殺的方向偵辦，兇手應該有這樣的心理準備。既然這樣，和用更簡單的方法殺了蓮沼有什麼差別？」

草薙無言以對，她的論點很合理，也很符合邏輯。

「所以妳認為兇手用這種大費周章的方法殺害，具有特別的意義嗎？」

「我覺得應該是這樣。」

「瞭解。」草薙說，「我會記住這個疑問。」
內海薰不發一語地鞠了一躬，走出會議室。
兩個小時後，岸谷愁眉不展地回到會議室，報告的內容令草薙失望。
用來為巨大氣球充氣的氦氣瓶並沒有遺失。
「為菊野寶寶充氣時，要用四個七千公升的氦氣，使用後，四個儲氣瓶幾乎都空了。這次遊行時也一樣，在遊行的隔天，就把儲氣瓶還給業者了。」
「會不會有人暫時偷走，然後又放回原來的位置呢？」
岸谷搖了搖頭，「負責氣球的人一直守在旁邊。」
「是喔……」草薙咂著嘴。
武藤可能說對了。草薙心想。與其偷，還不如自己買更穩當，最重要的是更安全。
「那去調查一下販售氦氣的業者，確認一下最近購買氦氣的人中，有沒有使用假名字的人。」
「好。」岸谷說完，正準備走出會議室，門先打開了，武藤衝了進來，他的臉微微泛紅。
「警部，找到了。」
「找到什麼了？」
「儲氣瓶，氦氣的儲氣瓶找到了。」

24

一頭白髮的老闆在吧檯內默默擦杯子，他的身後有一排各式各樣的酒瓶。除了威士忌和白蘭地以外，還有伏特加和龍舌蘭酒，如果今晚不需要回菊野分局，真想好好享受這些烈酒。

即將十一點了，剛才坐在吧檯的那對情侶也離開了，所以店裡沒有其他客人。

草薙看著牆上貼的電影舊海報，喝完半杯健力士啤酒時，入口處的門傳來擠壓的聲音慢慢打開，身穿西裝的湯川走了進來。

草薙輕輕舉起了手。

湯川好奇地巡視店內，然後走到草薙坐的小桌子旁。

「沒想到這裡還有這麼雅致的店。」湯川在草薙對面坐了下來。

「我問了菊野分局的人，哪裡有營業到很晚，而且可以安靜喝酒的地方，他介紹了這家店，聽說酒的種類也很豐富。」

介紹這家店的武藤說，如果經常去那裡坐坐，讓老闆瞭解對酒的喜好後，還可以喝到老闆為熟客調製的專屬雞尾酒。

湯川瞥了一眼架子上的酒瓶後，對老闆說：「請給我一杯雅柏威士忌兌蘇打水。」

白髮的老闆瞇起眼睛回答說：「好。」

「你做研究到這麼晚嗎？看來這陣子很忙啊。」草薙說。

「並不忙，只是要求助理做的實驗一直出錯，今天之內必須確認的數據一直做不出來。無奈之下，我只好在辦公室用電腦玩西洋棋，對手是初期型的程式，我竟然連輸三局，普通人要贏人工智慧簡直太難了。」

「真是辛苦你了。」

「草薙，你怎麼這麼晚還在這裡？該不會一直住在這裡？」

「是啊，可能這一陣子都會在這裡吧。」

湯川不解地眨了眨眼睛。

「你剛才傳給我的電子郵件中說，要為偵查的事向我道謝，還說如果我今晚在菊野，要我和你聯絡，該不會是我的提議發揮了作用？」

「發揮了很大的作用，」草薙指著湯川的胸口，「不愧是伽利略老師，還是那麼獨具慧眼，有一半和你的推理相同。」

「一半？」湯川訝異地皺起眉頭，「有哪裡不一樣嗎？」

「兇手的確使用了氦氣，也找到了儲氣瓶，但並不是為巨大氣球充氣時使用的大型高壓儲氣瓶，」草薙從懷裡拿出手機，找出一張照片後放在桌上，「命案現場那棟房子的後方有一條河，菊野分局的偵查員在距離二十公尺左右的河旁草叢中發現了被丟棄的儲氣瓶。」

螢幕上是一個高度大約四十公分，直徑約三十公分的儲氣瓶，旁邊放了一個啤酒罐作為比例尺。

「這是用過的儲氣瓶，裡面並沒有殘留氦氣，上面有幾枚指紋，已經送去鑑定了。」

「這個嗎？」湯川看著螢幕，偏著頭問：「有幾個？」

「什麼有幾個？」

「我在問你數量，發現幾個這種儲氣瓶？」
「一個啊，怎麼可能有很多個？」
「一個？那不可能。」
當湯川用強烈的語氣斷言時，老闆靜靜地走了過來，把杯墊放在桌上，把廣口玻璃杯放在上面，杯中的液體冒出無數小氣泡。
「好喝。」湯川喝了一口，臉上的表情也跟著放鬆下來，抬頭看著老闆說：「最佳的比例。」
老闆得意地笑了笑，走回吧檯內。
湯川放下杯子，指著桌上的手機說，「為了謹慎起見，我確認一下，這個儲氣瓶的容量是多少？」
草薙從口袋裡拿出記事本，「重量約三公斤，未使用前有四百公升氦氣。」
「哼，」湯川用鼻孔噴氣，「太荒唐了，不可能。」
「為什麼？」
「只要計算一下現場那個小房間的容積就知道了，以長度兩點五公尺，寬兩公尺，高度兩公尺來計算，就是一萬公升，灌了四百公升的氦氣，會造成缺氧嗎？只有工業用的高壓儲氣瓶才有辦法做到，這種東西很難匿名購買，所以我才說，應該是借用了巨大氣球用的高壓氦氣瓶。」湯川可能有點煩躁，所以一口氣說道。
「你說的有道理，但接下來才是重點。」草薙拿起放在桌上的手機放回懷裡，「我剛才說找到了儲氣瓶，但並不是直接丟在那裡，而是裝在四十五公升的垃圾袋裡。」
「垃圾袋？」湯川露出「那有什麼問題？」的表情。

「仔細檢查那個垃圾袋後，還發現了其他東西。」雖然不認為老闆會偷聽，但草薙還是低壓了聲音，「是頭髮，雖然只有兩根，但足以用來鑑定。」

「頭髮？」

「鑑定結果認為應該是蓮沼的頭髮。」

湯川面色凝重地嘀咕了什麼，緩緩點了點頭，「我懂了，原來是這樣。」

「你似乎已經理解了。」

「把垃圾袋套在蓮沼的頭上，然後在脖子的位置綁緊，從縫隙中把氦氣灌進去——」

「答對了。」草薙用力拍了一下桌子，「聽說十秒左右就會失去意識，很快就會死亡，也已經獲得法醫的認可。」

湯川拿起酒杯，喝了一口威士忌兌蘇打水，他的雙眼看著半空。

「怎麼了？」草薙問，「看你的表情，好像有什麼意見，難道在科學上有說不通的地方嗎？」

「不，」湯川輕輕搖了搖頭，「科學上沒有問題，但搞不懂兇手的目的，為什麼要用這種方法……」

「如果要說這件事，你推理的方法不是也一樣嗎？內海說，她搞不懂為什麼要用那麼大費周章的方法。」

「我說的方法有重要的意義，雖然是假設對蓮沼有仇的人作出的報復行為。」

「有什麼意義？」

「就是執行死刑的意義。兇手可能想要代替國家處死蓮沼，但處以死刑的方法有很多種，日本是用絞刑，美國曾經有坐電椅的歷史，但現在以注射藥劑的藥劑死刑為主，除此以外，不久之前還有某些州使用毒氣室，把死刑犯關在小房間內，讓他們吸入氰化氫後死亡的方法。」

「關在房間內……」草薙想起蓮沼死在小房間內的樣子，「兇手想要在毒氣室執行死刑嗎？」

「這只是我的想像，而且對兇手來說，這個方法還有一個好處。」

「什麼好處？」

「兇手完全不需要碰蓮沼的身體。因為門上了鎖，即使蓮沼中途醒來，也可以在被關在室內的狀態下繼續犯案，但如果是把垃圾袋套在蓮沼的頭上，讓他吸入氦氣，一旦蓮沼醒來，就有可能會反抗。如果蓮沼睡得很沉，根本不需要擔心這種事，那就不需要使用氦氣。只要控制他的手腳掐死他，或是用刀子殺他就好，難道你不這麼認為嗎？」

草薙發出低吟，湯川口若懸河地說出的內容一如往常富有說服力，而且很有邏輯性。

「老實說，目前並不瞭解兇手的目的。」草薙無可奈何地承認，「也許有什麼原因，非要使用這種特殊的犯案方法不可，但我們目前不需要考慮這件事。只要逮到兇手，讓兇手告訴我們就好，你不認為嗎？」

湯川很乾脆地點了點頭，「這的確最確實，也最合理。」

「重要的是，已經確定蓮沼的死是他殺。我剛才說，這一陣子都會在這裡，不瞞你說，菊野分局將正式成立搜查總部，明天開始會更忙，沒什麼機會和你好好聊，所以趁今天晚上約你出來。」

「原來是這樣。」湯川放鬆了臉上的表情，拿起了酒杯，「畢竟你是搜查一課的警部大人。」

草薙皺著眉頭說：「別說這種話。」

「祝你們能夠順利破案。」湯川伸出酒杯。

草薙也拿起杯子想和湯川乾杯，但杯子裡的健力士啤酒已經喝完了，他又向老闆點了一杯。

25

和湯川乾杯的隔天早晨，查明了在河畔草叢中發現的氦氣瓶上其中一枚指紋的主人，在警察的資料庫中找到了相符的資料。

指紋的主人是在北菊野町經營汽車修理工廠的森元，過去曾經因為超速接受偵查。

草薙指示偵查員調查了森元的情況，卻沒有發現和蓮沼之間有任何關係，也無法找到和並木佐織、並木家的人有任何交集。

但在調查過程中，也發現了一件有趣的事。森元是北菊野町町內會的幹部，在遊行當天，負責舉辦飆歌大賽，而且在飆歌大賽的會場，免費贈送氣球給小孩子。

草薙決定把森元找來菊野分局，瞭解詳細的情況，但認為森元本人應該和那起事件無關，因為使用氦氣這種別出心裁殺害方法的人，應該不會作出徒手拿儲氣瓶這種輕率的舉動。

但既然在「兇器」上留下了指紋，當然無法不把他視為關係人，所以派了幾名刑警上門。因為無法保證森元不是兇手，這樣的話就有可能在刑警要求他主動到案說明時試圖逃走。

但這種想法是杞人憂天，森元雖然感到困惑，但還是順從地跟著刑警來到分局。

岸谷負責偵訊工作，草薙在搜查總部所在的大會議室和武藤、內海薰等人為第一次偵查會議做準備。

「果然無法期待現場周圍的監視器拍到有用的畫面。」武藤垂著眉尾說道，「附近雖然有投幣式停車場，但那裡的監視器也沒有拍到任何可疑的車輛。」

草薙低吟一聲後，看向身旁的內海薰，「復仇者聯盟的行動如何？有沒有確認監視器？」

「確認了一部分。」內海薰操作了自己面前的筆電鍵盤後，把螢幕轉向草薙。

螢幕上顯示了許多人來來往往的圖片，似乎是設置在路上的監視器所拍到的影像。

「監視器設置的地點在遊行終點附近，這個穿深藍色夾克的男人應該就是高垣智也。」內海薰指著畫面中的一部分說。

草薙只看過高垣智也的照片，而且電腦顯示的影像解析度並不高，但他覺得那個人應該就是高垣。高垣不是看向前方，而是看著車道的方向，應該是邊走邊看遊行。

螢幕角落的數字顯示是下午兩點多拍到的照片。

「走在他旁邊的兩個年輕男女是他公司的後輩同事，看影片時，就可以看到他們在交談，你要看影片嗎？」

「不需要，有沒有時間更晚的影像？」

「菊野分局的人正在找，目前還沒有找到。」

「是喔。」草薙回答後，再度定睛細看。

高垣智也並沒有拿皮包之類的東西，和他在一起的兩個人，只有那個女生肩上揹了一個小肩背包，並沒有拿任何大行李。

根據內海薰之前報告的內容，高垣智也在下午三點多到四點期間沒有不在場證明，但這麼短的時間，他到底能做什麼？

「復仇者聯盟的其他人呢？」

復仇者聯盟是草薙為確信蓮沼殺了並木佐織，可能想要復仇的那些人取的名字。具體來說，就是並木家的人，曾經和並木佐織交往的高垣智也，還有想要栽培佐織成為世界級歌手的新倉直紀等人。

內海薰操作著電腦，螢幕上顯示了新的影像。地點和剛才不同，右側可以看到像是郵局的入口。

「這是新倉夫婦。」

內海薰手指的地方有一個身穿棕色夾克，有一點年紀的男人，和身穿淡紫色開襟衫的女人。兩個人都看向車道的方向，手上都沒有拿東西。草薙確認了他們的腳下，也沒有看到任何東西，時間是下午兩點二十五分——

「從時間來看，應該是菊野隊在遊行的時候。」內海薰說，「也許是因為這個原因，新倉夫婦之後開始移動，好像跟著菊野隊一起前進，菊野隊最後出場，很多觀眾都跟著一起往前走。」

「這條路上應該還有其他監視器，」武藤在一旁說道，「只要仔細調查，或許可以發現新倉夫婦之後的行蹤。除了高垣智也以外，我也會請目前有空的人去查一下。」

「那就拜託了。」草薙嘴角露出笑容點了點頭，但在視線轉向螢幕的同時，立刻露出凝重的表情。

他在意的是無論高垣智也還是新倉夫婦，手上都沒有拿大行李。殺害蓮沼必須用到氦氣的儲氣瓶，需要相當大的袋子才能搬高約四十公分，直徑約三十公分的儲氣瓶。

當然，也可能事先藏在某個地方，在犯案前前往取用，但到底藏在哪裡？

「武藤副警部，」草薙叫了一聲，「在看監視器影像時，同時確認一下有沒有人拿大行李，基本上是能夠裝下之前那個氦氣瓶的大小。」

武藤似乎理解了草薙的意圖，睜大眼睛說：「知道了」，然後大步走了出去。

之後，草薙和內海薰兩個人在準備偵查會議使用的資料時，岸谷偵訊完森元走了進來。

「雖然還要確認供詞的真偽，但我認為森元應該清白。而且聽鑑識人員說，儲氣瓶上的其他幾枚指紋應該也都是森元的，比起這個問題，我發現了一件重要的事。」岸谷的雙眼充滿了獲得成果的滿足感。「那個儲氣瓶果然是被偷走的。」

「怎麼回事？」

「那一天，森元在飆歌大賽的公園內發氣球給小孩子，大約從下午三點三十分左右開始發氣球，他準備了大約一百個氣球和三瓶氦氣，一瓶大約可以充四十個氣球，所以他多準備了一些，我把在草叢中發現的氦氣瓶照片給他看，他說完全相同。」

岸谷看著筆記繼續報告。

森元是町內會的幹部，所以有很多雜務，經常離開現場。只有他一個人負責氣球，他把還沒充氣的氣球帶在身上，但氦氣瓶就留在原地。

他四點半左右第一次離開，大約十五分鐘後回來，在打算繼續發氣球時，覺得有點奇怪。因為他剛換了一瓶新的氦氣，沒想到又空了。仔細一看，原來是第一瓶用完的氦氣瓶。他覺得很奇怪，但又換了一瓶新的，繼續發氣球。最後發了大約六十個氣球，氦氣很足夠，所以並沒有造成影響。

「森元發現，在他離開的時候，第二瓶氦氣似乎被人偷走了，但因為最後氦氣夠用，而且他覺得沒必要讓其他幹部知道自己的疏失，所以至今為止沒告訴任何人。」低頭看筆記的岸谷抬起了頭，「聽了他的陳述，我覺得很有說服力，應該沒有說謊。」

草薙在腦海中整理了剛才聽到的內容。

「氦氣瓶是在下午四點半至四點四十五分期間被偷，舉行飆歌大賽的公園到命案現場的距離是多少？」

「大約三公里。」岸谷似乎預料到草薙會問這個問題，立刻回答說，「蓮沼的屍體是在下午五點半時被人發現，所以如果不開車，恐怕沒辦法做到。」

「是喔……」

草薙心想，高垣智也徹底擺脫了嫌疑，因為他在下午四點就和同事一起去了啤酒餐廳。然後——

新倉夫婦也是清白的，他們在傍晚五點開始的飆歌大賽中擔任評審，即使開車也來不及犯案。

「首先要找目擊證人，最好在偷氦氣的時候被人看到，但即使沒有這麼幸運，或許可以打聽到看到有人搬可疑物品的證詞。因為如果有人在飆歌大賽的會場拎著大行李，一定會很引人注意。另外，還要確認公園和附近的監視器影像，投幣式停車場一定都設置了監視器，所以要優先調查，只要發現有可疑人物，就要立刻查出身分。」

「好。」岸谷拿出記事本。

「內海。」草薙叫著身旁的女下屬，「妳有沒有什麼想法？」

「那天在遊行時，主要道路實施了交通管制，」內海薰冷靜地說，「路上也有很多人，開車從公園到案發現場時的路徑有限，很可能剛好被哪裡的N系統捕捉到。」

「有道理，那就和菊野分局合作，找出當天下午四點半之後三十分鐘內，現場周圍N系統拍到的所有車輛。」

「好。」內海薰在回答時，臉上的表情仍然很凝重，似乎在考慮其他的事。

「怎麼了？有什麼不對勁的地方嗎？」

「對，我還是難以理解，為什麼兇手要使用這種大費周章的方法。」

「又是這件事嗎？」草薙皺起了眉頭，「想這種問題也沒用，只要讓兇手招供就好，就連湯川也接受了。」

「湯川老師？」

「我昨晚和他見了面。」

草薙把在那家雅致酒吧內和湯川的對話告訴了她。

「既然已經找到物證，就要積極偵辦，採用人海戰術，無論如何都要找出把氦氣從公園搬去命案現場的人。」

草薙激勵下屬後，看向時鐘。搜查總部成立後，間宮很快就會來這裡，如果無法報告一些有實質進展的情況，實在沒臉見間宮。

26

內海薰抬頭打量著灰色建築物，用力深呼吸，連她也不知道自己為什麼會這麼緊張，就連偵訊面目猙獰的嫌犯時，也不會這麼怯懦。

她來到建築物的入口，看著貼在牆上的牌子。帝都大學金屬材料研究所——她甚至覺得發出冷淡感覺的哥德體文字在挑選訪客。

走進大樓內，右側是警衛室的窗口，一名白髮警衛坐在裡面。她按照指示辦理了手續，接過入館證後掛在脖子上。她問了警衛自己要去的地方所在的位置，警衛冷冷地回答：「在三樓深處。」

她搭電梯來到三樓，沿著長長的走廊前進，中途遇到幾個身穿工作服的人，這些人沒有身穿白袍讓她感到很新鮮。

走廊上一排門上寫著「磁力物理學研究部門」的字，下面還有「第一研究室」和「第二研究室」之類的文字。薰停下腳步，確認了電子郵件，發現自己要找的是「磁力物理學研究部門　主幹室」。

警衛說得沒錯，主幹室位在最深處，薰再度深呼吸後敲了敲門。

「請進。」薰聽到了一個熟悉的聲音。

「打擾了。」她打了一聲招呼後，打開了門。一進門，就是一張會客用的沙發，沙發後方坐在桌前的湯川把椅子轉了過來，對她說：「歡迎。」

薰停頓了一下後，鞠躬對他說：「好久不見。」

湯川學緩緩站了起來。

「我沒想到妳會聯絡我，因為搜查總部成立後，我猜想你們應該都很忙。」

「你說得對，所以我在電子郵件中也提到，今天來這裡打擾，並不只是來打招呼而已。」

「不需要打什麼招呼，就直接進入正題吧。」湯川在沙發上坐了下來，伸手示意她在對面的座位坐下。

「謝謝。」薰說完後，坐在沙發上。

「關於殺害蓮沼寬一的方法，股長應該已經告訴你了吧？」

「聽妳說股長，我會不知道妳在說誰。」戴著眼鏡的湯川瞇起雙眼，「我已經聽說了，用塑膠袋和氦氣的方法，對不對？」

「你有什麼感想？」

「感想是指？如果是問我科不科學，我認為在科學上完全沒問題。」

「但和你之前的推理有微妙的不同。」

「這並不稀奇，科學的世界有無數假設，大部分都遭到了否定。」

「難道你不覺得有疑問嗎？」

「疑問？什麼意思？」

「兇手真的使用了那種方法嗎？」

湯川的下巴動了一下，露出學者的眼神，注視著薰的臉，好像在觀察。

「怎麼了？」

「我聽草薙說了，妳對我推理的方法有異議，說搞不懂兇手為什麼要用大費周章的方法，不知道這麼做有什麼目的。」

「我說了，但聽了股長的說明，我已經接受了，如果按照你推理的方法，對兇手有好處，把現場那個小房間視為毒氣室的推理也很了不起。」

「很榮幸得到妳的稱讚，但再精采的推理，如果並不正確，就失去了意義。」

「不正確……真的是這樣嗎？我認為你的推理才正確。」

湯川用力深呼吸，胸口起伏著。他看著薰問：「洗耳恭聽妳的根據。」

「首先是安眠藥的質和量，從血液中檢驗出的成分推測，蓮沼服用的安眠藥並不是很強，份量也不多，即使他睡著了，也沒有睡死，如果碰觸他的身體，很有可能會醒過來。考慮到蓮沼可能會在兇手行兇殺害的中途醒來這一點，我認為你的方法更加確實。不，不光是這樣，我認為兇手很可能在鎖上拉門之後，故意發出很大的聲音把蓮沼吵醒。」

「故意把他吵醒？」湯川皺起眉頭，「目的是什麼？」

「讓蓮沼感到害怕。」

「害怕？」湯川瞪大了眼睛，坐直了身體，「真是令人耳目一新。」

「這是假設殺害蓮沼的動機是復仇，我想像了自己的家人遭到殺害，我會用什麼方法復仇。如果是我，絕對不會用塑膠袋套住他的頭，用氦氣讓他缺氧致死，但原因並不是因為大費周章或是麻煩，你知道是什麼原因嗎？」

「不知道。」湯川搖了搖頭。

「最近透過網路，很多人知道了用這種氦氣自殺的方法，你知道為什麼嗎？」

湯川想了一下，小聲地說：「因為……沒有痛苦嗎？」

「沒錯。」薰用力點了點頭，「快的話，只要吸進第一口氣就會失去意識，然後就死了，幾乎不會造成痛苦，這一點受到矚目。在殺害痛恨的對象時，會特地選擇這種方法嗎？換成是我，會選擇造成對方很大恐懼和痛苦的方法。」

「言之有理——」湯川說著，蹺起了長腿，「不光是這樣，而且極其合理，也很有說服力。」

「所以我認為你的假設才正確，故意讓蓮沼醒過來，再把氦氣灌進室內。室內的氧氣濃度越來越低，蓮沼漸漸感到頭痛、想要嘔吐，再加上把他關在房間內，一定會讓他感到極大的恐懼。」

「這是適合殘酷殺人兇手的死刑執行方法，妳的想法很獨特，但有一個問題需要解決，就是需要大量氦氣。」

「問題果然在這裡，」薰咬著嘴唇，「巨大氣球用的氦氣瓶並沒有遺失，如果兇手自己去購買高壓氦氣瓶，就會留下痕跡……」

這時，湯川突然開心地放鬆了臉上的表情。

「怎麼了？」

「沒有啦，只是覺得好久沒有看到年輕貌美的刑警在我面前煩惱了。」

「我已經不年輕了。」

「但妳沒有否認貌美這件事。」

薰用力瞪著認識多年的物理學家，「如果你再調侃我，那我就走了。」

「關於在草叢中找到的那個氦氣瓶，有沒有什麼新的發現？」湯川無視薰的話問道。

「那是遊行當天，在菊野公園使用的氦氣瓶，而且也知道了被偷走的時間，原本使用那個氦氣瓶的人有不在場證明。」

「這可以說是重大收穫，但顯然妳不這麼認為。」

薰用力吐了一口氣。

「昨天一直在尋找有沒有人看到氦氣瓶被偷的現場，有沒有人看到有可疑人物拎著裝了氦氣瓶的大行李，以及附近的監視器有沒有拍到這些影像，今天也一大早就……但完全沒有成果。」

「那還真辛苦了，因為那天從上午開始就擁入了大量觀光客，沿途都擠滿了人，這箇直就像在大海撈針。」

「如果兇手使用了那個氦氣瓶，從時間上來看，兇手一定開車行動。從公園到命案現場時，必須穿越一條幹線道路。幹線道路的路口設置了N系統的攝影機，目前正在清查那段時間經過車輛的車主……」

「仍然沒有找到可能和事件有關的人嗎？」

「就是這樣。雖然你剛才說是重大收穫，但我認為剛好相反，找到那個氦氣瓶，反而讓偵查陷入了瓶頸。」

湯川抱著雙臂，靠在沙發上，「這是重要的見解。」

「希望你不要告訴別人。」薰壓低了聲音，「你知道發現氦氣瓶的地點嗎？」

「聽草薙說，好像是哪裡的草叢。」

「在距離現場大約二十公尺的草叢中，如果要找什麼東西，警察一定會在這種程度的範圍內搜索，這簡直就是丟在那裡等警方發現，而且上面還留著蓮沼的毛髮，氦氣瓶上留了指紋，所以很容易推算出被偷的地點和時間。我覺得一切都太巧了，而且根據這些證據推測兇手的行動時，出現的每個人都有不在場證明——像是『並木屋』的老主顧之類。」

「這些話的確不適合傳出去，因為我希望以後可以繼續去『並木屋』。」

「不好意思，聽股長說，你現在也是那裡的老主顧。」

「那裡的滷什錦菜實在太好吃了。」湯川一臉柔和地說完後，露出嚴肅的表情，「妳的意思是，警方發現的氦氣瓶是兇手為了攪亂偵查故意準備的幌子？」

「我覺得是這樣，但真正使用的是其他氦氣瓶，當然已經在其他地方處理掉了，只不過，」薰偏著頭，「即使這樣，仍然沒有解決關於殺害方法的疑問，為什麼兇手非氦氣不可……有必要拘泥於這種東西嗎？」

「為什麼非氦氣不可嗎？」湯川說完這句話，倒吸了一口氣，露出嚴肅的眼神看著半空後，吐出了長長一口氣。

「怎麼了嗎？」薰問。

「現場的情況是不是這樣？地上鋪著野餐墊，上面是床墊和被子，蓮沼躺在上面。」

「對，應該是這樣。有什麼問題嗎？」

湯川沒有立刻回答，似乎在深入思考什麼問題，完全是科學家的臉。

「教授。」薰叫了一聲，物理學家伸出了手，似乎在說：「等我一下。」

這種狀態持續了一分鐘左右後，湯川抬起了頭。

「我想請妳去調查一件事，只要向鑑識人員確認一下，應該就知道了。」

「請問是什麼事？」薰慌忙拿出記事本。

「有幾件事，我等一下整理之後告訴妳。我先問一件事，關於這起事件，草薙似乎認定和並木佐織的離奇死亡有關，沒有討論其他可能性嗎？」

「其他可能性是指？」

「我的意思是說，應該還有其他痛恨蓮沼的人，草薙本身也對蓮沼帶有特別的感情，不是嗎？」

薰瞭解了湯川想要表達的意思。

「二十三年前的事件，嗯……」她打開記事本，確認了被害人的名字，「你是說本橋優奈事件的死者家屬，對嗎？」

「不是有這種可能嗎？」

「雖然沒錯，但我認為不太可能。」

「為什麼？」

「很簡單，因為已經過了很久。那的確也是一起殘虐的事件，而且作出了很不合理的判決，不難想像，家屬一定心有不甘。正因為這樣，如果要復仇的話，應該早就付諸行動了，為什麼等到現在才復仇？」

「那得問當事人才知道，可能有什麼原因吧，總之，我無法贊成排除這種可能性——妳有告訴草薙，今天會來這裡嗎？」

「當然，」薰回答，「沒理由隱瞞啊。」

「那請妳轉告他，即使他意興闌珊，也應該調查一下二十三年前那起事件的死者家屬和相關人員的現況，也許可以找到偵破這起事件的關鍵，不，一定可以找到。」

湯川充滿自信的口吻讓薰感到有點奇怪。

「湯川老師，你這麼有把握嗎？可以請你告訴我，你這麼堅定斷言的理由嗎？」

「理由就是——」湯川豎起食指，「如果我新建立的假設成立的話，照目前的情況，還少一片，那片拼圖就在過去。」

27

頭頂上傳來大笑聲，低頭滑手機的夏美抬起了頭。液晶螢幕上出現一個搞笑藝人在很髒的河裡游泳。這個節目安排藝人挑戰各種企劃，聽說收視率很高。夏美今天晚上第一次看這個節目，但節目很無聊，所以她忍不住滑手機。

一看時間，已經快晚上八點了。即使店裡沒有客人，也會開著電視，這是「並木屋」多年來的習慣，避免客人進來時感到冷清，但以前這個時候都會看NHK，只是現在不想看新聞節目。即使和自己沒有關係，現在也不想聽到意外或是命案的消息。

蓮沼死了之後，店裡的生意變差了，只有七點左右有幾個客人來用餐而已，其他時間都門可羅雀，一般民眾可能認為這裡是命案嫌犯開的店，所以敬而遠之，但總不能寫一張「本店的人有不在場證明」的牌子掛在店門口。

拉門外站了一個人，在門打開前，夏美就站了起來。

湯川走了進來。「歡迎光臨。」夏美努力用開朗的語氣向他打招呼。

湯川巡視店內，挑選了一張四人座的桌子。

「啤酒和滷什錦菜，還有味噌鯖魚定食。」湯川用夏美拿來的小毛巾擦著手說。

「好。」

夏美走去廚房，把點菜內容告訴祐太郎後，用托盤端著小菜、啤酒和杯子送到湯川的座位。今晚的小菜是辣味蒟蒻。

「你難得在這種時間上門。」

「剛才和一位好幾年沒見的客人在聊天。」

「是喔，來找你的客人也是物理學家嗎？」

「不，可以說是和我完全相反的人。」湯川拿下了眼鏡，從懷裡拿出布擦了起來，「是刑警。」

「啊……又有刑警去找你嗎？」

夏美知道之前曾經有刑警去向湯川確認她在遊行那一天的不在場證明。

「我剛才不是說，有好幾年沒見面了嗎？是其他刑警，以前就認識的。」

「是喔……」

物理學家和刑警——夏美思考著他們之間會有怎樣的交集。

「戶島老闆今天晚上已經來過了嗎？」湯川重新戴上眼鏡後問。

「戶島叔叔？不，今晚還沒來，可能等一下就來了，你找戶島叔叔有事嗎？」

「不，我只是想找人聊聊，老主顧中，只有他會在這個時間上門。」

「是啊。」

蓮沼死了之後，戶島仍然每天都來這裡，然後問夏美有沒有什麼狀況。雖然他沒有說任何具體的話，但一定為並木家擔心，夏美很感謝他。

在湯川快吃完定食時，戶島說著：「晚安」，走了進來。「喔，教授，可以和你坐在一起嗎？」他在說話的同時，已經拉開了湯川對面的椅子。

「請坐。」湯川笑著點了點頭。

戶島像平時一樣點了啤酒。

「戶島叔叔，教授在等你，說想找人聊天。」

戶島聽到夏美這麼說，立刻眉開眼笑。

「真是太榮幸了，只要你不嫌棄我這個老頭子，我隨時奉陪，但我沒什麼話題可聊，既不賭，也沒什麼興趣愛好。」

「工作就是你的興趣嗎？」

「說得好聽點，就是這麼一回事。」戶島向後摸著油頭。

夏美送上啤酒後，戶島倒在杯子裡，和湯川乾了杯。

「那我們就來聊聊工作，」湯川說：「你的公司都是做加工食品的生意吧？招牌商品是什麼？」

「要聊這個啊，」戶島津津有味地喝著啤酒，「目前最賺錢的當然就是即食食品，因為可以常溫保存，所以很適合目前網購盛行的時代。這些即食食品的味道也很不錯，雖然不能和『並木屋』的料理相比，但和普通的店家相比，應該就不分上下了。」

「這樣啊，那冷凍食品呢？」

「當然也有啊，」戶島點了點頭，「是和即食食品並列的主力商品，炒飯和餃子都是暢銷商品。」

「你公司使用哪一種類型的冷凍機？」

「啊？冷凍機嗎？哪一種類型……」

「不是有很多種類型嗎？像是螺旋壓縮式，或是往復壓縮式之類的，你的工廠採用哪一種類型？」

「喔喔，」戶島的身體向後仰，「學者有興趣的地方果然和普通人不一樣啊，你會關心這種事啊？」

「不好意思，別人經常說我是怪胎。」

「真有意思啊，你剛才問我什麼？」

「冷凍機的類型。」

「喔喔，對，我那裡以螺旋壓縮式的冷凍機為主。」

「你說以那個為主，所以還有其他類型的冷凍機嗎？」

「是啊，因為根據不同的用途……」
「食品的細胞膜在急速冷凍後不容易遭到破壞，這些高級的食品是否需要使用特殊的冷凍機？」
「喔，你真瞭解啊。」戶島的聲音似乎有點壓低了。
拉門嘎啦一聲打開了。夏美看向入口，一個中年女人走了進來。雖然偶爾會來這裡，但還稱不上是老主顧。她豎起四根手指問：「我們有四個人，可以嗎？」
「沒問題，請進。」夏美把她帶去六人座的桌子。
另外三個看起來和那名女客年紀相仿的女人也跟了進來，夏美等她們入座後，遞上小毛巾，問了她們點餐的內容。從她們的用字遣詞，不難猜出她們是好朋友。她們剛看完戲，可能有點興奮，四個人說話都很大聲，而且很健談。
夏美不時在廚房和她們的座位之間走來走去，所以不太知道湯川和戶島之後聊了些什麼，但似乎聊得並不是很投機，戶島的臉色有點難看。
不一會兒，湯川舉起手叫住了夏美，說要結帳。
結完帳後，物理學家對戶島說：「謝謝你告訴這些寶貴的內容。」然後走了出去。
「小夏，買單。」夏美聽到戶島的叫聲，立刻算了一下，把寫了金額的紙送去他的座位。
「教授幾點來的？」戶島從皮夾裡拿出幾張千圓紙鈔時，小聲問夏美。
「我記得八點左右。」
「他平時不是都更早來嗎？」
「是啊，但他說今天和以前認識的朋友聊了很久。」夏美也跟著壓低了嗓門，「而且那個朋友是刑警。」

「刑警？」戶島的眉毛抖了一下，「學者和刑警有什麼好聊的？」

「我沒問……」

戶島露出沉思的表情，沒有再說話。

夏美拿了找零的錢回到戶島的座位，戶島沒有確認金額就放進了皮夾，默不作聲地走去裡面，隔著吧檯，對正在廚房的祐太郎說話。

戶島離開吧檯時對夏美說了聲：「謝謝款待，晚安」，然後走了出去。

夏美向廚房內張望，祐太郎正在油炸食物。

「爸爸，你剛才和戶島叔叔說什麼？」

「沒說什麼，只是閒聊。」祐太郎回答的時候沒有停下手。

夏美和在廚房深處的真智子四目相對，真智子微微偏著頭，她應該也沒有聽到丈夫和戶島聊天的內容。

「喂，在那裡發什麼呆啊，」祐太郎對真智子說：「動作慢吞吞，菜都冷掉了。」

「啊，好……」她正在把高湯煎蛋捲放進盤子。

「好了，炸好了，夏美，趕快端過去。」祐太郎不悅地說著，把裝了炸竹筴魚的盤子放在吧檯上。

28

智也在房間內換了運動衣後回到客廳，料理已經擺在桌上了。大盤子裡放著薑汁豬肉，小盤子裡是燙菠菜，還有豆腐味噌湯，這樣的搭配簡直就是家庭料理的樣本。

智也坐在椅子上，把手機放在桌上，合起雙手說：「開動了。」

「辛苦了，」里枝把裝了飯的飯碗放在兒子面前，「你很少這麼晚下班。」

「快下班的時候，課長臨時改變了主意，說還是希望我在明天早上之前完成設計。我猜他想要討好客戶，但真希望他也可以為我想一想。」

智也嘆著氣，夾起了薑汁豬肉。牆上的鐘顯示即將十點了，以前從來沒有加班超過兩個小時的經驗。

「真是辛苦啊。」

先吃完晚餐的里枝站在流理台前洗餐具。智也覺得很久沒有看母親這樣的背影了。她上個月剛滿五十歲，頭上的白髮也比以前多了，還是因為最近太忙，沒時間去髮廊的關係？

里枝很會下廚，今晚的薑汁豬肉稍微有點鹹，但配著裝了滿滿的高麗菜絲一起吃剛好，也很下飯。

他吃完第一碗飯的最後米粒時，放在桌上的手機響了。一看來電顯示，他忍不住倒吸了一口氣，是戶島打來的。

他拿起手機站了起來，走去走廊上。

「我是高垣。」他小聲地說。

「我是戶島，現在方便嗎？」戶島說話很小聲，但一聽就知道非比尋常。

「沒問題，有什麼事嗎？」

「之後沒什麼狀況吧？有沒有刑警來找過你？」

「不，那次之後並沒有什麼特別……」

「是嗎？那就好。」

「請問出了什麼事嗎？」

「嗯，」戶島停頓了一下說，「是教授。」

「教授？」

「湯川教授，他不是經常去『並木屋』嗎？」

「是啊……」因為聽到了意想不到的名字，智也有點不知所措。他和湯川很熟，雖然覺得湯川有點怪，但博學多聞，說話很有深度，「他怎麼了？」

「你最好提防他。」

「啊？提防……」

「不知道為什麼，他在打聽這次的事件，聽說他有朋友在當刑警，也許對方請他來當探子。」

「教授嗎？」

智也想起湯川的臉，覺得他不像這種人。

「你最近會去『並木屋』嗎？」

「『並木屋』嗎？並沒有特別的打算。」

「既然這樣，最好暫時別去那裡，如果遇到那個人……遇到教授的話，他可能會問東問西，你以為在談論和事件完全無關的事，他可能會突然問一些點中要害的問題，也會不經意地問起遊行那一天的行動。」

「他問了你的行動嗎？」

「是啊，因為他冷不防問我，我有點慌了手腳。更驚訝的是，他提到了那樣東西，還問了我工廠的冷凍系統。」

「他為什麼問這些……」

「不知道，反正就是這樣，你最好離他遠一點。如果他打電話問你可不可以見面，你也最好找適當的理由拒絕他。」

「我知道了，我會提防。」

「嗯，那就先這樣。」

戶島打算掛電話，智也慌忙叫住了他，「啊，那個，戶島先生，我還是很在意。」

「在意什麼？」

「就是到底發生了什麼事？到底是誰，又做了什麼？」

電話中傳來重重的嘆息聲。

「關於這件事，我不是說過好幾次了？你不要知道比較好，這也是為你好。」

「但是——」

「高垣，你聽好了，」戶島打斷了智也的聲音，「就像我一開始說的，萬一出事，你可以實話實說，不需要說謊，也不需要隱瞞，所以你不必知道其他事，知道了嗎？那我就掛了喔。」

智也無法心甘情願地說「好」，但也想不到該如何反駁，他知道戶島是為他著想。

他沒有吭氣，電話掛斷了。他似乎可以看到戶島對年輕人訴苦感到不耐煩的表情。

他一臉悵然地走回客廳，忍不住嚇了一跳。因為坐在餐桌對面的里枝直視著他。

「碗洗好了嗎？」智也坐下來時問母親，拿起了筷子。

「誰打電話給你？」里枝問。

「公司的前輩，和我一樣，課長也對他提出了無理的要求。」
「你為什麼要說謊？」里枝抬眼瞪著他。
「我沒說謊啊。」智也移開了視線。
「我聽到你說『並木屋』。」
智也感到全身發熱。
「妳聽錯了，我們怎麼可能聊那種事？」
「那你原本說什麼？你倒是說啊。」
「別煩我。」智也說話時沒有看里枝的臉，「這和妳無關，妳不要管我。」
「我兒子可能牽涉了奇怪的事，我怎麼可能不管？」
「什麼奇怪的事？」智也抬起頭看著里枝，然後嚇了一跳，頓時不知所措。因為母親雙眼通紅。
「我在問你啊，你到底做了什麼？你到底參與了什麼？」里枝的聲音發抖，「你剛才說會提防？提防什麼？」
智也的視線再度從母親的臉上移開，「妳不用擔心啦。」
「那你就告訴我，對我說實話。」
智也放下筷子，說了聲：「我吃飽了」，然後站了起來。他完全沒有食慾了。
「拜託你，至少回答我這個問題，」里枝用懇求的語氣說，「之前發生的事件，就是殺了佐織的那個男人死了的事件和你沒有關係吧？」
「……當然啊。」
智也又說了一聲「我吃飽了」，轉身走去走廊。他走去自己房間時，覺得複雜的心情在內心擴散。

那你就告訴我，對我說實話——他回想起里枝的話。

這也是智也內心的想法。

29

新倉坐在客廳的沙發上，正在用手機講電話。對方是戶島。

只要看丈夫臉上的表情，就知道談話的內容不是什麼令人高興的事。當電話鈴聲響起，丈夫小聲說：「是戶島先生」時，留美就產生了不祥的預感。

「你說的教授，是那個姓湯川的教授嗎？他為什麼會問這種……」新倉皺起了眉頭。

留美完全不知道他們在談論什麼。湯川不是經常在「並木屋」看到的學者嗎？那個人怎麼了嗎？但丈夫的表情仍然很凝重，看起來不像在閒聊。

留美不想看到持續散發出陰鬱的丈夫，走去了廚房。她猜想新倉掛上電話之後，一定會和她談嚴肅的事，所以她準備泡茉莉花茶，讓談話時的心情可以稍微平靜些。

她按下了電熱水瓶上「再沸騰」的按鍵，拿出玻璃茶壺和茶杯。架子上放了各式各樣的茶罐，她拿了喜愛的茉莉花茶茶罐，想要打開蓋子時，不小心手滑，茶罐掉在地上，茶葉散了一地。

她看著地上的茶葉，心情也不由得黯淡起來。她不想立刻清理，茫然地站在那裡。

為什麼會變成這樣？

以前的生活那麼充實，每一天都很美好——

留美的家境並不富裕，父親是私人計程車的司機，不知道是否不夠機靈，聽母親說，「妳爸整天去沒有客人的路段」，所以在留美讀小學高年級時，母親說她也必須外出工作，就開始在附近的超市當計時工。

獨自在家時，留美經常聽音樂。因為住在同一棟公寓的鄰居姊姊是高中生，送她一些自己聽膩的CD，雖然都不是當時流行的歌曲，但留美很高興。她聽了一次又一次，記住了歌詞和旋律，央求母親為她買的CD隨身聽是她的寶貝，即使出門一下子，也會放進皮包，帶在身上。

上中學後，她和一個從小練鋼琴的女生成為好朋友，那個同學名叫久美子。她們在聊各自喜歡的歌曲時，久美子提議去唱KTV。留美有點驚訝，雖然她曾經跟父母去過幾次，但不知道小孩子也可以自己去那種地方。

「沒問題啊，而且白天很便宜。」久美子似乎熟門熟路。

星期六白天，她們一起去了車站前的KTV。久美子要她先唱，留美猶豫了一下，唱了自己喜歡的歌。這是她第一次在父母以外的別人面前唱歌。

久美子聽了之後，雙眼發亮地為她鼓掌。久美子說很驚訝，沒想到她唱得那麼棒。留美覺得久美子在說客套話，所以很難為情，但久美子露出認真的眼神要求說：「妳還有其他擅長的歌嗎？再多唱幾首。」

任何人受到稱讚都很開心，再加上留美原本就很喜歡唱歌。她正在猶豫該選哪一首歌，久美子問：「妳會唱這首嗎？」指定了一首歌。那是不久之前曾經流行，需要飆高音的高難度歌曲。

雖然沒唱過，但也許可以試試，留美拿起了麥克風，在配合音樂的節奏引吭高歌很開心。她覺得自己的身體和旋律同步，整個人融入了歌曲。

留美唱完時，久美子為她鼓掌，還對她說：「妳不只是唱得好聽，根本是歌手級的實力，絕對可以成為歌手。」而且接下來說的那句話，改變了留美之後的人生。

「我們來組樂團，我一直在找像妳這種會唱歌的人。」

留美很驚訝。雖然她喜歡唱歌，但從來沒有想過要走音樂這條路。聽了久美子充滿熱切的話，兩個人討論之後，音樂這條路成為充滿魅力、具體的夢想。

雖然久美子說要組樂團，但其實只有主唱和鋼琴的組合。她們的樂團取名為「ＭＩＬＫ」，是根據她的名字留美（Lumi）和久美子（kumiko）的名字組合而成。剛成立時，她們都去參加業餘歌手的比賽，翻唱別人的歌曲，但之後深刻體會到，這樣無法受到肯定，於是開始自己創作。久美子負責作曲，留美再根據她作的曲填寫歌詞。她完全不知道自己寫的歌詞有沒有文學性，只是把唱起來簡單的文字寫上去，久美子說這樣也沒關係。

雖然她們進入不同的高中，但「ＭＩＬＫ」持續活動。升上高三後，久美子提出要暫時停止玩樂團。因為她要準備考大學。留美感到茫然，因為之前說好以後要成為職業樂團，她根本沒想過考大學這件事。

「能夠成為職業樂團當然很好，但也要為萬一無法成功時作好準備。」

久美子說，如果無法成功，她想當老師，所以打算考大學的教育系。

久美子向來很冷靜，也是理論派，清楚地知道夢想是夢想，現實歸現實，但是留美就不一樣了，當好友遠去時，她覺得自己很孤單。

她曾經和父母討論過未來的方向，父親和母親似乎並不希望她讀大學。因為她在校成績並不理想，所以父母覺得即使花一大筆錢讓她讀私立大學，也完全沒有任何好處。留美自己也這麼認為，除了音樂以外，她對其他事並沒有興趣。

就在這時，接到了之前曾經多次使用的Live House的電話，說有人在打聽「ＭＩＬＫ」的聯絡方式，是否可以告訴對方。對方是音樂家，正在尋找年輕的女主唱。

留美很有興趣，答應了之後，就這樣認識了新倉直紀。

留美之後才知道，新倉在音樂界小有名氣，會作詞作曲，也會寫歌給其他歌手，他組了好幾個樂團，擔任鍵盤手。

新倉曾經多次去聽「ＭＩＬＫ」的現場演唱，只是留美並沒有發現，新倉在組新的樂團時，想要拔擢她成為主唱。

留美把這件事告訴了久美子，久美子為她感到高興，說：「真是太好了。能夠和真正的音樂人組團最理想。」久美子看起來鬆了一口氣。也許久美子知道「ＭＩＬＫ」不可能繼續活動，內心對留美感到愧疚。

新倉斷言說，要讓留美成為日本第一歌后。他逢人就說，留美有這樣的才華，只有她才能夠最精準地詮釋他創作的歌曲。留美聽到他對自己這麼有信心，也卯足了全力，希望可以回應他的期待。

經過一年左右的準備期間，新的樂團終於由唱片公司發行了ＣＤ，正式踏入樂壇。但第一張ＣＤ並沒有引起很大的討論，但之後推出的歌曲成為某部卡通的片尾曲，成為差強人意的暢銷曲。

她開始有了更大的夢想，覺得自己應該可以成功。想像自己在巨大的會場開演唱會，在數萬名觀眾面前唱歌的身影，就忍不住陶醉。

只不過現實並沒有這麼美好，之後即使推出新的歌曲，市場也完全沒有反應。音樂會的門票滯銷，CD的出貨量也每況愈下。

即使這樣，他們仍然沒有放棄，因為新倉覺得有朝一日，市場一定會接受。

「留美，妳身上有與眾不同的特質，別人不可能沒有發現。」這句話成為他喝醉酒時的口頭禪。

他們的樂團持續了整整十年。在留美即將三十歲之際，新倉提議了兩件事。第一件事，就是要退居幕後。

「我無法充分激發妳的才華，都是我的錯，很遺憾，我覺得樂團的黃金時期已經過了。如果妳想和別人組團，我不會阻止妳。如果妳希望我介紹別人，我也會努力幫妳找，但我自己打算退居幕後。」

留美難過地接受了新倉的提議，她為必須讓他說這種話感到難過，雖然新倉說是他的錯，但留美比任何人更清楚，事實並非如此。因為自己實力不足，所以無法讓新倉創作的那些好歌得到市場的認同。

「對不起。」留美哭了。「是我無法回應你的期待，我也不想和其他人再組樂團，如果你要退居幕後，我也要退出。」

於是，新倉又提出另一個提議，是關於他們的將來，新倉問她願不願意嫁給他。

他們當時並不是男女朋友，留美很仰慕新倉，也可以說這是戀愛的感情，但她努力不表現出來，因為她知道新倉很討厭樂團內的成員談戀愛。

雖然退出歌壇令她感到懊惱，但新倉的第二個提議帶來的喜悅消除了這份懊惱，留美當場就接受了他的求婚。
那天之後，她就和新倉齊心協力，共同生活。新倉發掘和栽培有才華的年輕人，賺錢並不是主要目的，因為他老家很有錢，所以才能夠這麼瀟灑。留美默默支持丈夫，覺得自己的第二人生也不壞。唯一的遺憾，就是他們沒有孩子，但把他們發掘的那些有才華的年輕人送進樂壇時，可以感受到好像自己的兒女獨立的充實感。
然後，他們發現了一顆千載難逢的原石，那就是並木佐織，留美無法忘記聽到她歌聲時所感受到的衝擊。
留美被她的聲音和精湛的歌唱力震懾，立刻知道她和自己完全屬於不同的層次，那才是真正的歌手，身旁的新倉所發出的波動也震撼了她。
她知道新倉感受著前所未有的興奮，那是發現至寶的喜悅，不難猜想到他全身熱血沸騰。但是，當她看著新倉的臉時，發現他臉色蒼白，臉上沒有表情。
她第一次知道，原來感受到巨大的衝擊時，人會無法表露出內心的感情。
要好好栽培這個孩子——從發現佐織的文化節回家的路上，新倉對她說。雖然新倉說這句話時的聲音沒有起伏，但可以感受到不可動搖的決心。
新倉在佐織身上投注了前所未有的熱情，他想要把這個徒弟的能力提升到極限，似乎覺得可以為此賭上人生的一切，留美不由得回想起他當年指導自己時的身影，確信這一次一定能夠實現當年的未竟之志。
留美當然也大力協助，把佐織培育成一流歌手這件事視為頭等大事。雖然他們夫妻相處的時間減少了，但她覺得這也是無可奈何的事。對新倉眼中只有佐織這件事也沒有感到任何不滿，因為她知道新倉向來不會把徒弟視為異性，所以也不會心生嫉妒。

佐織在新倉的指導下漸漸培養了實力，而且她的學習能力驚人，普通人需要幾個月才能學會的技巧，她一下子就學會了。留美忍不住佩服，原來這就是所謂的天才。

只差一步。

成功的大門就在眼前。只要打開那道門，無論對佐織，還是對新倉、留美來說，都將走向光明燦爛的未來，之後只要勇往直前。

沒想到至寶突然被奪走了，通往未來的路中斷了，即使現在回想起那種絕望，仍然會忍不住發抖——

「怎麼了？」

聽到聲音，留美回過神，發現自己手上拿著茉莉花茶的罐子，不知道什麼時候蹲在廚房的地上。

新倉一臉擔心地站在那裡，「妳不舒服嗎？」

「啊……沒事。」留美開始清理散落在地上的茶葉，「電話講完了嗎？」

「嗯。」新倉的回答很簡短，但聽起來充滿陰鬱，「聽說了有點……不，相當令人在意的事。」

「什麼事？」

「留美，妳認識湯川先生吧？有時候會在『並木屋』見到他。」

留美停下手，抬頭看著丈夫，「我認識啊。」

「他今天晚上去了『並木屋』，問了戶島先生很多事。」

「他嗎？為什麼？」

「聽說他有朋友是警察。」

「啊……」

「也許警方發現了蓮沼真正的死因，識破了氦氣瓶的玄機。」

留美倒吸了一口氣，右手放在胸前，她的心臟劇烈跳動，有點喘不過氣。

新倉走了過來，留美把頭靠在他胸前。

「沒事，」他對妻子說，「妳可以放心。」

30

長大之後，再前往小時候走過的路，往往會覺得路面比記憶中狹窄許多，八成是因為自己身體長大的關係，所以在長大之後，重訪多年前走過的路，通常和印象中不會有太大的改變。

然而，草薙覺得相隔二十年前走在這條路上，似乎比記憶中更狹窄。他走在路上時打量周圍，終於發現了其中的原因。

以前有許多小工廠和倉庫的這一帶，建造了好幾棟公寓大廈。因為這些大廈連在一起，所以看不到遠處的風景，而且有一種壓迫感，於是產生了道路變狹窄的錯覺。

草薙在面向這條狹窄道路的一棟房子前停下了腳步。以前這一帶還有舊城區的感覺時，覺得這棟白色洋房很漂亮，但如今周圍都是現代的建築，就有一種落伍的感覺。

「好像就是這裡。」站在旁邊的內海薰看著門柱上的石製門牌說。門牌上寫著「澤內」的名字。十九年前，上面刻的是「本橋」的姓氏。

「對，沒錯。」

只是感覺和之前大不相同了，草薙把這句話吞了下去。
內海薰按了對講機。
「請問是哪一位？」不一會兒，對講機中傳來一個女人的聲音。
「我是內海，上午曾經打電話給妳。」
「好。」
草薙和內海等在門口，通道前方的玄關門打開，戴著圓形眼鏡、一頭銀色短髮的嬌小女人現了身。看到她的表情有點緊張，但嘴角露出了笑容，草薙暗自鬆了一口氣。
她的名字叫澤內幸江，是本橋誠二的親妹妹。草薙翻出舊資料調查了一下，在發現本橋優奈的屍體時，本橋誠二已經五十二歲。如果他還活著，今年就七十一歲了。
但是，他要求內海薰調查後發現，本橋誠二在六年前去世，公司的經營者也換了人，但本橋一家人以前住的房子還在，本橋誠二的妹妹和妹婿在十多年前搬入居住。
草薙和內海薰被帶到放著皮革大沙發的客廳。
在坐下之前，他們遞上了帶來的點心禮盒，澤內幸江為難地搖著手說：
「你們不必這麼客氣。」
「不，很抱歉，突然上門叨擾。」
「不必介意，那我就收下了。」澤內幸江微微欠身收下了禮盒，「我去倒茶，你們請坐。」
「不必客氣了，我們是來談公事的。」
「我想喝茶，因為難得有機會和客人一起喝茶。」澤內幸江笑著走了出去。
草薙吐了一口氣，轉頭看著下屬說：「那我們坐吧。」

「好。」內海薰回答。

草薙和她一起坐在沙發上之後，打量了室內。客廳內有一個厚實的書架，上面有很多精裝本的書，還有一些外文書，牆上掛著裝在相框裡的花卉畫，應該是名畫家的作品。

「怎麼樣？」內海薰問，「和之前來的時候有什麼不一樣嗎？」

「嗯，」草薙再度巡視周圍後回答：「完全不一樣了。」

「是嗎？」

「妳想一想當時的狀況。本橋家的家庭成員只有父母和一個獨生女，獨生女在十二歲時失蹤，母親不久之後就自殺了，四年之後，發現了女兒的屍體。我是在那種情況下來這裡。雖然這個家裡只剩下本橋先生一個人，但妳認為他會把妻子和女兒用的東西和玩具都收走嗎？」

「嗯。」內海薰了然地點了點頭，「搞不好相反，會放很多可以回想起她們母女的東西。」

「沒錯，尤其是本橋優奈的東西，仍然保留著失蹤時的原樣。」草薙指著書架說，「以前那裡放了一架直立式鋼琴，鋼琴上放著一家三口的照片，無論怎麼看，都覺得是家裡有一個小學女生的住家客廳，本橋先生的時間一直停在那裡。」

草薙回想起十九年前走進這裡時的情景，當時他和間宮一起，來向本橋先生報告逮捕了蓮沼的事。這下子應該可以嚴懲他——間宮用強烈的語氣對本橋先生說這句話的情景歷歷在目。

他作夢也沒有想到，十九年後，會在這種狀況下再度造訪。雖然那是一次痛苦、懊惱的經驗，但一直以為應該不會再和那起事件有任何牽扯。

從內海薰口中得知她去和湯川見了面時並沒有太驚訝。他們是舊識，再加上他們有蓮沼離奇死亡這個共同話題，既然都在同一個地方，約個時間見面也很正常。況且如果沒有湯川的推理，或許必須花更多時間才能確定行兇的方法。

但是，得知湯川說，必須重新調查二十三年前那起事件的相關人員時，草薙有點困惑。本橋優奈命案的相關人員中，或許至今仍然有人痛恨蓮沼，但為什麼等到現在才下手？如果要復仇，至今為止，應該會有很多機會。

但是，聽內海薰說，湯川甚至說「只有找到過去那片拼圖，才能把整張圖拼湊完整」。至於那片拼圖是什麼，湯川只說是人際關係。

「我不希望你們先入為主，但我可以告訴你們，過去的事件和這起事件因為某個人的關係，在某個地方產生了交集。」

雖然那個物理學家還是這麼古怪，但草薙很清楚他的推理能力不同凡響，既然他能夠這麼斷言，也許其中有什麼奧秘。

草薙很在意湯川建立的新假設到底是什麼內容，因為之前雖然在草叢中發現了氦氣瓶，但之後的偵查工作毫無進展。

菊野公園周圍設置了好幾個監視器，拍攝到出入公園的民眾情況。即使鎖定氦氣瓶失竊的下午四點半之後的十五分鐘期間，影像的量也很龐大。雖然派了幾名偵查員分頭確認，但尚未發現有人拿著可能裝了氦氣瓶的皮包、袋子或是箱子的人離開公園。目前認為兇手發現了監視器，從監視器死角的位置離開公園。

除此以外，目前認為兇手從公園開車前往命案現場，所以分析了幹線道路附近的Ｎ系統的紀錄，雖然遊行當天實施了交通管制，交通量比往常減少，目前也沒有任何成果。

考慮到兇手可能不是開車，而是騎腳踏車，所以擴大範圍確認了監視器的影像，也沒有發現任何可疑的腳踏車。

由於偵查工作毫無進展，草薙不由得想起內海薰委婉地提出的意見，「找到的那個氦氣瓶會不會是兇手安排的幌子」。一問之下，發現湯川也這麼認為。

說到底，草薙之所以會聽從湯川的建議，調查二十三年前那起事件的相關人員，最大的原因就是目前的偵查工作陷入了瓶頸。

門打開了，澤內幸江推著推車走了進來。木製的推車上放著熱水瓶、茶壺和茶杯，她剛才說很想和客人一起喝茶，或許是真心話。

澤內幸江在草薙他們對面坐下後，靜靜地把熱水倒進茶壺，然後把焙茶倒進了杯子。

「請用茶。」她把白色茶杯放在草薙面前。

「謝謝。」草薙說完後喝了一口。

「聽說那位先生死了。」澤內幸江把茶杯放在內海薰面前時說，「就是姓蓮沼，在優奈的事件中遭到逮捕，之後又無罪釋放的人。」

「妳知道這件事？」草薙問。

「是啊，」她小聲回答，「我很少看電視，也對網路沒什麼興趣，是附近的鄰居告訴我的。雖然已經是二十多年前的事了，有些人真的很好心。」她在說「好心」這兩個字時充滿了諷刺，「今天早上接到電話，得知你們是警視廳的人時，就覺得果然也來我們家了。」

「不好意思。」內海薰向她道歉。

草薙也知道，蓮沼寬一的死從幾天前開始就在網路上成為熱門話題，幾個月前因為殺人命案遭到逮捕，卻因為證據不足而獲得釋放這件事似乎也傳開了。當然也有不少人提到了二十三年前那起事件獲判無罪的事。附近「好心」的鄰居看到之後，告訴了澤內幸江。

「得知蓮沼死了，妳有什麼感想？」草薙問。

澤內幸江一臉冷靜地看著他。

「沒什麼感想，應該說，我不想去考慮那個人的事，不管他是死是活，都和我無關。我一輩子都不希望想起他，他造成了多少人的不幸，帶給多少人悲傷——」她越說越激動，臉也紅了起來。她可能自己意識到這件事，低下頭小聲地道歉說：「不好意思。」

「聽說妳哥哥……本橋誠二先生在六年前去世了。」

「對。」白髮婦人點了點頭，「他罹患了食道癌，最後瘦得像皮包骨……但對他來說，或許可以解脫了，因為他曾經說，他的人生沒有任何樂趣。」

這句話重重地沉入草薙的腹底，「是這樣啊……」

澤內幸江巡視了室內。

「我哥哥因為那起事件失去了一切，一個人在這麼大的房子住了好幾年，在六十歲時退出公司的經營，搬去了老人公寓，但他不想放棄祖先留下來的土地，希望我搬來這裡，我們夫妻就搬過來了。因為我老公不想買房子，所以一直在外面租房子，原本正討論趁獨生子獨立，我們要搬去鄉下住。我老公兩年前死了，現在我一個人住在這裡，再度體會到我哥哥當時的孤獨。當然，我相信我根本無法想像他感受到的痛苦。」

「妳曾經和哥哥……本橋誠二先生討論過那起事件嗎？」

「在法院作出無罪判決時，曾經討論了很多，也想過是否要連署要求重審，但並沒有真的付諸行動，不久之後，原本支持我們的人也一個一個離開了，我哥哥也要工作，所以我也就不再主動和他討論這件事，哥哥也沒有和我談。」

「在他去世之前呢？」

「不知道，」澤內幸江偏著頭，「我相信他應該回想起很多事，應該沒有一天不想起那事件，只是並沒有在我們面前提起，可能覺得只會更加痛苦吧。」

草薙聽了她的話，覺得胃很沉重，好像吞下了鉛塊。他無法想像心愛的家人遭到殺害，卻沒有任何人受到懲罰，在無法瞭解真相的情況下死去的本橋誠二內心的痛苦。

「我想請教一下，」草薙看著婦人的雙眼問：「本橋誠二先生是否曾經想過親自消除這份仇恨？」

戴著圓形眼鏡的澤內幸江毫無防備地瞪大了眼睛，眼神閃爍了一下，才開口說：

「你是指為優奈報仇，殺了那個姓蓮沼的人嗎？」

「對。」

澤內幸江微微偏著頭，視線看著斜下方，然後抬頭看著草薙說：

「哥哥曾經好幾次說，想要殺了他，但我認為哥哥並沒有真的想要下手，因為殺不了，所以才會說想要殺了他。」

草薙覺得她的回答很有說服力。

「那妳覺得有沒有人雖然沒有說出口，但可能會真的下手呢？」

「你是說可能會報仇的人嗎？嗯，有這樣的人嗎？」澤內幸江比剛才更加用力偏著頭，然後慢慢搖了搖，「我完全想不到，雖然大家都很生氣，但畢竟不是當事人，所以也……」

草薙也覺得有道理，應該沒有人會為別人的孩子報仇。

「可以嗎？」坐在旁邊的內海薰問草薙，她似乎想要發問，草薙微微點了點頭。
內海薰看著澤內幸江。
「請問最近有沒有什麼機會讓妳想起優奈的事件？比方說，誰說了什麼，或是有人來向妳打聽什麼。」
內海薰還沒有問完，澤內幸江就開始搖手。
「我一開始就說了，昨天鄰居告訴我，蓮沼死了，然後隔了這麼多年，又想起了那件痛苦的事，已經好幾年都沒這種事了。」
「有沒有和親戚之間討論這件事？」
「已經過了二十年，知道當時情況的人也越來越少了，像我兒子當初年紀還很小，甚至根本不記得有過優奈這個表姊。」
「還有誰在優奈生前很疼愛她，目前還活著呢？」
「那個人，」澤內幸江說到這裡，露齒一笑，「應該就是我。因為優奈兩歲之前，我還住在這裡。雖然在由美子眼中，我是個嫁不出去，又很煩人的小姑。」
草薙打開記事本，確認了本橋優奈的家庭關係，她的母親名叫由美子，在婚前姓藤原，在優奈失蹤的一個月後自殺。
「其他就想不到了，我父母都已經死了。」
「是喔。」內海薰回答後，向草薙點了點頭。
「由美子太太——優奈的母親娘家的親戚呢？」草薙問，「他們應該也很疼愛優奈吧？」
「不、不，」澤內幸江輕輕搖了搖手，「由美子好像沒有親戚，不，應該有，只是完全沒有來往。因為在婚宴時，她娘家也完全沒有任何親戚來參加，而且也沒有父母和兄弟姊妹。」

「是這樣啊……」

雖然草薙很在意這樣的女人和以後要繼承家業的男人在哪裡、怎樣認識的，但應該和事件無關，所以就沒有追問。

這時，放在上衣口袋裡的手機震動起來。一看來電顯示，是岸谷打來的。「我接一下電話。」他向澤內幸江打了招呼後，接起了電話。「怎麼了？」

「已經查了當時的偵查資料，並沒有在相關人員中發現可能和這次事件有關的人。」

「是嗎？我知道了，向足立分局道謝後就離開吧。」說完，他掛上了電話。草薙指示岸谷前往足立分局調查本橋優奈的事件，但似乎並沒有收穫。

「要不要再喝杯茶？」澤內幸江伸出手掌，指著草薙的茶杯，他這才發現自己的茶杯不知道什麼時候竟然空了。

「不，不用了，對了，本橋誠二先生的遺物呢？」

「大部分都丟掉了，只是有一些不知道該如何處理，都一起放在家裡保管。」

「可以借我們看一下嗎？」

「可以，但可以請你幫忙嗎？因為有點重。」

「當然沒問題。」內海薰說完，搶先站了起來。

搬進客廳的紙箱裡塞滿了舊相簿和書簡類，草薙和內海薰戴上手套，檢查這些物品。

草薙負責相簿，只要看到和優奈的合影，就會向澤內幸江請教那個人是誰。本橋夫妻應該為終於生下女兒感到高興，所以拍了很多照片。

在優奈上小學之後，周圍開始出現一些澤內幸江不認識的人。應該是她的同學和同學的家長，也有看起來像是老師的人。

即使小時候感情很好，優奈的同學應該也不可能在二十年後為她報仇，有這種想法的人一定和優奈關係很密切。

花了將近兩個小時，才看完所有的照片。負責檢查書簡的內海薰也完成了作業，也沒有發現任何可以成為線索的東西。

前一刻離開的澤內幸江端了咖啡進來。

「真不好意思，打擾了這麼久，還讓妳這麼費心。」草薙誠惶誠恐地說。

「請你不必在意，很久沒有看以前的照片了，我也覺得很懷念。」說完之後，她又補充說：「當然也有點難過。」

「這本相簿呢？」內海薰拿起留在紙箱內的舊相簿，封面是皮革，看起來很高級。

「好像是優奈出生以前的照片。」草薙回答。

「是喔。」內海薰點了點頭，把相簿翻了過來，從後面翻了起來。她似乎打算倒著看。

「由美子太太……嗎？優奈的媽媽真漂亮。」

「她很年輕，也很健康。」澤內幸江說，「她嫁進來之後，我們家的氣氛也變得歡樂起來。那時候我媽還在世，完全沒有常見的所謂婆媳之爭。對優奈來說，她也是個好媽媽……所以在優奈失蹤之後，她才會那麼自責，實在很可憐。她從附近的大樓跳了下來，但事後聽我哥哥說，她之前就有點不太對勁，哥哥有點擔心她。」

草薙聽了，心情更加鬱悶，腦海中浮現了「禍不單行」這幾個字。

「啊！」內海薰叫了一聲，草薙伸長脖子一看，發現是身穿婚紗的由美子，和穿著燕尾服的本橋誠二的合影，兩個人滿臉幸福的笑容。

「哥哥繼承了爸爸的公司，但年輕時曾經在母公司學習，那時候認識了由美子。」澤內幸江說了草薙剛才想知道的事，「結婚的時候，我哥哥三十三歲，由美子好像二十四、五歲。」

草薙再度看著他們的婚紗照，當時，由美子孤獨無依——

「由美子的父母是什麼時候去世的？」

「她曾經說，父親在由美子很小的時候就意外身亡了，她母親好像是在她進高中後不久去世的。」

「之後去了孤兒院嗎？」

「不，沒聽說這件事，只聽說她住過很多地方。」

「但她不是沒有親戚嗎？是誰照顧她？」

澤內幸江蒼老的臉露出有點困惑的表情。

「詳細情況我也不太清楚，更何況我覺得這種事也不好追根究柢。」

「是喔……」

內海薰在一旁繼續翻著相簿。那是更早的時期，不見由美子的身影，只有本橋誠二的照片。從學生時代翻到少年時代時，就變成了黑白照片。

草薙確認了紙箱內，沒有其他相簿了。

「由美子太太嫁過來時，沒有把自己的照片帶來嗎？」草薙問澤內幸江。

「好像是這樣，我在整理東西時發現了這件事……」

草薙再度看著相簿。內海薰翻相簿的速度變快了，貼在第一頁的是嬰兒的照片，八成是本橋誠二剛出生時拍的。

「這就奇怪了，」草薙小聲嘀咕，「由美子太太讀高中之前，她的母親還在世，不可能完全沒有拍照。如果有照片，她嫁過來時應該會帶來，那些照片去了哪裡？本橋誠二先生丟掉了嗎？」

「我覺得不可能。」內海薰說。

「對啊。」

草薙陷入了思考。二十三年前那起事件的被害人並非只有本橋優奈而已，本橋由美子也是受害者。如果有人為她復仇也很正常，湯川說的「拼圖」該不會就是指這件事？

「內海，」他叫了一聲，「去調查一下本橋由美子太太，不，是結婚前的名字藤原由美子的戶籍，把所有親戚的名字都列出來。」

「好。」女刑警用令人放心的聲音回答。

31

偵訊室內，坐在眼前的這個人臉上的表情和上次判若兩人。他收起了之前的唯唯諾諾，變得好像戴了假面具般面無表情，草薙覺得他已經豁出去了，也許他隱約察覺到現在要求他主動到案說明的理由，草薙告訴自己，必須謹慎行事。

「你叫什麼名字？」

男人聽到草薙的問題，微微放鬆了臉頰，「你不是知道嗎？」

「我想聽你親口說。」

男人再度收起了臉上的表情，「增村榮治。」

「你父親叫什麼名字？」

「父親，」增村深呼吸後繼續說道，「我沒有父親。」

「怎麼會沒有呢？」草薙看著雙手拿著的Ａ４資料，再度看向增村冷漠的臉，「你的父母正式結了婚，你應該知道你父親的名字。」

「可能是叫勇還是猛之類的名字，我不記得他了，因為我小時候就離家了。」

「你父親叫岡野勇，你的父母是在你六歲的時候離了婚。」

「哼，」增村用鼻孔噴氣，「既然你都已經調查過了，就不要再問我了。」

「我剛才不是說了嗎？想聽你親口說，你母親叫什麼名字？」

「……貴美子。」

「姓什麼？」

「增村。」

「不對吧。」草薙指著手上的資料，「請你老實回答。」

「我忘了啊。」增村不耐煩地說，「都是陳年往事了，而且早就沒有關係了。」

「你母親姓藤原，在你八歲的時候再婚，再婚的對象是藤原康明，但你並沒有被藤原先生收養。」

「藤原。」增村說了這個姓氏後冷笑了一下，「沒錯，沒錯，就是藤原，好久沒聽到這個姓氏了。」

「你沒有自稱姓藤原嗎？」
「我不記得有這種事。」
「即使沒有收養，也可以使用父親的姓氏，你是在山梨縣出生，只要我們想查，可以馬上查到你是哪一所學校畢業，當時使用了什麼名字。」
增村聽了草薙的話，不以為然地沉默不語，好像在說：「隨你便。」
「藤原康明先生在結婚五年後去世了，」草薙看著資料說完，抬頭看著增村，「你母親──藤原貴美子女士很可憐，她一定覺得走投無路。」
增村不悅地皺起了眉頭。
「這種陳年往事有什麼意義？刑警先生，如果你想說什麼，就趕快說吧。」
「你應該最清楚，這些事有很重大的意義。而且我並沒有什麼話想說，而是想要聽你說。請不要讓我一再重複了──請問你母親靠什麼養家？」
增村移開視線，用指尖抓著眉毛上方。
「不記得了，應該做過很多工作吧？」
「比方說，在酒家上班？」
「嗯，應該吧。」
「她一定很辛苦，畢竟帶著兩個孩子，而且康明先生去世時，小女兒才四歲。」
草薙看到增村的臉頰抽搐了一下。
「藤原由美子──由美子是你妹妹的名字吧？」
「好像是叫這個名字。」增村用沒有起伏的聲音回答。
「雖然父親不同，但她是比你小九歲的妹妹，你應該很疼愛她吧？」

「有嗎？」增村偏著頭，「年齡相差太大，而且如你所說，父親又不同，即使說她是我妹妹，也沒有真實感，只是覺得鄰居家的小女孩來家裡玩——差不多就是這種感覺，而且她也和我不親，我也不去接近她。」

「但你應該曾經照顧她。」

「照顧？」

「你母親不是去酒家上班嗎？所以晚上不在家，只有你照顧妹妹。」

增村摸了摸鼻子下方，「有嗎？我忘了。」

草薙手上的資料有兩張，他把第二張拿了上來，上面摘要紀錄了增村因為傷害致死遭到起訴時的資料。

「可不可以請你說一下中學畢業後的經歷？」

「經歷？」

「你沒有讀高中吧？」

「喔……我去神奈川縣一家電機公司上班。」

「在那裡工作了多久？」

「好像……十二年。」

「為什麼離開？」

「是被迫離開，因為被開除了，難道這種事也要我自己說出口？」

「你因為傷害致死被判處三年有期徒刑。」

「是啊。」增村冷冷地說。

草薙確認了手上資料的內容。

增村當時剛搬進新公寓不久，不久之後，就經常和樓下的住戶發生糾紛。樓下的住戶說他很吵。

有一天晚上，對方那個男人突然上門，手上拿著啤酒瓶，已經喝得很醉了，大吼大叫著撲過來。手上的酒瓶不知道撞到什麼東西打破了，玻璃四濺，但那個男人仍然沒有停手。

流理台上剛好有一把菜刀，增村不顧一切拿起了菜刀。原本只打算嚇唬對方，沒想到反而惹火了對方。對方撲了過來，他立刻把刀刺了過去。

菜刀深深插進對方的肚子，流了大量的血。樓下的男人很快就倒了下來。

他立刻叫了救護車，但那個男人還是死了。

以上就是那起事件的概要。

「你的同事當時在法庭上說，因為是經濟高度成長期，所以工廠的生產線二十四小時不停工，週六也不休息。工廠是三班輪班制，上兩個星期白天班後，就要上一個星期夜班，那一個星期體重都會掉兩公斤左右，然後再靠上白天班的兩個星期補回來，一直以來都是這樣的生活，大部分工人都想方設法蹺班，只有增村從不叫苦，也從不偷懶，認真工作，然後把大部分薪水都寄回老家——你真辛苦啊。」

增村乾咳了一下，「不堪回首的往事。」

「在你進那家工廠大約十年左右，你母親——貴美子女士因為蜘蛛膜下腔出血去世了，妹妹由美子才高中一年級，你當時做了什麼？」

增村沒有回答。他應該知道即使說了謊，警方也很快會知道。

「你讓由美子轉學到有宿舍的女校，」草薙讀著資料上記載的內容，「負擔了她的學費、生活費和宿舍費。根據審判的資料顯示，以你當時的薪水，自己只剩下一點點錢，生活應該很辛苦，由美子也在法庭上證實，哥哥為了保護她，犧牲了自己的生活。」

「哼，」增村用鼻孔噴氣，「這只是伎倆。」

「伎倆？」

「律師為了讓法官能夠酌情輕判，用了各種招數。在由美子高中畢業之前，我的確曾經照顧她，但也到此為止，之後我說已經受夠了，兄妹就斷絕了關係。」

「由美子在高中畢業後，進入千葉一家汽車廠商工作，但由美子在審判中說，哥哥說她很聰明，強烈主張她應該讀大學。」

「我不是說了嗎？」增村拉高了嗓門，「這是律師的伎倆，想要讓法官認為我做過不少好事。」

「你是說由美子聽從律師的建議作偽證嗎？」

「就是這樣，審判就是這麼一回事。」

「既然由美子願意作偽證，代表她很敬重你啊。」

增村一時語塞，隨即搖手說：

「不是這樣，她是為了自己，因為家裡有人是殺人兇手，會影響她的將來，所以希望可以輕判，否則她會很傷腦筋，就只是這樣而已。」

「在你服刑期間，由美子有沒有去看過你？」

「沒有。怎麼可能去看我？我進監獄之後，就沒再見過由美子，她也沒有聯絡我，這很正常啊，任何人都不想和有前科的人打交道。」

「是不是你叫她不要去見你？或是拒絕面會。」

「你在說什麼啊，怎麼可能？我們完全斷絕了關係，我們完全不知道對方在哪裡，在幹什麼，就是這麼一回事。」他用強烈的語氣說，似乎很堅持這一點。

「你應該知道由美子去世了吧？」

「啊？是這樣嗎？」增村瞪大了眼睛。「我完全不知道，什麼時候的事？是生病死的嗎？」

「是自殺，而且是二十多年前的事。」

「喔，這樣啊。啊呀呀，我完全不知道，因為我們完全沒聯絡。」

草薙覺得他打算徹底裝糊塗。

原本打算問他是否知道由美子有一個女兒叫優奈，以及蓮沼涉嫌殺害優奈遭到逮捕，最後獲判無罪，但看他目前的態度，應該不會說實話。

草薙放下手上的資料，再度打量著眼前這個瘦小的男人。草薙如今對他的評價和第一次見面時完全不同。

雖然他故意扮壞人，但其實是很關心妹妹的好人，在審判時的那些證詞應該都是事實，雖然他被判有罪，但傷害致死是不可抗力。

這樣的人看到心愛的妹妹被逼上絕路，絕對不可能袖手旁觀。他把這份仇恨埋在心裡二十年，也絲毫不奇怪，如果認為這號人物這次只是剛好牽涉到這起事件，未免太不現實了。湯川對內海薰提到的有一個連結過去的事件和這次事件的關鍵人物，絕對就是眼前這個面無表情的男人。

「商務飯店的生活還習慣嗎？」

增村聽到草薙的問題，露出有點意外的表情，隨即放鬆了臉上的表情。

「是啊，很舒服，真希望可以一直住在那裡。」

「我相信你很快就可以搬回家了，但在此之前，我們要搜索你的住家，也會帶走你的東西，先通知你一下。」草薙注視著增村的雙眼說，「我們會徹底調查有沒有對你而言重要的人的照片。」

增村的表情似乎比剛才繃得更緊了，他的雙眼露出了作好心理準備的眼神。

「請便，」他說：「我沒有什麼重要的人，所以也不會有任何照片，你們儘管去查吧。」

32

「他自信滿滿的態度看起來不像是虛張聲勢，我猜想他應該真的沒有照片。」薰對著湯川的背影說，他的手邊傳來用電熱水瓶加熱水的聲音。

桌上放著薰帶來的齊侯門威士忌的紅色盒子。草薙事先交代她：「要為湯川之前的推理好好道謝，帶一瓶好一點的威士忌當伴手禮送給他。」

薰來向湯川報告今天白天偵訊增村榮治的情況。草薙在偵訊時，薰在一旁紀錄。

「聽妳剛才說的情況，這傢伙可能是個狠角色。」湯川雙手拿著紙杯來到沙發旁，然後把兩個紙杯放在桌子上問她：「要不要加牛奶？」

「不用，怎麼沒用馬克杯？」

「妳也看到了，這裡沒有流理台，所以沒辦法環保了。」

「謝謝。」薰喝了一口紙杯裡的咖啡。不知道為什麼，雖然是到處都有賣的即溶咖啡，但想到是這位物理學家親自泡的咖啡，就覺得味道有點特別。

她放下紙杯，再度看著湯川問：「為什麼覺得他是狠角色？」

「如果他說的是實話，在增村榮治服刑期滿，兄妹兩人真的失去了彼此的音訊，然後一直沒有聯絡，那就另當別論，但你們並不這麼認為吧？」

「我和股長都認為不可能。增村不惜節衣縮食，也努力為由美子張羅學費和生活費，如果沒有深厚的感情，不可能做到這種程度。由美子也應該像在法庭上說的那樣，對哥哥充滿感激。雖然因為不慎引發了那起事件，但他們不可能輕易斷絕兄妹關係。然而，正因為增村深愛妹妹，所以會為了她的將來著想，故意和她斷絕關係。因為他們的姓氏不同，由美子的戶籍上也沒有記載有一個同母異父的哥哥，所以可能認為只要他們兄妹不主動告訴別人，就不會有人知道她有一個曾經犯過罪的家人，更何況由美子即將和一個未來有保障的男人結婚。雖然由美子應該很痛苦，但認為接受增村的心意是對他的回報，所以隱瞞了自己有這個哥哥。」

「所以她在結婚時沒有把全家的照片和兄妹的合影帶過去。」

「沒錯。」

湯川輕輕點了點頭，喝了一小口咖啡後，放下了紙杯。

「那些照片去了哪裡？由美子在結婚之前丟掉了嗎？」

「我想應該不可能，八成交給了增村。」

「我也這麼認為，這些照片成為增村不可取代的寶貝。也許他會帶一、兩張照片在身上，無論搬去哪裡，都悉心保管這些照片，而且在由美子結婚之後，他的收藏也持續增加。」

薰知道湯川想要表達的意思。

「你的意思是，增村和由美子保持聯絡，偷偷見了面。」

「我認為妹妹的幸福是增村人生最大的意義，再加上她又生下了本橋優奈這個幸福的象徵。不難想像，當他們偷偷見面時，由美子也帶了年幼的女兒同行。」

「我相信也有他們三個人的合影。」

「而且應該有數十張，但增村斷言，根本沒有這種照片，而且還撂話說，可以儘管去查，為什麼？」

「因為他丟掉了。」

「沒錯。」湯川用力點了點頭，「他事先處理掉了，所以即使警察得知本橋優奈的母親是增村的妹妹，他也可以主張現在完全沒有來往，甚至不知道她已經死了。他可能燒得精光，連碎片都找不到，那是失去後就無法再得到的大量寶物，可見增村作好了充分的心理準備，所以我才說他是個狠角色。」

薰點了點頭，吐了一口氣，「的確是這樣。」

薰回想起增村挺直身體，正面迎接草薙強烈視線的樣子，可以感受到他全身散發出堅定不搖的決心。

「你之前說，照目前的情況，還少一片拼圖，那片拼圖就在過去，你當時就知道是增村嗎？」

「當然啊，」湯川回答，「如果我的推理正確，不是這樣的話就太奇怪了。」

「既然這樣，為什麼當時沒告訴我們？」

湯川挑起單側眉毛露齒一笑。

「如果你們知道是增村，調查起來就會更輕鬆嗎？」
「並不是想要追求輕鬆，而是認為這樣比較有效率。」
「效率……嗎？」湯川的嘴角露出了意味深長的笑容，「我之所以沒有告訴你們那片拼圖是誰，是希望你們找到的答案具有客觀性。」
「什麼意思？」
「如果妳得知增村就是那片拼圖，會怎麼辦？你們一定會徹底調查增村的經歷，然後找出和二十三年前那起事件的交集。」
「這……對，我想應該會這樣。」
薰無法否認。
「如果最後能夠找到正確的結果當然沒問題，但也很可能被錯誤的答案所迷惑。我記得二十三年前那起事件發生在足立區，如果增村當時剛好在那附近工作，那會怎麼樣？你們一定會欣喜若狂地調查他當時的交友關係，增村有一個同母異父的妹妹這件事，必須調查他母親的戶籍才知道，你們能夠走到這一步嗎？妳能夠斷言，絕對不可能發生把根本不重要的事當成線索，結果走進一條錯誤的路，遲遲走不出來，最終繞一大圈遠路的情況發生嗎？怎麼樣？妳能夠反駁嗎？」
薰輕輕咬著嘴唇，雖然很不甘心，但湯川說得完全正確。
「也許……是這樣。」
「學生在做科學實驗時，也經常發生這種情況。」湯川說，「通常學生都知道實驗會出現怎樣的結果，所以他們會動一些手腳，努力讓結果更漂亮。在讀取計量器的刻度時，會將數值讀得高一點，或是低一點，當得出接近理想的結果時，就會感到滿足，完全沒有發現自己犯了根本性的錯誤。在判斷實驗是否正確時，最好事先不知道會得出怎樣的結果，同樣地，我認為不告訴你們那片拼圖是誰比較好，這就是我剛才說的，希望答案具有客觀性。」

湯川經常將辦案比喻為科學實驗，今天的論述比平時更有說服力。

「我瞭解了，也會這樣轉告股長，雖然我沒有自信可以像你說得這麼透徹。」

「加油囉。」

「我還想請教一個問題，你為什麼認為增村和二十三年前的那起事件有關？」

「很簡單，如果他和這次的事件無關，我提出的假設就無法成立。就是兇手把那個小房間視為執行死刑的毒氣室的假設。這個假設必須滿足幾個條件才能成立，我先說明其中三個。」

「請等一下。」薰從皮包裡拿出記事本和原子筆準備做筆記，「請說。」

湯川喝了一口咖啡，豎起了食指。

「首先，必須讓蓮沼服用安眠藥，第二，蓮沼必須睡在那個小房間，第三，兇手知道那個小房間可以從外側鎖住，就是這樣。」

薰迅速記下了湯川口若懸河說的內容，「……好，所以呢？」

「只有增村能夠做到這三件事。對增村來說，讓蓮沼卸下心防，在他的飲料中混入安眠藥並不是一件困難的事。因為他們平時生活在一起，所以當然知道蓮沼睡在哪裡，最重要的就是第三個條件，只有住在那裡的人才知道，那道拉門可以鎖住。」

薰原本低頭看著記事本上潦草的字，聽完之後，將視線移向這位物理學家的臉。

「經你這麼一說，好像的確是這樣。」

「妳同意嗎？」

「好像都是一些理所當然的事，所以有點失望。」

湯川皺起眉頭，「所以我辜負了妳的期待嗎？」

「不是這個意思，我對自己感到失望，為什麼連這麼簡單的事都沒有想到，我相信股長應該也很懊惱。」

「那是因為你們認定增村和事件無關。蓮沼是自己去投靠增村，住在他那裡，他們在並木佐織去世之前就認識，再加上增村有不在場證明，也難怪你們一開始就把他排除在嫌犯的名單之外。」

「所以，你並不這麼認為。」

「因為他是我的假設成立必不可少的人物，但聽草薙說，增村和並木家並沒有交集，所以，如果增村對蓮沼抱有殺機，應該在佐織去世之前就已經有了動機。難道是在同一個職場工作時的事？但如果他們之間曾經發生糾紛，蓮沼就不會去投靠他。於是，我就反過來思考。」湯川把伸出的右手手掌翻了過去，「增村和蓮沼的相遇是巧合嗎？會不會是在他們認識之前，增村就想要殺蓮沼，然後尋找他的下落。最後終於找到，於是就進入同一家公司，接近蓮沼，尋找復仇的機會，沒想到他還來不及復仇，蓮沼就離開了。只不過在數年之後，又以意想不到的方式等到了機會，蓮沼竟然主動找上了門。於是，他決定這次一定要報復累積多年的仇恨，如果是這樣，累積多年的仇恨是什麼？」

「所以你認為和優奈命案有關。」

「如果我的假設正確，這是唯一的可能。」湯川氣定神閒地喝著咖啡，好像在說，這是他根據邏輯導出的答案，即使證明了正確性，他也絲毫不感到驚訝。

「關於不在場證明，你有什麼看法？」

「我相信他並沒有說謊，增村有共犯，他並沒有直接下手。」

「你的意思是，主犯另有其人。」

「嗯，是這樣沒錯，」湯川放下了紙杯，嘆了一口氣，「但問題似乎沒這麼簡單。不瞞妳說，我的假設還未完成，關鍵部分的謎團還沒有解開。」

「什麼意思？你是指還不瞭解犯案方法嗎？」

「不，這點應該沒有問題。」湯川的語氣充滿自信。

「就是把那個小房間視為毒氣室的想法吧？」

「沒錯。」

「要怎麼解釋氦氣的問題？你說需要大量氦氣。」

「在說明之前，我想先瞭解上次的結果，我請妳向鑑識人員確認一件事，妳問到答案了嗎？」

「我拿到了紀錄了結果的報告，所以把影本帶來了。」薰從皮包裡拿出了折起的影印紙放在湯川面前。

湯川用指尖推了推眼鏡後拿了起來。他看那些文字時，完全是科學家的眼神。

「怎麼樣？」薰戰戰兢兢地問，「鑑識人員搞不懂你為什麼想知道這種事。」

湯川原本緊抿的嘴唇突然放鬆，眼睛也露出了笑意。

「太棒了，」這位物理學家說，「必須請鑑識人員做一下實驗，我當然也會一起去。」

33

年輕的鑑識課員和湯川之前一樣，單腿跪在拉門前，用螺絲起子拆下固定把手的螺絲。

拆下螺絲後，鑑識課員把拉門正面和背面的把手都拆了下來，湯川口中的「猶大之窗」露了出來。

內海薰從一旁伸長脖子張望，「真的可以看到裡面。」

「這就是關鍵。」站在草薙身旁的湯川說，「問題在於多粗的東西可以塞進這個洞裡。」

「那個大小應該沒問題。」鑑識課的島岡主任回答，他是今天實驗的負責人，所以也在一旁看著鑑識課員作業。他的長相看起來很理智，但皮膚曬得很黑，應該是經常在戶外工作的關係。

目前正在增村榮治狹小的住處進行某項實驗，雖然是很大的工程，但除了鑑識課員以外，只有草薙、內海薰以及湯川。好幾台攝影機正在拍攝實驗的情況，實驗完成後，也要向間宮等人報告。

年輕的鑑識課員離開拉門前，草薙探頭向命案現場的小房間內張望。準備工作都已經完成了。

地上鋪著野餐墊，上面放著床墊和被子，上面放了一個假人。一問之下才知道，那是汽車撞擊實驗時所使用的特殊假人，重量和真人幾乎相同。

「目前幾乎重現了發現屍體時的狀況，床墊和被子也使用了完全相同的東西。」島岡說，「被害人所使用的都是剛租來的東西，所以我們也準備了全新的。湯川老師，這樣沒問題吧？」

「重量呢？」

「沒問題，已經都測量過了。」

「那就沒問題了，謝謝。」

「為什麼要測量重量？」草薙問湯川。

「等一下再告訴你。」學者的回答很冷漠。

草薙巡視室內，室內有幾樣發現屍體時所沒有的東西。有兩個地方架設了攝影機，還有好幾個地方設置了二十公分左右、以前沒看過的儀器。其中一個就放在假人附近。

「那個儀器是什麼？」草薙問島岡。

「氧氣濃度計，因為人不可能進去裡面觀察，影像和濃度計的數值會顯示在外面的螢幕上。」說完，他指著拉門旁的桌子，上面放了兩台筆電。

剛才的鑑識課員走了回來，向島岡報告了什麼事。島岡點了點頭，轉頭看向草薙等人。

「準備已經就緒，可以隨時開始實驗。」

草薙和湯川互看了一眼，湯川默默點了點頭，草薙對島岡說：「那就開始吧。」

兩名鑑識課員搬著附有把手的圓筒形的桶子走了進來，高約六十公分，直徑約三十公分。上方接了特殊的管子和像是橡皮球的東西，他們小心翼翼地把桶子放在房間中央。

「要注意房間通風，把窗戶和入口的門都打開。」湯川說。

在他的指示下，窗戶和門都打開了。島岡把小房間的拉門關了起來，「那就開始吧。」

「在此之前，」湯川說，「可以先放一點點在地上嗎？」

「在這裡嗎？」島岡向他確認。

「對，」湯川回答，「因為我希望草薙他們看一下會發生什麼現象。」

「好。」島岡向下屬點了點頭。

年輕的鑑識課員把管子前端朝下，操作了幾個開關閥，然後又擠壓桶子上方的橡皮球，管子朝向地面噴出了白色蒸氣和液體。

但是，地面並沒有濕，液體在轉眼之間就消失了。

「這是液氮，」湯川說：「沸點是負一百九十六度，噴在地上，就像水滴在燒熱的平底鍋上一樣，會在轉眼之間氣化。如果把這些液氮，」他指著拉門說：「透過那個猶大之窗，大量灌成封閉的小房間，會有什麼結果？」

「會有什麼結果？」草薙問。

「接下來就要驗證。」湯川又對島岡說：「麻煩你們了。」

鑑識課員在島岡的指示下開始作業，其中一人把桶子搬到拉門旁，把管子塞進長方形的貫穿孔內。另一個人開始操作兩台筆電，其中一台筆電顯示了室內的情況，另一台顯示了數字和圖表。

湯川站在操作筆電的鑑識課員身後，草薙他們也走了過去。

「那就開始吧。」島岡說完，向站在桶子旁的下屬使了一個眼色。

鑑識課員和剛才一樣，擠壓著桶子上方的橡皮球，顯示室內情況的螢幕畫面立刻發生了變化。

室內彌漫著白色的霧氣，所以鋪在地上的野餐墊、床墊和被子漸漸模糊起來。

「液氮會冷卻空氣中的水蒸氣，變成細微的水粒子浮在半空，就好像房間內出現了雲。」湯川向他們說明。

「啊，從門縫……」內海薰小聲嘀咕著。

草薙也看向門縫，發現白色的煙從門縫擠了出來，但立刻就消失了。草薙問了湯川，湯川說：「因為這裡的氣溫比較高，所以又變成了水蒸氣。」湯川說得很快，好像覺得不該問這種理所當然的問題。

過了一會兒，湯川問電腦前的鑑識課員：「氧氣濃度是多少？」

「目前房間上方還沒有太大的變化，但假人附近很快就低於百分之十八，應該馬上就會低於百分之十七。」鑑識課員回答。

「當氧氣濃度只有百分之十六時，人會感覺到頭痛和嘔吐。」島岡看著螢幕說，「低於百分之十二，就會發生暈眩，低於百分之十，就會發生意識障礙。」

大約十分鐘後，設置在假人旁的氧氣濃度計數值降低到百分之六。

「這個數值會導致呼吸停止——這個桶子的容量是多少？」湯川問島岡。

「二十公分，原本幾乎裝滿了。等一下會測量重量，但我相信應該所剩無幾。」

湯川點了點頭，看著草薙和內海薰。

「液氮氣化時，體積會增加七百倍，二十公升的七百倍就是一萬四千公升，那個房間的容積大約一萬公升，過量的部分會從門縫中擠出來，但原本的空氣和氣化的氮並不是在轉眼之間混合，所以室內不同位置的氧氣濃度不同。透過這個實驗發現，房間下方的氧氣濃度會先降低。如果他躺在那裡，或是即使醒著，因為缺氧而倒下時，就很可能發生呼吸停止。」

「難道兇器不是氦氣嗎？」草薙問。

「你們發現的氦氣瓶只是幌子，是攪亂偵查的障眼法，我必須為這件事道歉，因為是我最先提出，兇手可能使用了氦氣。」

「你為什麼會想到液氮？」

「假設草叢中發現的氦氣瓶是幌子，所以我思考兇手實際使用了什麼？是工業用高壓氦氣嗎？這時，內海說的話帶給我靈感。她說，兇手為什麼非拘泥於氦氣不可？於是我想到，兇手是不是希望警方認為兇器是氦氣？氦氣本身是否就是幌子？如果是這樣，什麼可以代替氦氣？」湯川的嘴角露出笑容，指著裝了液氮的容器，「這個世界上最多的不活性氣體就是氮氣，而且如果是液態，只要二十公升就夠了。」說完，他轉頭看向內海薰，「為了確認這個假設是否正確，我請內海為我確認了一件事。」

「確認什麼？」草薙問女下屬。

「發現屍體時，床墊和被子中的含水量。」內海薰回答。

草薙皺起眉頭，「含水量？」

「你不是看到剛才的影像了嗎？」湯川說，「液氮灌進室內後，空氣中的水蒸氣就會變成白色的霧，飄浮在空中。如果氣溫上升，就會再度溶入空氣，但因為持續將液氮灌入，所以室內的氣溫不會上升。室內就會持續處於好像在雲霧中的狀態，也就是很容易結露的環境，把床墊和被子放在這種環境下，會有怎樣的結果？」

「就會含有大量水分嗎？」

「我請鑑識人員確認後，發現留在現場的床墊和被子的確很潮濕，也就是含水量很高。」內海薰說，「鑑識人員說，很可能含有差不多半杯的水分。」

「島岡主任，」湯川對鑑識的負責人說，「可以看一下裡面的情況嗎？」

「好，但為了以防萬一，請你們先稍微保持距離。」

聽到島岡這麼說，草薙等人離開了拉門。一名鑑識課員打開了拉門，但並沒有立刻進入，可能因為裡面的氧氣濃度還很低。

冷空氣飄到了草薙他們所站的位置，他們都忍不住抖了一下。

「好涼……應該說好冷。」內海薰說。

「那當然啊，因為有二十公斤負一百九十六度的液氮氣化了，」湯川開了口，「北海道的研究設施曾經發生過一起令人痛心的意外，低溫實驗室的機械發生了故障，室溫開始上升，研究人員為了讓室溫下降，立刻在地上噴了大量液氮。他們可能太慌張了，忘了室內要保持通風，結果研究人員全都窒息死亡。」

「原來發生過這種事。」草薙完全不知道。

「增村外出回家，打開拉門的瞬間，應該也是和目前相同的狀況，他應該瞭解液氮的危險性，所以在打開拉門之後，也沒有馬上進屋。」

盯著電腦螢幕的鑑識課員說：「氧氣濃度超過百分之二十了。」

島岡對湯川點了點頭，「老師，請進。」

湯川走進房間，草薙也跟在他身後。

室內的情況看起來並沒有特別的變化，白色的霧氣已經消失了。

湯川看著腳下，停下了腳步，從口袋裡拿出皮革手套，戴上之後，彎下了腰，撿起了什麼東西。

「那是什麼？」草薙問。

湯川把放在手套上的東西出示在他面前，又薄又白的東西看起來像仙貝。

「因為液氮集中噴在同一個位置，這個位置的溫度特別低，所以除了水蒸氣以外，空氣中的二氧化碳也會凝結，這就是乾冰。」

「鑑識人員並沒有報告在現場發現了這種東西。」

「那當然，一定是增村清理掉了。」

「是喔……」

湯川拿著乾冰，時而摸摸牆壁，時而彎腰注視著地上的野餐墊。

「怎麼樣？」草薙問他，「還有沒有什麼新發現？」

湯川站直了身體，推了推眼鏡。

「我說了很多次，關鍵就在於空氣中的水蒸氣如何變化。雖然會受到當時的狀況——溫度、濕度和密閉程度的影響，但我認為野餐墊上可能會殘留水滴。只不過現在觀察後發現，並沒有這種情況。雖然牆壁有點濕氣，但不至於不自然，而且在勘驗現場時，空氣已經變得乾燥，所以已經恢復了原狀——島岡主任，你認為呢？」

島岡等人用繩子把床墊和被子綁了起來，正在用電子吊秤測了重量。

「實驗前兩者的重量是六點三公斤，目前增加到六點四公斤，所以增加了大約一百公克。」

「差不多是半杯水的份量，和留在現場的床墊和被子狀態相同。」湯川說完，看著草薙，「又進一步證明了我的假設。」

34

進行液氮實驗的翌日，拿到了針對戶島修作經營的「戶島屋食品」進行搜索的搜索令。草薙親自帶隊指揮，帶著內海薰和岸谷等人進入了董事長室。

戶島看到搜索令，整個人向後仰，大聲地問：「這是怎麼回事？難道我們公司有人參與了殺人命案嗎？我們只是普通的食品加工業者，並沒有做任何壞事。」

「既然這樣，就沒什麼好擔心的，請你配合調查。」草薙把搜索令放進懷裡，對戶島說。

湯川的一番話決定了這次的搜索。在做完液氮的實驗後，他說了以下這番話。

「當我想到兇手使用的不是氦氣，而是液氮時，同時想到了一件重要的事。並木家周圍不是有一個可以輕易張羅到液氮的人嗎？他就是老闆的兒時玩伴戶島老闆。他的公司經營冷凍食品，冷凍食品的裝置有各種不同的類型，近年使用液氮的急速冷凍系統受到矚目，所以我猜想那家公司也許也使用了這種冷凍系統。」

湯川為了確認這件事，直接問了戶島。

「就是內海來研究室找我的那天晚上。我故意挑選他會去『並木屋』的時間去那裡，順利和他坐在同一張桌子上，所以就問了他冷凍機的事。果然不出我的所料，『戶島屋食品』也引進了使用液氮的冷凍系統，主要用來冷凍甜點類。但是，因為我一再追問，所以戶島老闆可能起了疑心。我之前曾經告訴夏美，我有朋友是刑警，所以也許現在我成為他們眼中需要提防的人物，難怪我最近去『並木屋』都沒有看到老主顧。」

這是重大線索。

連不是警察的湯川都這麼賣力，草薙當然也不能懈怠，所以立刻申請搜索戶島的公司。

在搜索結束的八小時後，草薙和內海薰、岸谷一起來到菊野分局的會議室，向間宮報告成果。

「在四處探訪後發現，今年三月左右，『戶島屋食品』曾經發生液氮造成的意外。」草薙看著手上的便條紙說，「員工沒有使用自動的冷凍機，而是將液氮直接噴在食品上時，曾經昏倒。據說是因為通風不良造成的，幸好那名員工沒有發生生命危險，但如果稍不留神，就可能造成死亡。」

「你的意思是從這起意外得到啟發，犯下了這起案子？」間宮問。

「只是不知道是戶島，還是聽說這件事的某個人得到了啟發。」草薙謹慎地表達意見後，向身旁的下屬下達了指示，「內海！」

內海立刻操作了筆電，把螢幕轉向間宮的方向。螢幕的畫面顯示了工廠的入口。

「這是設置在『戶島屋食品』工廠入口的監視器影像，這個工廠內有使用了液氮的冷凍機，這是遊行當天的影像。正如你所看到，時間是下午一點左右，因為是星期天，所以工廠休息，貨物出入口卻開著。」

她按了鍵盤，影像動了起來。一輛廂型車駛入了工廠的貨物出入口。間宮「喔」了一聲。

「我將影像快轉，」內海薰說完，快轉了影像，時間來到下午一點二十分，剛才那輛廂型車從貨物出入口離開了。

「有辦法看到司機的臉嗎？」間宮問。

「這個影像無法看到，但還有其他影像。」草薙向內海薰使了一個眼色。

女下屬立刻播放了另一段影像。那是停了好幾輛廂型車的停車場。

「這是『戶島屋食品』的業務車停車場。」內海薰向間宮說明，「時間比剛才稍早，上面顯示的是十二點五十六分。」

影像播放後，左側立刻出現一個身穿夾克的男人。身材微胖的男人坐上一輛廂型車，然後發動了車子。

內海薰將影像倒轉，讓畫面靜止後，放大了男人的臉部。

草薙把事先準備的一張照片放在間宮面前，那是戶島修作駕照上的照片。「我認為應該就是同一個人。」

間宮瞇起眼睛看著照片，「戶島從自己的工廠拿了液氮嗎？」

「可能性相當高。」

「有證據嗎？」

「工廠每天都會確認儲氣槽的殘餘量，星期五到星期天之間減少了約二十公升。據說液氮隨時都會蒸發百分之幾，但儲氣槽的管理人員說，從來沒有減少那麼多。」

「這樣啊，但這無法成為決定性的證據。」間宮一臉嚴肅地說，「有沒有追查廂型車的下落？」

「這個嘛……」草薙用下巴指向岸谷。

「已經調查了附近監視器的影像，目前並沒有發現那輛廂型車。」岸谷對間宮說，「幹線道路的N系統也沒有捕捉到。」

「有沒有可以閃避這些N系統，從工廠到犯案現場的路徑？」

「如果繞一個大圈子當然可以，但沒有理由這樣走，因為民間人士應該並不知道哪裡有N系統。」岸谷說。

「而且，」內海薰再度操作鍵盤，繼續播放停車場的影像，當剛才那輛廂型車回到停車場後，看起來像是戶島的人下車離開了。

「時間是下午一點五十一分，離開工廠的時間是下午一點二十分，只有大約三十分鐘的時間。即使以最短距離前往命案現場，單程也要十多分鐘，所以應該不可能繞遠路。」

間宮抱著雙臂，看著草薙問：「戶島的不在場證明呢？」

「他有不在場證明。」草薙立刻回答，「下午三點左右開始和町內會的人在一起，雖然不時離開，但並沒有長時間離開。他們一直在一起到晚上，之後他去了『並木屋』，而且也已經證實他的確去了那些地方。」

「所以，」間宮嘀咕說：「不管怎麼說，戶島都不是主犯。」

「我認為不是，」草薙說，「他用廂型車把液氮帶離工廠後，放在某個地方，然後又回到了工廠，所以應該是有人把液氮搬去了命案現場。」

「那個人是主犯嗎？到底是誰？」

「不知道，最有可能的就是並木祐太郎，只不過你也知道，他有完美的不在場證明，增村也一樣。」

間宮再度發出低吟，雙手抱在腦後，把整個身體倒在椅背上。

「那個人……伽利略老師怎麼說？他不是每次都會說出一些精湛的推理嗎？」

「他只說了暫時的解答。」

「什麼意思？」

「因為他的推理很離奇……」

湯川說了戶島的工廠內有液氮這件事之後，說明了他的推理，他也認定戶島並不是主犯。

「增村是共犯，戶島老闆應該也是共犯，但共犯只有他們兩個人嗎？比方說，高垣智也有不在場證明，但他不是有三十分鐘的自由時間嗎？他如何使用這三十分鐘？如果在草叢中發現的氦氣瓶是幌子，兇手就可能在氦氣瓶被偷的下午四點半之前行兇，新倉夫婦的不在場證明就不再完美無缺，這些事實代表什麼意義？」

湯川說的這番話簡直就是晴天霹靂，物理學家指出這起命案有多人參與的可能性。

湯川又接著說：「這只是暫時的解答，我在某種程度上瞭解他們，他們都是善良的平凡人，我知道他們都很愛並木佐織，他們痛恨蓮沼也是事實，但還是不認為他們會參與殺人。即使有十名共犯，他們受到良心的苛責也不會只有十分之一，所以我的假設還沒有完成。」

草薙也同意湯川一臉沉痛的表情所說的內容，很難想像這麼多人同意計畫殺人。

間宮聽了之後表示也有同感。

「有好幾名共犯存在的說法很令人好奇，但很難想像會團結一致作出殺人這種傷天害理的事，而且被發現時的風險也太大了。」

「但是，增村和戶島是共犯這件事應該很明確，有什麼力量讓他們聯手，我認為並木祐太郎是唯一的可能……」

「但最關鍵的這個人物有不在場證明，」間宮抱著雙臂，「所以我們一直在原地繞圈子。」

「如果可以找到突破口，應該就是這個。」草薙指著筆電的螢幕，畫面上仍然是停在『戶島屋食品』停車場的那輛廂型車，「實驗發現，行兇時需要大約二十公升的液氮。普通的容器高度超過六十公分，直徑大約三十公分，裝滿時的重量約二十五公斤。戶島用廂型車從工廠帶出去後，到底由誰、用什麼方式搬到了命案現場。」

「殺人武器從氦氣變成了液氮，無論如何，兇手都必須搬動大行李，但目前還沒有找到這個人，對嗎？」

「之前只清查了氦氣瓶失竊的公園附近的監視器，而且將焦點放在失竊的四點半之後，今後將擴大地點和時間查訪，同時調查監視器的影像。」

草薙雖然語氣堅定地斷言，但不得不承認，內心仍然帶著不安。就連湯川仍然無法完成假設，他對目前的偵查方向是否正確完全沒有自信。

35

薰從草薙口中得知的這家店位在距離菊野車站走路十分鐘左右的地方，就在小巷內一棟小型大樓的一樓。由於稍微遠離熱鬧的商店街，薰有點擔心開在這種地方會不會生意冷清，但聽說已經開了幾十年，也許和「並木屋」一樣，深受老主顧的喜愛。

推開深棕色的厚實門扉，走進店內，看起來像是老闆的白髮男人站在右側的吧檯前向她打招呼：「歡迎光臨。」他的背後放了各式各樣的酒瓶，玻璃瓶適度地反射了燈光，也成為裝飾的一部分。

桌子座位都被情侶坐滿了，吧檯前也有一對情侶。和薰約定見面的人坐在吧檯角落，遠離那對情侶的座位。

「不好意思，讓你久等了。」薰小聲道歉，在湯川身旁坐了下來。

湯川把手機放進懷裡，拿起廣口玻璃杯說：「我也剛到不久。」

老闆走了過來，薰點了不含酒精的莫斯科騾子。

「等一下還要回分局嗎？」

「對，我還要回去寫報告。」

「真辛苦啊。」湯川似乎正在喝高球雞尾酒，「偵查工作遇到了瓶頸嗎？」

「你知道得真清楚。」

「因為妳約我出來，竟然沒帶伴手禮。」

「不好意思。」薰道歉後，嘆了一口氣，然後偏著頭說：「但我認為偵查方向並沒有錯。」

「戶島老闆的情況怎麼樣？聽草薙說，儲氣槽內的液氮減少了。」

「他堅稱不知道，但他承認在遊行那一天，曾經開著廂型車出入工廠，也曾經離開公司。他說檢查完冷凍機，想直接去遊行的會場，但想到可能沒地方停車，所以又回到了公司。事實上的確有人說在遊行的起點附近曾經看到『戶島屋食品』的車子。」

湯川重重地吐了一口氣，「這個藉口也不是不能成立。」

「但很不自然，他可以要求下屬檢查冷凍機，而且也沒必要在星期天檢查。」

「他說他高興，別人也沒辦法說什麼。」

「是沒錯啦……」薰也說不出話。

老闆把裝了莫斯科騾子的廣口玻璃杯放在薰的面前，半片萊姆浮在表面。薰喝了一口，清新的香氣在嘴裡擴散。

「增村仍然沒有招供嗎？」湯川問。

薰無力地點了點頭，「他說當初進這家公司，是因為聽說目前公司願意僱用有前科的人，根本不知道蓮沼也在，而且堅稱不知道二十三年前那起事件。」

「有沒有去增村以前任職的地方調查？」

「當然派了偵查員去查訪，那是一家建設公司的承包商，員工的流動性很大，甚至沒什麼人記得增村。」

「我想也是，」聽湯川的語氣，似乎他早就料到了，「如果這個部分很脆弱，他們的計畫就毀了，增村應該無論如何都會否認自己和二十三年前的那起事件有關。」

「他們的計畫……他們是指誰？你認為增村和戶島，還有並木家的人，以及高垣智也、新倉夫婦都很可疑嗎？」

「不這麼想才不合邏輯吧？」

「但新倉夫婦有不在場證明，遊行會場附近的監視器也拍到了高垣和其他人的身影，確認他們並沒有帶任何大行李。從戶島老闆開著廂型車離開公司到回公司的時間反向推算，即使他搬運了液氮，也最多只是送去遊行會場，之後又是誰，用什麼方式搬去命案現場呢？」

「你們的工作不就是把這件事查清楚嗎？」

「我們正在全力追查，湯川老師，你聽過座椅箱這個名稱嗎？」

「座椅箱？我不知道，我只聽過包廂。」

「就是宅配業者放在推車上的那種長方形塑膠大箱子，把快遞的物品裝在裡面搬運。即使下雨也不會淋濕，也可以預防快遞物品掉下來，你應該曾經在馬路上看過。」
「喔，原來是那個。」湯川似乎知道薰在說什麼，點了點頭，「的確常看到。」
「遊行當天也有宅配業者送貨，監視器不時拍到送貨員的身影。目前已經詢問了所有的宅配業者，確認是否實際送了貨，因為兇手很可能偽裝成送貨員搬運液氮。」
「原來是這樣，這是草薙的指示嗎？」
「是啊。」
湯川露出笑容，喝完了高球雞尾酒，「他似乎成為了優秀的警部。」
「需要我把這句話傳達給股長嗎？」
「不需要。」
「總之，我們已經徹底進行了調查。我雖然沒有去看那天的遊行，但我看了所有地方的監視器影像，已經掌握了那天有哪些人出入會場，觀光客有多開心。即使做得這麼徹底，仍然不知道兇手如何搬運液氮，所以才來見你。」
「要我推理？」
薰雙手放在腿上，轉身看著湯川，「老師，你應該可以解開這個謎。」
「別說這種沒有理論根據的話。」湯川說完，叫了老闆，指了指自己的杯子要求續杯。
薰抓著頭，「是不是漏失了什麼……」
「也許吧，不，應該就是這樣。這種時候，改變看問題的角度很重要。」
「看問題的角度……」薰用冰涼的莫斯科騾子潤了潤喉，托腮看著老闆正在用蘇打水兌威士忌，然後將視線移向他身後的酒瓶，發現最下方架子角落有一個青蛙的小擺設。

為什麼要放青蛙？她有點納悶，但立刻想到一件事，忍不住笑了起來。

「怎麼了？」湯川問她。

「那個。」薰指著那個擺設，「你知道那個擺設叫什麼名字嗎？」

湯川看了一眼擺設，不以為然地哼了一聲說：「菊野寶寶吧？是遊行的吉祥物。」

「這個設計真的讓人很無言吧，看起來像青蛙。」

老闆把新調好的高球雞尾酒放在湯川面前說：「這是客人忘在這裡的東西。」

「喔，原來是這樣，」湯川恍然大悟地說：「我還在想，怎麼會放這麼奇怪的東西。」

「因為也不能丟，所以很傷腦筋。希望客人可以想起來，然後趕快把它拿回去。」老闆說完後走開了。

薰注視著菊野寶寶的擺設。聽說巨大的菊野寶寶氣球會在遊行的最後出場，氣球裡灌了氦氣，需要好幾個高壓儲氣瓶才能把巨大的氣球灌飽。

「啊！」她忍不住叫了一聲。

「又怎麼了？」

「沒事。」薰微微舉起左手，「我剛才想到一個或許有可能的點子……對不起，還是行不通。」

「什麼行不通？」

「完全行不通，我想到的只是不可能發生的事，請你忘了這件事。」

湯川把杯子放在杯墊上。

「行得通或是行不通，不能自己判斷，也不要認定不可能，這種事中往往隱藏了有助於解決問題的啟示。妳說來聽聽，必須傾聽第三者的意見。」

「沒必要，你聽了之後一定會笑我。即使不笑，我也會覺得很受不了。」

「這樣我越來越想聽了。」湯川轉身看著薰，和剛才完全相反，他的臉上露出嚴肅的表情，「來，趕快說吧。」

「唉。」薰重重地吐了一口氣，很後悔剛才不應該說自己想到了什麼點子。

「我只是突然在想……會不會使用了那裡面的氣體。」薰指著架子上的菊野寶寶。

「那裡面？」湯川狐疑地皺起眉頭。

「菊野寶寶是巨大的氣球，裡面有大量氦氣，遊行結束之後，把氣球裡的氦氣抽出來帶去命案現場，不是就可以用像你最初說的那種方法，讓被害人窒息死亡嗎？」薰說到這裡，不想再繼續說下去，微微欠身說：「不好意思，請你忘了我說的話，但兇手使用的並不是氦氣，而是液氮。」

湯川並沒有笑，也沒有露出不耐煩的表情。他注視著放在架子上的菊野寶寶，不知道在想什麼。

「有意思，」湯川輕聲說道，「如果用這個方法，從遊行的起點到終點，兇手不必做任何事，因為工作人員會把氣球送到終點。」

「我也是這麼想，所以一時覺得自己想到了妙計，但是把氣球裡的氦氣抽出來應該不可能。」

「把氦氣抽出來並不難，但重新裝回儲氣瓶就很困難。」

「是啊，所以還是請你忘記我說的話，但是太好了，你竟然沒笑我。」薰鬆了一口氣，喝著莫斯科騾子。

「我非但不會笑，」湯川從上衣內側口袋拿出手機，「妳可能發現了重大的解答。」

「啊？為什麼？」

湯川操作著手機。

「妳剛才說，已經看了所有監視器的影像，所以掌握了人潮和觀光客的所有情況。」

「沒錯，我的確說了。」

「但是，妳應該並沒有看這些人的行動吧。」湯川說完，把手機螢幕放在薰面前。

手機螢幕上顯示的是那群海盜。

36

「宮澤書店」是一棟三層樓的大書店，但最寬敞的一樓販售音樂和影像軟體，以及遊戲相關商品，原本的主力商品書籍賣場在二樓，辦公室在三樓。

在辦公室見到了宮澤麻耶，從她緊閉的雙唇可以感受到她堅強的意志。她擔任町內會的理事，還在代表菊野市參加遊行的菊野隊擔任隊長一職，應該是一個很有聲望的人。

宮澤麻耶看到警察證，露出了訝異的表情，聽到草薙提出想要看遊行時所使用的小道具，眉頭鎖得更緊了。

「小道具怎麼了？」

「因為我們想確認一些事，請問那些小道具放在哪裡？」

「放在辦公室的倉庫裡。」

「地點在哪裡？有人在那裡嗎？」

「就在附近，平時沒有人。請問……現在馬上就要看嗎？」

草薙注視著她的臉，鞠了一躬說：「如果可以的話。」

「好。」宮澤麻耶打開旁邊桌子的抽屜，拿出一串鑰匙。

宮澤麻耶親自帶他們前往的辦公室位在離商店街有一小段距離的路口旁，是一棟兩層樓的小型大樓，一樓是倉庫，沿著樓梯往上走，就來到二樓的辦公室。

「因為年底商店街要舉辦大規模的促銷活動，到時候菊野隊會再度表演遊行，所以小道具和服裝都放在這裡保管。因為不會使用花車，所以在遊行結束之後就拆了。」宮澤麻耶在操作倉庫電動鐵捲門開關時說。

倉庫內放著紙箱和衣物箱，還有木板、木條和鐵板之類的東西。

「所以，」宮澤麻耶看著草薙問：「你們想看什麼？」

草薙向旁邊的內海薰使了一個眼色，今天除了內海薰以外，還有其他幾名年輕下屬同行，因為需要他們幫忙做一些體力活。

內海薰迅速操作手機，然後把手機螢幕出示在宮澤麻耶面前說：「就是這個。」

草薙注視著年輕女老闆的臉，絕對不能錯過她臉上些微的表情變化。

宮澤麻耶的臉頰抽搐了一下，可惜無法判斷是因為內海薰給她看的東西太出乎意料，還是她早就作好了心理準備。

「藏寶箱……嗎？」

「沒錯。」草薙回答，「聽那天看了遊行的人說，好像有好幾個藏寶箱。」

「總共製作了五個。」
「還在這裡嗎？」
「雖然在，」宮澤麻耶回頭看著倉庫，「但已經拆掉了。」
「沒關係，我會請下屬重新裝起來，可以請妳告訴我們組裝的步驟嗎？」
「好，請問你們要組裝哪個顏色的藏寶箱？」
「總共有幾個顏色？」
「每一個顏色都不一樣，有金、銀、銅和紅色、藍色，大小和形狀都一樣。」
「那隨便哪一個都可以。」
宮澤麻耶點了點頭說：「跟我來」，然後走去倉庫深處，草薙用眼神向幾名年輕刑警發出了指示。
草薙看著幾個年輕人按照宮澤麻耶的指示組裝藏寶箱，拿出了加熱式的菸抽了起來，他在三年前戒了普通的菸。
「你在湯川老師面前也抽這種菸嗎？」內海薰問。
「怎麼可能？」
「老師很討厭別人抽菸。」
「如果他知道我在抽這種東西，絕對會嘲笑我，說我不乾不脆，或是不合乎道理。」
「我也有同感。」
「少囉嗦，不用妳管，那是我的肺。」
他們在聊天的時候，幾個年輕人已經完成了藏寶箱，然後推了過來，藏寶箱的下方是大型的推車。

藏寶箱的高度大約一公尺左右，上方的蓋子打開，模仿金銀財寶的裝飾品溢出了藏寶箱，草薙摸了一下，發現是保麗龍做的，用黏膠固定在上面。

「近距離看的時候，會覺得很粗糙吧？」宮澤麻耶搶先自嘲地說，「本體是夾板。」她敲了敲箱子側面，發出了呯、呯的單薄聲音。

「蓋子可以蓋起來嗎？」草薙問。

「蓋不起來，固定在打開的狀態。」

「裡面有什麼？」

「什麼都沒有，金銀財寶是懸空的，所以裡面是空的。」

草薙雙手握住推車的把手推動了一下，發現比他想像中更輕，他稍微用力將把手向下壓，前輪翹了起來。

草薙和內海薰互看了一眼，女刑警輕輕點了點頭，似乎在說，湯川老師說對了。

「有什麼問題嗎？」宮澤麻耶問。

「我想確認一下，藏寶箱這樣算是完成了嗎？」

「完成了。」

「在這樣的狀態下參加遊行嗎？」

「是啊……」

草薙覺得宮澤麻耶的臉上露出了警戒的表情。

「內海，播一下那段影片。」

「好。」內海薰回答後，再次操作著手機。

「這是看遊行的觀眾拍下的影片。」女刑警把手機螢幕出示在宮澤麻耶面前時說道，「這些扮成海盜的人推著藏寶箱前進。」

「有什麼問題嗎？」

「他們做了很多動作，有時候推藏寶箱的人坐在推車的後方，但推車的前輪完全沒有翹起來，所以專家在分析這段影片後認為，照理說，藏寶箱應該更重才對。」

「喔，」宮澤麻耶點了點頭，又舔了舔嘴唇說，「原來是這件事。」

「其中有什麼玄機嗎？」草薙問。

「因為裡面放了壓重物，不好意思，我忘了說。」

真的只是忘記嗎？草薙感到訝異，「壓重物是？」

「因為這樣重心很不穩，蓋子不是打開的狀態嗎？這樣導致藏寶箱整理的重心很高，稍不留神，可能就會倒下來，於是就在下方放了壓重物穩住重心。而且如果藏寶箱本身很輕，要假裝推得很吃力需要演技，對業餘的演員提出這樣的要求未免太苛求了，所以這有一舉兩得的效果。」

「根據那位專家的意見，」內海薰說，「包括藏寶箱本身在內，至少需要四十公斤左右。」

「可能有這麼重吧。」

「用了什麼當壓重物？」

「寶特瓶的茶和水，每個紙箱內裝了六瓶兩公升的飲料，藏寶箱裡放了兩箱，在遊行結束後，飲料就分給大家喝完了。」

草薙心算了一下，總計是二十四公斤。

「怎麼放進去？」

「並不是什麼困難的事，很簡單。」宮澤麻耶打開了藏寶箱側面兩側的金屬栓，以下方為軸，將側面翻了下來，空空的內部完全曝露在眼前。底部有幾條綁帶，「放在這裡，然後用綁帶固定，再把側面放回去就好。」

的確很簡單，應該不需要三分鐘。

「通常是什麼時候把壓重物放進去？」

「在裝藏寶箱的時候，所以是當天早上。」

「地點在哪裡？」

「就在起點旁的市營運動場，那裡提供給參加的隊伍做準備工作。」

「你們應該是最後出場，在出場之前，都一直放在那裡嗎？」

「是啊，有什麼問題嗎？」

「聽說參加的隊伍每年都持續增加，運動場上應該人滿為患，有各式各樣的人吧。」

「是啊，」宮澤麻耶點了點頭，「所以我們會早一點去，提前作好準備工作。」

「但在那種狀態下，即使小道具被人動了手腳，恐怕也很難發現吧？」

年輕女老闆皺起了眉頭，「動什麼手腳？」

「比方說，」草薙繼續說了下去，「可能有人偷偷跑到藏寶箱旁，把裡面的壓重物換成其他東西。」

宮澤麻耶微微偏著頭說：

「雖然我不知道這麼做有什麼目的，但如果想要做，並非不可能。」

「到了終點之後，藏寶箱放在哪裡？」

「暫時放去附近小學的操場。」

「暫時的意思是？」

「因為之後會公佈名次，如果進入前三名，就有機會再出場一次。很可惜，我們這次是第四名。」

「從遊行結束到公佈名次這段時間大約有多久？」

「兩個小時左右。」

「不好意思，一問再問，這段期間，藏寶箱都一直放在小學的操場嗎？」

「是啊。」宮澤麻耶有點不耐煩地回答後，伸出右手，似乎在阻止草薙問下一個問題。

「你是不是要說，即使有人動手腳，我們可能也不會發現，對不對？關於這個問題，我只能說有可能，這樣你滿意了嗎？」

「謝謝。」草薙向她道了謝，「組裝藏寶箱和拆解都由誰負責？」

「小道具組的人。」

「那些人有沒有向妳報告什麼狀況？比方說和原本的安排不一樣。」

「沒有，」宮澤麻耶搖了搖頭，「他們沒有特別說什麼。」

「可以請妳把小道具組的人的姓名和聯絡方式告訴我們嗎？」

「可以啊，等一下我把名單給你們。」

「對了，」草薙看向倉庫深處，「聽說每年遊行的節目在當天表演之前都保密？」

「沒錯，規定不能告訴菊野隊相關人員以外的人。」

「相關人員是指？」
「參加的成員和支持者。」
「支持者是？」
「就是贊助者，光靠公所提供的資金根本入不敷出，我們店也贊助了一些費用。」
「『戶島屋食品』呢？」
宮澤麻耶的呼吸似乎停頓了一下，然後輕輕點了點頭。
「因為是本地很有實力的企業，所以也大力支持。」
「聽說妳和『戶島屋食品』的老闆戶島修作先生的關係很好，戶島先生知道今年表演的節目嗎？」
「也許知道吧。」
「他瞭解這個藏寶箱嗎？」
「不太清楚，」宮澤麻耶偏著頭，「因為有些贊助者會來確定節目的進度，可能我不在的時候，有人給他看過。」
「妳沒有給他看過嗎？」
「我不記得有這種事，但沒辦法斷言，也可能只是我忘記了。」
宮澤麻耶的語氣很謹慎，聽起來似乎在為之後出現無法自圓其說的狀況埋下伏筆。
草薙決定改變話題。
「遊行開始之前，妳在起點那裡遇到了新倉夫婦吧？」
「是啊……」宮澤麻耶的臉上露出了狐疑的表情，「因為他們在音樂方面提供了協助，所以他們來做最後的確認，我曾經向其他刑警提過這件事。」

岸谷曾經向宮澤麻耶確認新倉夫婦的不在場證明，但草薙當時認為宮澤麻耶是和事件無關的第三者。

「妳和新倉夫婦聊了多久？」

「差不多十分鐘到十五分鐘吧。」宮澤麻耶微微偏著頭，看著斜上方。

「妳在終點和高垣智也先生聊過天？」

「是啊。」

「聽說只是簡單打一下招呼，沒錯吧？」

「沒錯。」

草薙正在思考下一個問題，宮澤麻耶說：「刑警先生，我可以問一個問題嗎？」

「什麼問題？」

「不是有偽證罪嗎？那有沉默罪嗎？」

「沉默罪？」

「不說謊，但也不回答問題，這算是犯罪嗎？」

「不，這樣的話……」草薙輕輕搖了搖頭，「並不算是犯罪。」

「我想也是，畢竟還有緘默權。」

「請問妳想說什麼？」

「我……」宮澤麻耶用力深呼吸，「我不會問警方調查藏寶箱的理由，但也不會隨便談論重要客人的事。」

「妳說的客人是？」

「住在這裡的所有人，不，即使不住在這裡，有可能來我們店裡的所有人都是客人，我不會做任何可能會對客人不利的事。我有言在先，今後即使你們來找我，如果是想問關於客人的事，我想你們也會白跑一趟。」

「妳打算袒護他們嗎？」

「我只是保持沉默而已，保持沉默是我的自由，不是嗎？」宮澤麻耶面帶微笑地說完後，轉頭看著藏寶箱說：「如果你們的事已經辦完，我想要收拾。」

草薙看著年輕刑警，揚了揚下巴說：「你們趕快幫忙。」

37

智也的肩膀被人拍了一下，他轉過頭，發現課長塚本站在身後。課長雖然很溫厚，但此刻臉上的表情有點嚴肅，「現在方便說話嗎？」

「沒問題。」

「那就……」塚本指了指出口，然後走了過去，似乎示意智也跟過去。智也慌忙站了起來。

在會客室面對面坐下後，塚本開了口。

「我聽田中說了一件奇怪的事，聽說之前有女刑警去了他家。」

「啊！」智也忍不住驚叫了一聲。

「看你的態度，似乎知道是怎麼回事。」戴著眼鏡的塚本壓低嗓門說，雙眼露出嚴肅的眼神，「聽田中說，刑警也去找了佐藤，所以佐藤問田中該怎麼辦。」

田中是智也的後輩，佐藤是剛進公司的女同事，智也之前帶他們去看遊行。

「刑警問了他們什麼？」
「是在菊野遊行那天的事，你不是和他們一起去看遊行嗎？」
「對。」
「刑警逐一問了當天的行動，尤其是和你分頭行動的時間，聽他們說，刑警再三詳細確認。」
智也回想起那個姓內海的刑警聰明伶俐的臉。只要能夠達到目的，她根本不在意對方會不會不耐煩。
「高垣，」塚本叫著他，「到底是怎麼回事？你做了什麼？」
「沒做什麼。」他不假思索地回答後，不停地眨眼睛。
「既然這樣，為什麼警察會調查你的行動？這不是很奇怪嗎？」
「那是因為，」他說話時聲音分了岔，「因為殺了我前女友的傢伙死了……」
「什麼？」塚本挑起眉毛。
「所以警方也懷疑我，因為那個傢伙是在遊行那天死的，所以才會調查我那天的不在場證明。」
智也發現塚本臉色發白，臉頰抽搐著。
「等一下，你說你前女友被殺了，警察沒有把那個傢伙抓起來嗎？」
「雖然抓了他，但之後因為證據不足又釋放了。」
塚本露出不解的表情，雖然這件事成為網路上的熱門話題，但對沒有興趣的人來說，也許只是不值得一讀的本地新聞。
「這麼重大的事件……你為什麼之前都沒說？」

「因為這是私事，而且我不想造成公司的困擾……」

「雖然你這麼說，但不是已經造成了公司的困擾嗎？田中和佐藤都感到很不安。」

「這……我感到很抱歉。」

塚本開始抖腳，也許他想不出頭緒，感到心浮氣躁。他的眼神飄忽了一陣子，最後看著智也。

「真的沒問題嗎？」

「沒問題……是指？」

「我在問你和那起事件無關吧？怎麼樣？」

「和我……無關。」

雖然必須回答得很乾脆，但他不小心結巴了。也許是因為這個原因，塚本看智也的眼中並沒有露出贊同的眼神。

「算了，總之，今後如果有什麼狀況，就要馬上向我報告，知道了嗎？」

「知道了，真的很抱歉。」智也鞠躬說道。

塚本站了起來，打開會客室的門，但在走出去之前轉過頭說：「你不要責怪田中和佐藤。」

「我知道。」

塚本走去走廊後，呯地一聲用力關上了門。

智也比上司晚一步走回辦公室時，和鄰座的田中眼神相對。

後輩露出尷尬的表情，智也努力擠出笑容。

到了下班時間，智也比平時更快收拾完東西離開了公司。雖然還有工作沒完成，但他今天不想加班。

「高垣先生。」當他走出公司大樓，準備走去車站時，旁邊有一個聲音叫住了他。因為他記得那個女人的聲音，所以倒吸了一口氣。

他停下腳步，看向聲音傳來的方向，意料中的人正走向他。

「你似乎已經下班了，辛苦了。」內海走到智也面前向他打招呼。

「又有什麼……」

「對，我們有很多問題想要請教你。」

「很多？」

「對，所以，」女刑警向前一步，「可不可以請你跟我去分局一趟？應該不會佔用你太多時間，等一下會開車送你回去。」

「去分局……」智也嘀咕後，不由得感到愕然。因為幾個身穿西裝的男人在不知不覺中包圍了他。

「拜託了。」內海鞠躬說道，智也說不出話。

一輛黑色車子停在不遠處，內海請他上車。他上車後看向車外，嚇了一跳。

塚本目瞪口呆地愣在那裡。

智也有生以來第一次走進偵訊室，坐在眼前的是一個姓草薙的刑警，身材令人聯想到剛引退的運動選手。草薙一開始就介紹了自己的職稱，但智也完全沒聽到，想到他一定是身經百戰的刑警，全身就忍不住縮成一團。

被帶進警局已經好幾分鐘了，智也的心臟仍然劇烈跳動。雖然因為情緒激動，渾身都很熱，但背脊不時感到陣陣寒意。

「你似乎很緊張。」草薙似乎看透了智也的內心說道，「你請放心，只要能夠流利地回答我的問題，一下子就結束了。」

智也很想問他，到底要問什麼問題，卻無法開口。

「我只想知道一件事。」草薙豎起了食指，「你在遊行當天的行動，就只有這件事。」

「這件事……」他終於發出了聲音。

「你已經告訴內海了。對，她也向我報告了。」草薙看向在一旁坐在筆電前的內海後，又轉回頭看著智也，「你和公司的後輩——我看看，」他拿起桌上的資料，「田中和佐藤一起去看遊行，但有一段時間你和他們分開行動。就是下午三點半到四點這段期間，我想問的是這段時間的事。你說在終點和『宮澤書店』的宮澤老闆打了招呼，除此以外，還做了什麼？」

「做了什麼？沒特別做什麼……只是在那附近閒逛。」

「那附近是哪裡？」

「商店街。」

「這就奇怪了。」草薙放下了手上的資料，抱起了雙臂，「我們確認了設置在商店街的所有監視器的影像，在這個時間帶，沒有任何一台監視器拍到你，但有好幾台監視器都拍到了田中和佐藤的身影。你到底在哪裡？」

智也垂下雙眼，心跳的速度更快了。他感覺到汗水順著太陽穴流了下來。

他不能隨便回答。因為他並不知道商店街的哪些地方設置了監視器。

「我不記得了。」他只能小聲這麼回答。

「高垣先生，」草薙叫著他的名字，「高垣先生，請你看著我。」

智也戰戰兢兢地抬起頭，草薙把一張照片放在桌子上。智也一看到那張照片，心跳更劇烈地跳動。

「你知道這是什麼吧？」

「藏寶箱……」

「沒錯，就是菊野隊在遊行時使用的小道具。關於這個藏寶箱，我們掌握了一個有趣的線索。為了穩住重心，這個藏寶箱裡放了寶特瓶的水和茶飲，在遊行結束後分給了工作人員，但發生了一件奇妙的事。因為原本買的烏龍茶不見了，但寶特瓶裝的水增加了。大家都認為是小道具組的人記錯了，但當事人主張絕對沒這回事，這到底是怎麼回事？」草薙用平靜的語氣說的每一句話都刺進智也的心裡。

「我們認為圍繞這個藏寶箱所發生的奇妙狀況，和嫌犯蓮沼的死有密切的關係。在針對這件事進行調查後發現，你在當天那數十分鐘空白時間的行動有問題，所以無論如何都希望你說清楚、講明白。」

智也再度低下了頭，他無法繼續看草薙的眼睛。

他突然想起戶島的聲音，想起之前戶島在電話中對他說的話。

——萬一出事，你可以實話實說，不需要說謊，也不需要隱瞞。

他忍不住思考，現在是否屬於這種狀況？但一旦自己說了，其他人會怎麼樣？他們不會被追究罪責嗎？當然不可能，因為畢竟有人死了。

「藏寶箱共有五個，」草薙繼續說了下去，「目前正在調查所有藏寶箱上的指紋，尤其是打開部分金屬栓附近的指紋。」

這件事不會有問題。智也心想。因為那時候戴了手套。

「當然，也會調查指紋以外的東西。比方說ＤＮＡ，目前科學技術很進步，只要有些微的皮脂、汗水或是頭皮屑就可以進行鑑定。除非戴了面罩，否則很難預防從臉和頭上掉下來的東西附著在上面，而且還會調查是否有毛髮掉落，以及手套痕。」

智也嚇了一跳，肩膀忍不住抖了一下。

「怎麼了？」草薙眼尖地發現後問道。

「你有沒有聽過手套痕？就是戴著手套碰觸東西時所留下的痕跡，可以大致瞭解使用了怎樣的手套。棉紗或是棉質手套的纖維會附著在上面，所以就可以確定種類，對了——」草薙停頓了一下說，「聽說其中一個藏寶箱上發現了手套痕，似乎是皮革手套。皮革手套表面的特徵各不相同，沒有兩個手套的痕跡可以完全相同，只要能夠確認手套痕，就可以找到那副手套。」

智也的腋下冒著冷汗，他可以感覺到耳朵紅了起來，卻也無能為力。

「高垣先生，」草薙再度用嚴肅的聲音叫著他，「你應該也有皮革手套吧？只要我們申請，就可以去你家裡搜索，也就是所謂的搜索住家。如果找到皮革手套，就會確認和藏寶箱上的手套痕是否一致。如果在你家裡沒找到，就會去你公司，在你辦公桌和置物櫃內徹底翻找，這樣也沒關係嗎？」

草薙繼續說了下去。

「不可能沒關係，對不對？你媽媽一定會嚇一大跳。不，不光是這樣而已，她不知道自己的兒子幹了什麼，一定會擔心得胃都痛起來。你公司的人也一樣，你的上司、同事都會用和以前不一樣的眼神看你，所以最好避免這種情況發生。我們其實也不想這麼做，希望不必做到這一步，所以才給你機會。只要你說出遊行當天那數十分鐘空白時間的行動，大家都可以省心省事。高垣先生，怎麼樣？你不想好好把握這個機會嗎？還是你選擇讓你媽媽擔心，讓公司的同事用異樣的眼光看你？」

這位曾經和老奸巨滑的嫌犯交鋒的資深刑警所說的話，從四面八方向智也的心逼近，他的腦海中浮現里枝愁眉不展的臉和塚本不悅的表情。

「高垣先生。」草薙用強烈的語氣叫著他的名字，拍了一下桌子，智也嚇了一跳，抬起了頭。

「這是最後的機會，請你向我們說明空白的數十分鐘。如果你說無法回答，這也沒關係，但我們今晚會為你準備住處。當你走出這裡，我們就會申請去你的住家搜索的手續。即使你之後改變心意，願意說明一切，到時候也來不及了，你想清楚了嗎？」草薙盛氣凌人地一口氣說完。

智也陷入混亂，用手摸著頭，覺得眼前出現了一個黑暗的深淵。

他突然看向旁邊，和內海四目相對。她溫柔地對智也點了點頭，好像在說，我很瞭解你的心情，之前向來覺得這位女刑警很冷酷，如今卻覺得她的臉就像是聖母。

智也抬起頭，直視草薙的眼睛說：

「可不可以不要告訴我媽和我的公司？」

「這一點我可以向你保證。」草薙斬釘截鐵地說。

38

高垣智也的供詞內容如下。

舉行遊行的幾天前，他剛走出「並木屋」，坐在車上的戶島就叫住了他，說「有重要的事想和你談一談」。於是智也坐上戶島的車去了其他地方，但聽了戶島說的內容後大驚失色，因為戶島說有一個懲罰蓮沼的計畫，希望他提供協助。

戶島說，並不是要殺他，「只是懲罰他，要制裁他。」

但是，戶島並沒有說明具體的方法。因為戶島說：「你不知道比較好，等一切都順利落幕之後再告訴你，但在此之前，希望你只是一無所知的善意第三者，這也是所有人的意見。」

戶島說，也無法告訴他「所有人」是指哪些人。

但是智也已經猜到，應該是並木祐太郎和新倉。

「如果你說不告訴你這些事，你就不願提供協助，那我就只能死心，你可以馬上下車回家，但希望你當作不知道這件事。」

智也問他，是否可以瞭解要做什麼事之後再作決定，戶島說當然沒問題。

戶島向他說明的內容出乎他的意料。戶島要求他在遊行當天，把菊野隊藏在小道具內的東西搬運到另一個地方。

「小道具就是藏寶箱，菊野隊今年表演的節目是『金銀島』，總共會有五個藏寶箱，每個藏寶箱的顏色不同，東西藏在銀色的藏寶箱內。等菊野隊到終點之後，你就把東西從藏寶箱裡拿出來，然後開車載到某個地方，之後再把車子開回原來的地方，這部分就是你要負責的工作。」

戶島說完之後又補充說：「如果你答應幫忙，會再告訴你詳細的情況。」

智也聽了之後，覺得並不是什麼困難的事。雖然戶島說，他可以考慮一天之後再回覆，但智也覺得如果為這種事猶豫，很對不起已經離開人世的佐織。

「我可以幫忙。」他回答說。

遊行當天，智也和兩名後輩同事參觀遊行到三點多後一度解散，這也是智也的提議。來到終點後，他尋找宮澤麻耶的身影。因為戶島要求務必要去向她打招呼，才能製造不在場證明。

智也順利找到了宮澤麻耶，和她聊了幾句後，走向三十公尺外的米店「山邊商店」。那天是店休日，旁邊的停車場停了一輛小貨車，車斗上放了推車和兩個紙箱，還有一個白色塑膠袋。紙箱內裝了六瓶兩公升的水，塑膠袋內放著協助遊行的志工穿的夾克。

智也穿上夾克，把兩個紙箱放在推車上，走去附近的小學。附近有穿著相同夾克的人忙碌地走來走去，根本沒有看智也一眼。

走進學校的操場後，他尋找銀色藏寶箱，很快就找到了，幸好周圍沒有人。他走了過去，戴上放在口袋裡的皮手套，確認沒有人看到後，打開了藏寶箱的側面。戶島事先教了他方法。

裡面有一個大紙箱，用綁帶固定。他抱住紙箱，想要拿出來，發現紙箱很重。

戶島告訴他，紙箱內裝的是液氮，還說原本並不想告訴他，但如果不事先瞭解，恐怕會有危險。

「紙箱並沒有密閉，液氮隨時在氣化，如果把紙箱封起來，紙箱就會膨脹，最後會破裂，在搬動的時候，要記得戴上皮革手套。不光是可以防止留下指紋，還可以防止萬一紙箱內的容器倒下，手上沾到液氮。如果戴棉紗手套或是布的手套，手沾到液氮可能會凍傷。」

智也準備的皮革手套是里枝送他的聖誕禮物。

他把兩箱寶特瓶裝水放進藏寶箱內，用綁帶固定後關上側面，然後把取出的紙箱放在推車上，沿著來路走回去，路上也沒有引起周圍人的懷疑。他確認四下無人後，脫下了工作人員穿的夾克。

回到「山邊商店」，把紙箱放在小貨車的車斗上，然後在車牌背後摸了一下。正如戶島事先告訴他，那裡用膠帶黏了車鑰匙。他用車鑰匙開著小貨車前往蓮沼所在的辦公室。來到辦公室，把紙箱放在門前，再度把小貨車開回了「山邊商店」。他把鑰匙放回原處後，拎著裝了夾克的塑膠袋，走去和後輩同事約定的地點。中途把塑膠袋丟在路旁的腳踏車籃子裡。

他和同事在啤酒餐廳坐了一會兒之後，獨自前往「並木屋」。因為他不知道制裁蓮沼是否順利，很想知道到底發生了什麼事。

老主顧一個、兩個走進了「並木屋」，戶島和新倉也出現了，但並沒有告訴他任何事。

不久之後，宮澤麻耶的隊友臉色大變地走進來，告訴她一件驚人的事。蓮沼死了。智也看著戶島。

戶島避開了他的視線。

他直到今天為止，都不知道發生了什麼事，也不知道自己以外的哪些人做了什麼。如今，他說出了一切，也希望早日瞭解真相。

39

間宮看完偵訊筆錄，抬起頭，一臉嚴肅地看著草薙，但在放下筆錄後，嘴角露出了笑容。「幹得好。」

「過獎了。」草薙鞠了一躬。

「我聽內海說，你虛晃了一招。」

「皮革手套嗎？」

「嗯，聽內海說，鑑識人員的報告中並沒有提到發現了手套痕。」

「關於這一點，是湯川告訴我的事發揮了作用。他告訴我說，如果兇手使用了液氮，一定會戴皮革手套。當我提到手套痕時，發現高垣的表情發生了變化，所以我靈機一動，決定用這一招套他的話。」

「你的反應很快，不過，話說回來，」間宮再度拿起資料，「沒想到他們竟然用這種方法搬運液氮，真是太驚訝了。」

「老實說，當內海轉述湯川的推理時，我還半信半疑，但在和宮澤麻耶見面後，確信湯川真的說對了。」

湯川認為液氮可能藏在藏寶箱內搬運，但難以想像參加遊行的所有人都是共犯，應該只有隊長宮澤麻耶可能與這件事有關，但她應該不知道裡面放了這麼危險的東西，也不可能直接把東西搬進、搬出藏寶箱，應該是由和並木佐織關係更密切的人做這件事。

於是就想到了高垣智也，他在終點遇到了宮澤麻耶，以及無法交代行蹤的幾十分鐘就立刻變得可疑。

「雖然我們從監視器影像確認有沒有人搬大型行李，卻漏失了起點和終點附近。因為原本認為參加隊伍搬運大道具和小道具很正常，只要沒有離開那個範圍就沒有問題。」

「是高垣在終點把東西從藏寶箱裡拿出來嗎？所以說，應該有人在起點把東西放進了藏寶箱。」

「應該也是和高垣相同程度，或是比他和並木佐織關係更密切的人。這麼一想，就發現對象很有限。目前已經請幾個最可疑的人主動到案說明，岸谷和其他人正在偵訊。」

間宮點了點頭，對下屬迅速採取行動感到滿意。

「還有其他共犯嗎？」

「可能有，只不過我認為每個人發揮作用的重要性不同。比方說，高垣得知目的是為了制裁蓮沼，但並不知道計畫的詳細內容，其中有人甚至不知道真正的目的。高垣的供詞中提到的『山邊商店』，今天早晨派了偵查員向老闆瞭解情況。老闆承認遊行當天，他把小貨車借給了戶島，還借了推車，準備了寶特瓶裝的水。戶島事先把工作人員穿的夾克交給他，要求他和其他東西放在一起，戶島只告訴他，臨時需要在遊行時去幫忙。」

間宮摸著下巴問：「戶島是幕後黑手嗎？」

「我認為可以這麼想，只是我無法理解，為什麼並木家的人完全置身事外。既然目的是為並木佐織報仇，如果那家人完全無關，其中絕對有問題。」

間宮不發一語地看著資料，草薙認為間宮也同意自己的意見。

「可以打擾一下嗎？」一名下屬走過來問，草薙問他：「什麼事？」

「戶島修作已經到了。」

草薙和間宮互看了一眼。

「主角登場了嗎？」間宮問。

「我去看一下。」草薙向管理官行了一禮，轉身走了出去。

戶島修作很老實地縮著肩膀坐在偵訊室內等待。草薙和負責紀錄的內海薰互看了一眼後，在椅子上坐了下來，「不好意思，還麻煩你在百忙中抽空來這裡。」

「你客氣了。」戶島微微欠身後，看著草薙。

他一頭花白的五分頭，有稜角的臉露出強硬的表情。乍看之下，他似乎並不適合做生意，但也許擅長掌握人心，所以才能讓家業順利成長，面對他的時候恐怕無法像對待和母親同住、心地善良的二十多歲年輕人——高垣智也這麼簡單。

「高垣先生有沒有和你聯絡？」

「你說的高垣先生是那個高垣嗎？沒有，有什麼事嗎？」

高垣智也昨晚回家之後，不可能沒有和他聯絡，但草薙料到他會裝糊塗。

「在遊行的前幾天，你曾經和高垣先生單獨談話。」

「不知道你問的是什麼時候的事，」戶島偏著頭，「因為我有時候會在『並木屋』或是其他地方見到他。」

「並不是在『並木屋』。高垣先生離開『並木屋』之後，你坐在車上叫住了他，說有事情要和他談。」

「喔，」戶島微微張著嘴，揚起了下巴，「你是問那天的事。」

「你們聊了些什麼？」

戶島那張嚴肅的臉左右搖動後，露出試探的眼神看著草薙問：「他怎麼說的？」

「是我在問你。」草薙露出了笑容，「請你回答，你們聊了些什麼？」

「是私事。」

「高垣先生已經告訴我們了。」

戶島點了點頭，坐直了身體。

「既然高垣已經說了，那不就好了嗎？你可以相信他說的話。」

「可以相信嗎？」

「我是說，這是你的自由。」

「高垣先生說，」草薙注視著他的臉說：「你對他說，要制裁蓮沼，問他願不願意提供協助。」

戶島面不改色，臉上的表情反而變得稍微柔和了些。

「既然他這麼說，可能就是這樣。」

「難道不對嗎？」

「刑警先生，我並沒有否認，」戶島苦笑著，「我不是說，可能就是這樣嗎？」

果然是老狐狸，草薙心想。

「高垣先生說，你告訴他，在制裁時需要某樣東西，所以請他幫忙搬運到蓮沼住的辦公室旁，這樣沒錯吧？」

「既然他這麼說——」

「我是在問你，」草薙打斷了戶島，「你真的這樣拜託他嗎？」

戶島絲毫沒有動搖，「任憑你的想像。」

草薙從椅子上站起來，向戶島探出身體。
「那樣東西是什麼？你要求高垣先生什麼時候、用什麼方式，搬運什麼？」
「這個問題，」戶島也注視著草薙，「如果我不回答，就算是犯罪嗎？」
「不回答的理由是？」
「因為我不想回答。」
草薙的雙眼緊盯著戶島淡然的表情，重新坐回椅子上。
「照目前的情況，高垣先生的筆錄內容會作為證據交給法庭，這樣也沒關係嗎？」
「雖然我不知道是什麼審判，」戶島的肩膀微微起伏，「但這也是無可奈何的事。」
草薙握起雙手放在桌上。
「幾個月前逮捕蓮沼時，由我負責指揮偵查工作，你知道這件事嗎？」
「知道。」戶島點了點頭，「我聽祐太郎說的。」
「祐太郎……到了這個年紀，還可以相互叫彼此小名的關係真不錯，我相信你也一定很疼愛並木佐織。」
「我曾經在『並木屋』的桌子上為她換過尿布。」戶島露出了笑容。
「我非常瞭解你痛恨蓮沼的心情，我們也為無法起訴他恨得牙癢癢的。」
「你們懊惱的心情和我們的心情完全不一樣，」戶島的嘴角雖然露出了笑容，但眼神很銳利，「性質不同，層次也不同。」
「可以把你剛才這句話記錄下來嗎？」
「請便。」戶島說，「要說痛恨蓮沼的話，多少都沒問題，要不要我再多說一些？」

「你願不願意說說你痛恨之餘，對他做了什麼嗎？」

「這就任憑你的想像了。」

「如果把憑想像的內容寫成筆錄，你會簽名嗎？」

戶島呵呵笑了起來。

「這當然不行，但如果你們能夠寫出來，我倒想見識一下，因為我很有興趣知道你們到底是怎麼想像的。」

「你的意思是說，如果有辦法想像，那就試試看嗎？但是，你接到了高垣先生的電話，公司也遭到搜索，內心應該很緊張。你應該沒有想到繼液氮之後，藏寶箱的玄機也被警方識破。這個世界上，有些人具備了常人無法想像的想像力。」

戶島的眼中掃過一道陰霾，這是他第一次表現出慌亂。

「你該不會是說……大學的老師，那位姓湯川的……」

「那個人是誰？」

「如果不是，那就沒關係。」戶島搖了搖手，「請你忘了這件事。」

「戶島先生，」草薙更用力注視著對方，「所以我勸你，不管你們齊心協力做了任何事，最好都要作好早晚會被識破的心理準備，如果在此之前說出真相，就可以減輕罪責。戶島先生，你聽好了，不管蓮沼多麼殘虐，即使他死有餘辜，殺了他都是犯罪，只有司法能夠判他死刑。」

戶島仍然面不改色，剛才提到湯川名字時的慌亂已經消失了。

「根本做不到啊，」戶島用嘲諷的語氣說，「司法也做不到，甚至沒辦法把他送上法庭。」

「所以你們代替好友殺了他嗎？」

戶島閉上了嘴，但並沒有逃避草薙強烈的視線，沉默的時間靜靜流逝。

這時，傳來敲門聲。

「進來。」草薙回答後，門打開了，岸谷探頭進來。

「失陪一下。」草薙向戶島打了聲招呼後站了起來。

走出偵訊室，關上了門，「怎麼了？有人招供了嗎？」

岸谷等人負責偵訊新倉夫婦，當然是分別偵訊。

「不是，」岸谷一臉嚴肅，小聲地說：「新倉留美在偵訊時昏倒了。」

40

送最後的客人離開後，夏美拿下了暖簾。已經過了晚上十點十分，今天生意難得有點忙。

「妳好。」她抱著拿下的暖簾正準備走回店裡時，背後傳來一個聲音。那個男人的聲音很熟悉。

回頭一看，果然是意料中的人站在那裡。

「教授……怎麼這麼晚？已經打烊了。」

「我當然知道，但今天不是以客人的身分，而是以熟人的身分來這裡，我有很重要的事想和並木先生談一談。」雖然他臉上帶著笑容，但眼神很嚴肅。夏美發現，今天的湯川教授和平時不一樣。

「你請等一下。」

夏美走進店裡，告訴正在收拾廚房的父母，祐太郎露出訝異的表情問：「是他嗎？」但想了一下後，解開圍裙對夏美說：「請他進來。」

夏美回到店門口，請湯川進來。

祐太郎和真智子從廚房走出來，兩個人臉上的表情都很凝重。

「兩位好，不好意思，這麼晚上門叨擾。」湯川向他們鞠了一躬。

「你說有重要的事想和我談，請問是什麼事？」祐太郎站著問。

「事情有點複雜，是關於蓮沼寬一離奇死亡的事件。」

「為什麼你這個學者來和我談這件事？這和你沒有關係吧？」

「正因為我是第三者，所以才更適合，因為如果是警方的人，就變成洩露偵查內容。」湯川瞥了一眼夏美，又將視線移回祐太郎的臉上，「我有個朋友在當警察，他負責這起案子的偵辦工作，他會當作不知道我來這裡。」

也就是說，實際上知道。

「是嗎？」祐太郎說完後，轉頭看著夏美說：「妳去樓上。」

「不要，我也想聽。」

「夏美！」

「如果可以，」湯川插嘴說，「希望夏美也一起聽我說。」

夏美看到祐太郎滿臉不悅地沉默不語，在旁邊的椅子上坐了下來。

「教授，你請坐。」真智子對湯川說，自己也拉了一張椅子，祐太郎也滿臉不甘願地坐了下來。

夏美握緊了放在腿上的雙手，她知道湯川要說的話非比尋常。

夏美發現祐太郎和真智子從今天早上開始就有點奇怪，不，正確地說，是從昨天深夜開始。祐太郎不知道接到了誰的電話，之後就不太對勁。雖然夏美不知道是誰打來的電話，但猜想應該是戶島。湯川要說的事，是否和這件事有關？

「關於蓮沼寬一離奇死亡事件，警方已經逐漸釐清了很多事。」湯川用平靜的語氣說了起來，「目前已經知道有多人參與，已經得到了其中一人的供詞，也許你已經知道了這件事，就是經常來這裡的高垣智也。」

夏美突然聽到熟悉的名字，忍不住大吃一驚，智也到底和這起事件有什麼關係？

「高垣說，他是受戶島先生之託。戶島先生說想要懲罰蓮沼寬一，問他願不願意幫忙。警方認為戶島先生並不是只有請一、兩個人幫忙而已，許多人齊心協力制裁蓮沼寬一。我也同意警方的這種看法，但我不認為戶島先生會未經你的同意就做這種事，是否可以認為，你知道這個計畫？」湯川看著祐太郎。

「啊呀，」祐太郎偏著頭，「我不知道你在說什麼。」

「我試著想像自己遇到同樣的情況，」湯川淡淡地繼續說道，「假設有一個恨之入骨的人，想要向他復仇，但如果殺了他，警察一定會懷疑我。結果，我的好朋友說，他可以代替我殺了對方。好朋友說，他會去殺對方，所以要求我製造完美的不在場證明，這的確很令人心動，但我會答應嗎？萬一事跡敗露，好朋友會去坐牢。如果是我，不可能答應，不可能同意這種計畫。並木先生，我認為你也不會同意，我說得對嗎？」

夏美聽了湯川口若懸河說的內容，忍不住驚愕不已。遊行那一天，真的在自己不知情的情況下，發生了這樣的事嗎？

「你對我說這些天馬行空的幻想，我也不知道該怎麼回答。」祐太郎用沒有起伏的語氣說，「即使有這種事，我也不可能會同意。」

「我認為你這句話並沒有說謊，所以這次是戶島先生事先沒有告知你，就擅自作主，犯下這起案子。即使今後進一步瞭解詳細的犯罪細節，警方和檢方也只能認定是戶島修作策劃這起案子，和並木祐太郎沒有關係，即使再牽強，也只能這麼做，因為審判就是這麼一回事。但是，並木先生，這樣真的好嗎？」

祐太郎垂下了雙眼。真智子一臉不安地注視他的側臉。

「我認為在執行計畫時發生了意外狀況。」湯川說，夏美完全不知道他在說什麼，「遊行那一天，有一名女客人突然說身體不舒服，對你們來說，這件事完全出乎意料。不光是你們，對戶島老闆他們來說也一樣。雖然警方懷疑你們藉此製造不在場證明的可能性，但事實並非如此，如果要製造不在場證明，只要你太太裝病，然後帶她去醫院就解決了。對你們來說，那真的是意料之外的事。因為有客人吃了你們的餐點說身體不舒服，你們當然不可能置之不理，你一定作出了痛苦的決定，然後帶那名客人去醫院。但是，如果沒有發生那個意外，情況會怎麼樣？你在原本的計畫中，到底要扮演怎樣的角色——」

湯川用強烈的語氣說完後，嘆了一口氣。

「我想要說的是，如果不說清楚這些事，眼睜睜地看著戶島先生他們受到懲罰，難道不會後悔一輩子嗎？不是會自責一輩子嗎？」

「爸爸，真的是這樣嗎？」夏美在一旁問，「媽媽，到底怎麼樣？你們回答啊。」

「妳給我閉嘴！」祐太郎大吼一聲。

「我怎麼可能閉——」

夏美的話還沒有說完，祐太郎就用力拍著桌子。

寂靜持續了幾秒鐘之後，祐太郎輕咳了一聲，看向湯川。

「教授，感謝你的關心，你說的話很有道理，我也認為這是一個人正確的行為，前提是如果你的推理正確。」

「但你還是無法說嗎？」

「對不起。」祐太郎的聲音聽起來很陰鬱，「我現在不能說，如果我這麼做，就沒臉面對那些努力保持沉默的人。」

「是嗎？」湯川放鬆了臉上的表情。「既然這樣，那就沒辦法了，我也不再多管閒事了。」

祐太郎默默地鞠了一躬。

「那我就先告辭了。」湯川說完這句話站起來時，他上衣內側傳來手機的來電鈴聲。他拿出手機，看了液晶螢幕後，說了聲：「不好意思」，然後轉過身。他把電話放在耳邊，打開拉門，走了出去。

夏美看著父母。祐太郎起身走去廚房，似乎避開女兒的視線。真智子一臉凝重的表情低著頭。

媽媽。夏美正想叫真智子時，拉門打開了。抬頭一看，湯川又走了進來，他的臉頰有點泛紅。

「有了重大的進展，這或許也算是洩露偵查秘密，但我覺得無論如何都該告訴你們。」

祐太郎從廚房走了出來，「怎麼了？」

「新倉直紀招供了，他說是他殺了蓮沼寬一。」

41

在偵訊室內再次接受偵訊的增村榮治從草薙口中得知新倉招供後，垂下肩膀，重重地吐了一口氣。

「是嗎？既然他自己坦白了，那就沒辦法了，我相信那個人最痛苦。」

「那個人？」草薙覺得這種說法很奇怪，所以忍不住追問。

「我和這個姓新倉的人沒見過面，也是第一次聽到他的名字。」

草薙和在一旁負責紀錄的內海薰互看了一眼之後，再度看向增村。

「這是怎麼回事？願聞其詳。」

增村低吟了一聲，「要從哪裡說起呢？」

「那就從本橋優奈事件——二十三年前的事開始說吧。」

「不，」沒想到增村偏著頭說，「如果不從更早之前開始說，你們可能無法瞭解。」

「那就從更早開始說。」

「但說來話長，故事真的很長。」

「沒問題，」草薙輕輕張開雙手，「請說吧。」

增村坐直了身體，似乎在鼓勵自己，輕咳了一下後娓娓道來。

那真的是一個很長的故事。

增村因為傷害致死遭到逮捕時，最先想到的是這樣會毀了由美子的將來。增村發自內心疼愛比他小九歲的同母異父妹妹由美子，正因為不希望她像自己一樣吃苦，所以才拚命工作，寄錢給她。在母親突然去世後，不顧學費昂貴，仍然讓她轉去有宿舍的女子學校讀書，照顧她的生活。

他很希望由美子去讀大學，因為由美子的功課很好，但她說不能繼續靠哥哥，在畢業之後，就進入一家汽車廠工作。她在千葉的工廠上班，住進了單身宿舍。

增村覺得自己終於可以不必像以前這麼辛苦，搬去公寓後，就引發了那起事件。

由美子去看守所看他時，他對由美子說，以後不必來看他。

「我們斷絕兄妹關係，幸好我們姓氏不同，即使有人調查妳的戶籍，也查不到我們之間的關係。」

由美子哭著對他說，她做不到。

她以證人身分在法庭上真切地訴說哥哥多麼照顧她，哥哥是多麼懂得關心別人。增村聽了之後，忍不住淚流滿面。

在他服刑期間，由美子經常寫信給他。這些信帶給他很大的鼓勵，但他也同時感到擔心。因為他很怕自己的存在會對她的人生造成影響。

在他服刑期滿前不久，由美子在信中告訴他，自己交了男朋友。對方是和她同公司的人，而且是菁英，又是子公司董事長的兒子，目前和由美子在同一個職場工作、進修。

增村立刻寫了回信，叮嚀她絕對不能告訴男友有一個有前科的哥哥，叫她以後不要再寫信，自己也不會再和她聯絡。

但由美子回信給他，希望他出獄後一定要聯絡她。

增村終於出獄了。他猶豫了很久，還是打電話給由美子，好久沒有聽到妹妹的聲音，妹妹在電話中的聲音聽起來很有活力，但說著說著，兄妹兩人都忍不住哭了。

由美子說想要見他，增村內心湧現一股暖流，最後無法拒絕她的要求，兩人相約見面。

幾天之後，當他前往約定的地點，發現由美子已經成為一個成熟的女人。雖然有很多話想說，卻什麼都說不出來，看著亭亭玉立的妹妹，就感到心滿意足了。

「我想讓你見一個人。」由美子說。

不一會兒，一個男人出現在他們面前。他彬彬有禮，看起來很坦承。

他是由美子的男朋友——本橋誠二。

增村很驚訝，他一直以為由美子向男友隱瞞了他的存在。

「因為我覺得他一定能夠諒解，所以就告訴了他。」由美子說完，看著本橋。

聊天之後得知，本橋父親的公司位在足立區，本橋當時二十八歲，幾年之後將回父親的公司工作。

本橋鞠躬對增村說，希望他同意他們結婚。增村不知所措，因為他完全沒想到，對方竟然會尊重自己的意見。

「我當然很贊成，但和我這種人當親戚沒問題嗎？」

「問題就在這裡。」本橋露出嚴肅的表情。

他接下來說的話極其現實。

他很愛由美子，也很信賴由美子，她尊敬和感激的哥哥即使曾經有前科，他也完全不在意。而且他聽由美子說過那起事件，只能說增村運氣不好。

但並不一定每個人都這麼想。不，大部分人都會抱有偏見，產生排斥，他的家人和親戚應該也會反對他們結婚。

所以本橋希望可以暫時隱瞞增村的存在。由美子在一旁露出痛苦的表情，沒有說任何話。

「不行，」增村對露出驚訝表情的他們說：「不可以只是暫時而已，要永遠，你們要永遠隱瞞我的存在，一旦被人知道，由美子一定會吃很多苦。請你們向我保證，絕對不會讓別人知道，如果你們做不到，那我就反對，我反對你們結婚。」

淚水順著由美子的臉頰流了下來，本橋誠二滿臉痛苦地向他鞠了一躬。

於是，他們在由美子二十四歲那一年的秋天結了婚。由美子在嫁入本橋家時，把以前的照片交給了增村，因為不能讓別人看到她家人的照片。

雖然隱瞞了增村的存在，但和由美子之間的關係並沒有斷，由美子和增村會不定期見面，有時候也會帶著剛出生的優奈和他見面。增村得知只有本橋知道，也終於放了心。

但是，在優奈懂事之後，由美子就不再帶她和增村見面。因為優奈可能會把增村的事告訴別人，雖然增村內心感到很寂寞，但還是告訴自己，只要能夠看到優奈的照片就滿足了。每次和由美子見面，優奈的照片就會增加，對增村來說，那是比他的生命更重要的寶物。

就這樣過了十多年。在優奈十二歲的時候發生了可怕的事。她突然失蹤了，增村慌忙去找由美子。

妹妹瘦得不成人形，失魂落魄，無論和她說什麼都沒有反應，增村很擔心她會想不開。

沒想到可怕的預感變成了現實。在優奈失蹤一個月後，由美子跳樓自殺，而且留下了遺書，為自己身為母親的疏失道歉。

從本橋誠二口中得知這個消息時，增村好像發了瘋似地嚎啕大哭。

他無法順利回想起接下來的幾年是如何過日子，他不知道自己為何而活，渾渾噩噩地過了一天又一天。

找到優奈的屍體這件事，猛然把增村拉回了現實。雖然那時候已經和本橋誠二斷絕了聯繫，但他剛好看到報紙的報導，得知了這件事。

雖然他早就作好了心理準備，但面對這個事實還是很受打擊。他感到極大的絕望，同時再度為失去妹妹感到悲傷不已。

他忍不住想，到底誰做了這麼殘忍的事？但事件發生至今已經好幾年，所以他不抱希望，以為應該找不到兇手。

沒想到他想錯了。不久之後，兇手遭到逮捕，兇手名叫蓮沼寬一，是以前在本橋的公司任職的員工。

他坐立難安，戰戰兢兢地聯絡了本橋誠二。

本橋在電話中的聲音很沮喪，增村以為他認為即使抓到了兇手，優奈和由美子也無法復活，但事情並不是增村想的那樣。

聽本橋說，遭到逮捕的那個傢伙什麼話都不說，所以還是無法瞭解真相。

「那只是現在而已，」增村在電話中對他說，「我曾經有過經驗，所以瞭解這種狀況。在剛遭到逮捕時，腦筋會一片空白，即使想要交代，也無法順利表達，而且覺得萬一說錯話，會造成無可挽回的結果，但刑警會巧妙地套話，再過一段時間，兇手一定會招供。」

「但願是這樣……」本橋心灰意冷地回答。也許他那時候已經從警方人員口中得知了詳情，知道蓮沼是因為行使緘默權，所以不開口。

但增村當時一無所知，所以稍微振作起來。他以為既然已經逮捕兇手，兇手早晚會受到制裁。兇手不僅奪走了年幼孩子的生命，甚至把孩子的母親都逼上了絕路，即使被判處死刑也很正常。

兇手遭到判決的那一天，就可以告慰優奈和由美子的在天之靈。這一天即將到來，所以自己也許該走出悲傷。

沒想到現實完全出乎增村的預料。他看了審判結果的報導，忍不住大吃一驚。兇手竟然無罪獲釋。他把報導看了一遍又一遍，以為是在報導其他事件，但報導中的確提到了本橋優奈的名字。

他立刻聯絡了本橋，雖然明知道問本橋也沒有用，但還是忍不住問：「這到底是怎麼回事？」

「證據不足……聽說是這個原因，我們也搞不清楚狀況，只能交給檢察官處理。」

聽到本橋痛苦的回答，增村深刻體會到自己的無力。他恨自己無法為優奈和由美子做任何事。

所以，他只能祈禱，祈禱下一次審判可以獲勝。如果兇手還是無罪，就代表這個世界根本沒有神明，也沒有菩薩。

但是，第二次判決還是無罪。增村在電視上看到了這則新聞，感到整個人癱軟，好一陣子站不起來。只能說是一場惡夢。

這一次，他沒有打電話給本橋。因為他猜想本橋應該和自己一樣，不，應該比自己更失望。

增村以為本橋也許會想要復仇。既然法律無法制裁蓮沼，那就親手解決他。增村也想要加入，很希望本橋會來找自己，但等了很久，都沒有等到本橋的聯絡，也沒有聽說本橋獨自向蓮沼復仇的消息。他仔細思考後發現，這也是理所當然的事。本橋經營一家公司，身上背負了很多東西。

增村發現，如果要替天行道，就只能自己下手。在意識到這件事的瞬間，這件事也成為他活著的目的。他要找到蓮沼寬一，然後親手埋葬他，即使因此進監獄也在所不辭。

但是，事情比想像中更加困難。因為蓮沼在審判後失去了行蹤，更何況增村沒什麼人脈，沒有方法找出失蹤的人的下落。

接下來的很多年，他都一籌莫展。為了生活，他必須工作，但有前科的人很難找到固定的工作，結果變成整天都在找工作。雖然對蓮沼的仇恨絲毫沒有消失，但他找不到復仇的機會和方法，幾乎已經放棄了，他也幾乎放棄了人生，完全找不到活下去的意義。

直到聽到那個男人的話，才終於結束這種空虛的日子。

四年前，他在打零工的工地現場認識了那個男人。那個中年男人雖然結過婚，曾經有妻兒，但離婚之後，過著自由自在的生活。增村和他很談得來，在休息時間都會聊天。

增村向那個男人坦承，自己有前科，所以很難找到工作。那個男人告訴他，菊野有一家不錯的公司。

「那家公司的老闆與眾不同，願意錄用有前科的人，他說更生人只要願意重新做人，往往比普通人做事更認真。」

他告訴增村，那是一家廢品回收公司。不久之前，他也在那裡工作。雖然他沒有說離開那家公司的理由，但似乎是做了什麼狗屁倒灶的事被開除了。

「有一個傢伙雖然沒有前科，但他很厲害。他因為殺人遭到逮捕，但在審判時，沒有開口說一句話，結果獲判無罪。」

殺人和無罪這兩個字眼引起了增村的好奇，一問之下，得知那個傢伙姓蓮沼。

增村覺得渾身的血都衝上腦袋，他無法克制身體的顫抖，要求那個男人告訴他詳細的情況。那個男人看到增村激動的樣子感到很困惑，說明並不是那個傢伙親口告訴他，而是聽到其他同事在討論這件事。

增村根據那個男人告訴他的情況，在網路上查到了那家廢品回收業者。他的視線停在徵人廣告上的一句話——歡迎中高年人士。

他沒有理由猶豫，立刻打電話給人事部門。對方問他應徵這家公司的原因，他說自己有前科，對方立刻就理解了。

幾天之後，他帶著履歷造訪了那家公司，老闆親自為他面試。他如實說明了自己曾經因為傷害致死遭到逮捕的事，老闆說：「你的運氣真不好」，然後當場決定錄用他。

老闆問他有沒有住的地方，增村回答他打算接下來找地方住，老闆說，剛好有一個不錯的房子。

那是目前幾乎沒有使用的倉庫管理辦公室，雖然沒有浴室，但有流理台和廁所。增村去看了一下，發現並沒有很老舊，牆壁也很乾淨。老闆只收很便宜的房租，所以他欣然接受了老闆的好意。

他幾乎沒什麼像樣的家當，所以搬家很簡單，從隔週就開始上班。職場內有各式各樣的人，有的人一看就知道背景不單純，但也有善良的人。

他立刻找到了蓮沼，因為公司的電腦中有員工名冊。

他在第三天看到了蓮沼。在吸菸室抽菸的同事中，他看到有人的名牌上寫著蓮沼這個姓氏。

這是增村第一次看到蓮沼的長相。他尖嘴猴腮，眼睛凹陷，兩片薄嘴看起來很冷酷無情。不知道是否想和其他人保持距離，他在遠離眾人的地方抽菸。

原來就是這個傢伙殺了優奈，把由美子逼上了絕路——

增村很想馬上拿起刀子撲上去，但他拚命克制了這個衝動。

他覺得不能只是殺了蓮沼，必須從蓮沼口中問出真相。

雖然他很不願意，但為了達到這個目的，只能先和蓮沼成為朋友，必須找機會接近蓮沼。

沒想到幾天後，機會以意想不到的方式主動找上門。增村在吸菸室抽菸時，蓮沼主動走過來向他借火。

「聽說你有前科？」蓮沼吐著煙問道。

「是啊，很久以前的事了。」增村回答的聲音很自然，連他自己都感到意外。

「你做了什麼？偷竊嗎？」

「才不是那種事。」

增村把傷害致死事件一五一十地告訴了蓮沼。因為他判斷，為了贏得這個傢伙的信任，最好不要自作聰明地說謊隱瞞。

蓮沼聽了之後聳了聳肩，「你做了傻事。」

「因為事出突然，我以為他會殺了我，所以根本沒想那麼多。」

蓮沼聽了增村的說明後搖了搖頭。

「我說你做了傻事，並不是指你殺了對方，而是為什麼對警察說實話。」

增村聽不懂這句話的意思，所以沒有吭氣，蓮沼繼續說了下去。

「你應該說，不記得自己殺了對方，是對方先拿起刀子。你想要搶回刀子，當你回過神時，發現對方已經流血倒在地上。」

增村搖了搖頭說：「不可能。」

「為什麼？」

「一旦說謊，立刻會被拆穿。重現現場的狀況時，警察會問很多問題，如果自相矛盾，就很難說明。」

蓮沼哈哈大笑起來。

「你真是老實人，遇到這種情況，你只要說不知道、什麼都不記得就好。即使自相矛盾也沒有關係，因為這和你無關。即使刀子最後在你手上，有誰能夠斷言不是對方先拿起刀子？也許是你的指紋把對方的指紋擦掉了，如果你當初主張我剛才說的那些話，你一定會無罪釋放。」

增村目瞪口呆地看著蓮沼一臉得意的臉。

這個傢伙也許說對了。遭到逮捕時，如果像他說的那樣回答，對自相矛盾的部分一問三不知，審判或許會有不同的結果。

但是，他不可能做到，偵訊室獨特的氣氛令人心生恐懼，再加上一臉兇相的刑警瞪著自己，根本不可能不假思索地說出這些謊言。即使想到這些說詞，被刑警點出矛盾之處，逼迫自己老實交代時，自己一定會如實招供。

但是，這個傢伙——蓮沼卻不一樣。他只是稍微聽了增村說的情況，就立刻想到了可以免除刑責的方法。他在做壞事時，腦筋一定動得特別快，而且心臟很強，面對無法回答的問題就乾脆擺爛不回答。

增村似乎看到了他殺了優奈，還能夠獲判無罪的他毒辣的一面。

「你真內行啊，」增村克制著內心湧起的憤怒說：「該不會有這方面的經驗？」

增村故意套他的話，以為他會說出殺害優奈的事，但蓮沼只是笑了笑說：「這就不知道了。」

之後，他們遇到時會相互聊幾句，蓮沼很少和其他同事接觸，不知道為什麼，似乎很信任增村。可能看到有人因為老實而受到處罰，再度體會到自己的聰明過人，能夠讓他沉浸在優越感中。想到這裡，增村內心的憎惡之火燒得更旺了，但他拚命掩飾，努力縮短和蓮沼之間的距離，他認為早晚可以問出殺害優奈的事。

半年左右後，他們會一起去喝酒。蓮沼很少談論自己的事，但曾經透露自己的身世。

蓮沼曾經說，他最痛恨曾經是警察的父親。

「他毫不掩飾自己看不起老百姓的態度，是典型的粗暴警察。他腦袋不靈光，覺得只要自己嚇唬對方，任何人都會對他言聽計從。」

而且他還說：

「在家裡喝醉酒的時候經常吹噓，今天又讓一個嫌犯招供了。雖然覺得那個人很可疑，卻又缺乏證據，所以就用其他罪名逮捕，在偵訊室內徹底威脅，讓嫌犯自白。自白是證據之王，他覺得自己能夠逼嫌犯自白，比檢察官更了不起。我當時就想，如果遇到這種人偵訊我，我死也不會開口。」

原來是這麼一回事。增村恍然大悟，因為他一直聽他父親說，自白是證據之王，所以他學到只要持續否認，保持緘默，就有可能為自己解套，他在優奈命案遭到逮捕時，運用了這個智慧。

不久之後，增村又從蓮沼口中得知了決定性的事，那一次也是喝酒的時候，不知不覺聊到了看守所的事。

「那種地方真是太可怕了，空間又小，夏熱冬冷，而且還很臭，簡直不把我們當人看。」

增村聽到蓮沼這麼說，馬上有了反應。「你做了什麼？」

「嗯？」

「你不是被關進看守所嗎？你做了什麼被抓進去？」

蓮沼之前從來沒有提過自己曾經遭到逮捕。

蓮沼猶豫了一下，小聲地說：「殺人。和你一樣，是很久以前的事了。」

「你殺了誰？」

蓮沼聽了增村的問題後沒有馬上回答。他故弄玄虛，慢慢往小酒杯裡倒了酒，喝了一口之後才開口。

「我工作的那家工廠老闆的女兒失蹤了，過了幾年之後，發現了她的屍骨，警方懷疑我殺了那個女孩，所以就逮捕了我。」

「你殺了她嗎？」增村的心跳開始加速，「是你嗎？」

蓮沼斜眼瞥了增村一眼，看向遠方。

「檢方起訴了我，上了法庭。我沒有說任何一句不必要的話，律師也說這樣沒問題。雖然那個過程中發生了很多事，但我最後獲判無罪。」

「……那真是太好了，但事實怎麼樣？是不是你殺的？你說來聽聽，我不會告訴任何人。」增村拚命克制著內心燃燒的怒火，用諂媚的語氣說。

蓮沼撇著嘴角，肩膀微微抖動，輕聲笑了起來。

「事實？事實是什麼？法院判我無罪，這件事就結束了，而且我被關在看守所的那段時間還領到了補償金。這件事就到此結束。」

蓮沼說完，做了嘴巴拉起拉鍊的動作。

無論增村再怎麼套話，他都避談這件事，只是露出不悅的表情說：「你還真會打破砂鍋問到底。」增村擔心引起他的不悅，不再和自己來往，只好放棄追問。

但至少有了收穫。蓮沼第一次提到優奈命案的事，只要繼續相處，也許日後有機會問出真相。

沒想到他的算盤打錯了。有一天，蓮沼突然沒來上班。據說他打電話到公司說要辭職，增村去了他的住處，也已經人去樓空了。打了他的手機，手機已經退租，電話打不通。

增村問了其他同事，沒有人知道他的下落，他似乎也沒有向老闆說明辭職的理由。

增村感到愕然。到底是怎麼一回事？早知道會這樣，應該更早動手復仇，他後悔不已，簡直痛不欲生。

沒想到幾天之後，手機響起。是從公用電話打來的。他接起電話後嚇了一跳，竟然是蓮沼打來的。

「你怎麼突然不見了？」

「因為有點事，刑警有沒有去公司？」

「刑警？不，我沒聽說有刑警來過。」

「是嗎？那就好。」

「怎麼了？你幹了什麼？」

電話中傳來蓮沼鼻孔噴氣的聲音。

「我姑且回答，我什麼都沒做。」

蓮沼似乎想要掛電話，增村緊張起來。

「等一下，你目前人在哪裡？」

「現在還不能說，我會再和你聯絡。」蓮沼說完，不等增村回答，就掛上了電話。

之後的確多次接到蓮沼的電話，每次都是從公用電話打來，而且總是先問公司有沒有什麼變化。

聯絡的頻率逐漸降低，從原本的幾天一通變成了幾個星期打一通電話，接下來有好幾個月都沒有消息。增村很著急，擔心蓮沼從此不再和他聯絡，但蓮沼還是打公用電話，而且也不願透露目前的落腳點。

三年過去了。有一天，增村去上班時，幾個陌生男人在等他。他們是刑警，出示了一張照片，問他是否認識照片上的人，照片上的人是蓮沼。

增村回答說認識之後，刑警問了他很多問題，刑警似乎認為他是蓮沼最好的朋友。

刑警發問的問題都集中在蓮沼突然離開那段時間，問蓮沼有沒有說什麼，有沒有和之前不一樣的地方，以及他們是否保持聯絡。增村猶豫了一下，對刑警說了實話，也告訴刑警，蓮沼有時候會打電話給自己。

刑警似乎很滿意，感謝他的協助後離開了，但並沒有告訴他，目前在偵辦什麼案子。

增村很快就知道了答案，因為媒體大篇幅報導這則新聞，在靜岡縣一棟燒毀的房子中，找到了三年前失蹤的年輕女人的屍體，聽同事說，那個年輕女人是菊野商店街一家食堂老闆的女兒。

原來是這樣。增村終於知道是怎麼一回事。之前曾經聽蓮沼提過，他不時去的一家食堂，店裡有一個很性感的女生。蓮沼一定侵犯了那個女生，最後殺了她，然後把屍體藏了起來，為了以防萬一，自己也躲了起來，然後和增村保持聯絡，瞭解警察的動向。

過了一陣子，聽說蓮沼遭到了逮捕。

增村的心情很複雜，蓮沼這次應該難逃法網，一定會遭到懲罰，但那並不是針對殺害優奈的罪行作出的處罰，而且一旦被關進監獄，增村根本無法下手。

沒想到接下來的發展出乎意料。正當增村覺得既然無法報仇，繼續留在這裡也沒有意義，但也無處可去時，蓮沼竟然打電話給他。

「你不是被抓了嗎？」

「是啊，但又被釋放了。」

「釋放……」

「我之前不是告訴你嗎？自白是證據之王，只要沒有這張王牌，那些傢伙就拿我沒辦法。」

增村說不出話。蓮沼這次也保持緘默，逃過了處罰嗎？

「你還在菊野嗎？」增村沒有說話，蓮沼問他。

「是啊……」

「是嗎？那我最近可能會去找你，到時候就拜託了。」

「喔，好啊。」

「那就改天再聊。」蓮沼掛上了電話，增村茫然地看著手機。

他難以置信，那個傢伙殺了兩個人，竟然可以不受到任何制裁，不知道死者家屬是怎樣的心情？

想到這裡，他才發現自己並不是這次命案的死者家屬。雖然他從來沒見過那些家屬，但想像他們的心境，就不由得感到痛心，如果自己之前殺了蓮沼，就不會發生這種事。

幾天之後，增村去了被害人家開的食堂，但那天沒有營業，可能家屬的精神狀態太差，根本無法營業。

到底該怎麼辦？增村絞盡腦汁思考。他覺得不能讓蓮沼繼續逍遙，無論如何都要替天行道，但他不知道要怎麼報仇，甚至不知道蓮沼的下落。

他無可奈何，每天悶悶不樂。時間一天一天過去，他內心也越來越焦躁。

沒想到有一天，手機接到了一個陌生號碼的來電，接起來之後，發現是蓮沼，距離蓮沼上一次打電話給他已經有三個月了。

「我想拜託你一件事，」蓮沼說，「可不可以讓我暫時住在你那裡？」
「住我這裡？為什麼？」
「因為房東說不讓我續約，我之前就料到了，所以並不感到驚訝，只是在想，可不可以住在你那裡，我當然會付錢。」
「你接下來有什麼打算？」
「我會慢慢找房子，怎麼樣？可以借我住嗎？」
這簡直是千載難逢的大好機會，沒理由不利用這個機會復仇。
「喔，可以啊，只是我住的地方很小。」
「沒關係，只要有睡覺的地方就好。」
蓮沼立刻上門了。雖然好久沒見到他，但他冷酷無情的樣子絲毫沒有改變。
「這個地方還是老樣子。」蓮沼脫了鞋子，盤腿坐在房間時說，「只有一條生意冷清的商店街，還是這麼落伍。」
蓮沼說完，忍不住呵呵偷笑起來。
「怎麼了？」
「沒事啦，我只是去找了死者的家，向家屬打一下招呼。」
「啊？死者的家是……」
「就是名叫『並木屋』的食堂，我威脅老闆說，他害我遭到逮捕，而且失去了信用，所以要付我賠償金。」
「……對方說什麼？」
「我不知道他嘀嘀咕咕說了什麼，反正只是喪家犬在那裡鬼叫，我根本沒理他就走了。」

增村看著蓮沼得意的臉，想像著那些遺族的心情，忍不住感到鬱悶，眼前這個男人根本是禽獸，是披著人皮的邪惡動物。

即使如此，增村仍然戴上了老朋友的假面具，當天晚上為重逢舉杯慶祝，蓮沼心情很好，不斷貶低警察和檢察官。

增村忍不住問他，萬一被起訴怎麼辦？

「那就見機行事，」蓮沼若無其事地說，「只要再像上次那樣就好。雖然會被關在看守所一年多，但可以得到一筆補償金作為回報也不壞啊。」

「萬一被判有罪呢？」

「才不會呢。」蓮沼不假思索地回答，「之前那起命案也獲判無罪，這次的間接證據更少，只要我不吭氣，檢察官根本拿我沒辦法。」

「關於之前那起命案，」增村問他，「你為什麼要殺那個女孩？既然已經獲判無罪，告訴我也沒關係吧？」

蓮沼已經喝醉，整張臉不自然地扭曲著，增村以前從來沒見過這種充滿惡意的笑。

「我一開始並不打算殺她，」他拿起裝了燒酒的茶杯，「看到有一隻可愛的小貓，只是想要摸一摸，沒想到竟然被咬了一口，所以我就教訓了她一下，沒想到她竟然就死了。因為屍體留在那裡很不妙，所以我就燒了之後埋了起來，就只是這樣而已。」

增村可以感覺到自己臉色發白，蓮沼承認他殺了優奈，而且還把優奈比喻成動物。

「是喔，原來是這樣。」增村用沒有起伏的聲音附和，那並不是裝出來的聲音，他第一次知道，當情緒太激動時，反而無法表現出來。

那天晚上，增村輾轉難眠。身旁傳來裹著毛毯躺在那裡的蓮沼發出的呼吸聲，聽起來毫無防備，無憂無慮，增村覺得現在絕對可以殺了他。

增村走去流理台拿了菜刀，狠狠瞪著蓮沼令人厭惡的睡臉，高高舉起了緊握的菜刀。

但是，在揮下菜刀的前一刻，他忍住了。

因為他想到並不是只有自己想報仇。

42

並木祐太郎在得知新倉直紀招供的三天後，刑警突然來到「並木屋」，要求他主動到案說明。當時他正在準備料理，刑警對他說：「如果沒事，在營業時間之前就可以回來。」沒事是指什麼？當他坐上警察的車子後，才終於想到是指沒有逮捕他的證據的情況。既然這樣，今晚可能回不了家。當他走出食堂時，真智子和夏美一臉擔心地送他出門，但也許她們也會被找去警局，並木已經把實話告訴了她們母女。

一切都失算了，並木心想，非但沒有如願，而且還毀了新倉直紀的人生。雖然是新倉自己作出的選擇，卻是自己起的頭。

那天晚上是一切的起點，就是蓮沼突然出現在「並木屋」的那天晚上。

在此之前，並木覺得還有一線希望。

但是，在蓮沼寬一獲釋後，他覺得好像被丟進了黑暗的深淵，負責偵查工作的草薙雖然曾經來店裡說明情況，並木仍然覺得難以接受。

草薙對他說，警方並沒有放棄，一定會找到決定性的證據起訴蓮沼，這句話成為並木他們唯一的心靈寄託。

但是，時間很快就過去了，並沒有聽說蓮沼再度遭到逮捕。期待一天比一天減少，他發現自己漸漸不願去想命案的事。雖然很懊惱，也很不甘心，但不得不承認，內心漸漸不抱希望。店裡的生意、夏美的將來，他要為很多事操心，佐織的死雖然是重大的事，但過去已經過去，無論如何，佐織都不可能死而復生。

只能繼續向前看，他漸漸開始有了這種想法。雖然他從來沒有明確說出口，但真智子和夏美似乎也瞭解了他的這種想法，因為她們的臉上漸漸有了笑容，並木家慢慢重拾了開朗。

但是，當蓮沼寬一走進「並木屋」，一切又回到了最絕望的那段日子，原本漸漸淡化的憎惡再度甦醒，而且比之前更加強烈。

那天晚上，他幾乎整晚都沒有睡。真智子似乎也一樣，在被子裡翻來覆去。但是，他們並沒有交談，因為兩個人都被打敗了，已經沒有力氣把憤怒和憎恨說出口。

隔天決定臨時店休，因為他們沒有力氣進廚房做準備工作。夏美勉強去大學上課，但真智子一直躺在床上。

並木下樓走進店裡，天還沒有黑，就開始喝酒。

傍晚五點多，聽到有人敲格子門。轉頭一看，發現有人站在門外。他感到很奇怪，因為門外已經掛了臨時店休的牌子。

打開門鎖，把門打開後，看到一個白髮矮小的男人站在那裡。那個人戴了口罩，所以看不到他的臉，只見他穿了一件舊夾克，長褲的膝蓋部分都鬆了。

「今天店休。」

男人聽到並木這麼說，搖了搖手。

「我有重要的事想和你談……是關於蓮沼的事。」

並木嚇了一跳，「你是誰？」

「說來話長，我可以進去說嗎？」

並木從男人的眼中感受到某種決心，於是點了點頭，請他進來。

走進店內，男人拿下了口罩。他臉上深深的皺紋，顯示他的人生過得並不輕鬆。

男人站著自我介紹，並木從來沒聽過增村榮治這個名字，但聽到增村接下來這句話，忍不住驚愕不已。

「請問你知道二十多年，蓮沼曾經因為殺人罪無罪釋放嗎？我就是那起事件中遇害的本橋優奈的舅舅。」

並木立刻請他坐下，因為無法對這句話充耳不聞。

增村又說了更加令人震驚的事。他用淡淡的語氣說，這二十年來，他都是為了復仇而活，在終於找到蓮沼後，主動接近，如今終於得到了蓮沼的信任。

「蓮沼昨天不是來過這裡嗎？他在我家得意洋洋地提起這件事，他根本是人渣，不瞞你說，其實我昨晚原本想殺了他，已經拿起菜刀，對他舉了起來，但我想到了你，所以及時住了手，因為我覺得如果我殺了他，你可能仍然會感到心有不甘，因為你一定和我一樣，想要親手向他報仇，怎麼樣？」

增村露出探詢的眼神看著並木。

並木用力點頭。

「果然是這樣。並木先生，怎麼樣？我們要不要聯手替天行道？他現在住在我家，那個房間差不多一坪多大，原本是儲藏室，所以沒有窗戶，外面看不到。即使我們把他折磨至死，也不會有人來阻擋我們。」

這個提議對並木很有吸引力。

既然法律無法制裁他，那就親手制裁他。並木不知道曾經多少次這麼想，但每次都只是想一想而已。

「你害怕坐牢嗎？」增村看到並木沒有吭氣，這麼問他。

「不，我對這件事已經有心理準備……」

「所以你是擔心家人？」增村說中了並木內心的想法。

並木輕輕點了點頭，「因為還要顧慮到我女兒的將來。」

「你不必擔心，萬一出事，我會去投案，」增村拍了拍自己的胸脯，「我會扛下一切。」

「不，那可不行，不能只有我一個人沒事……而且，在復仇之前，還有事情要做。」

「什麼事？」

「瞭解真相，我想知道他為什麼要殺了佐織。蓮沼因為保持緘默獲得釋放，但即使遭到起訴，法院判他有罪，如果他始終不說出真相，我還是無法接受，所以首先必須讓他說出真相，然後再考慮要不要向他報仇。」

增村皺著臉，垂著兩道眉尾。「我完全能夠理解你的心情。」

並木問增村，是否可以給他一點時間。

「我會認真思考該怎麼做，等我決定之後，我們再討論，你認為如何？」

「好的。」增村回答，「蓮沼暫時會住在我那裡，請你慢慢思考。」

他們互留了電話，增村說：「那我等你的回答。」然後就離開了。

並木目送他矮小的背影離開後，回頭一看，忍不住倒吸了一口氣，因為真智子站在那裡。

「妳……起床了嗎？」

「因為我想喝點涼的。」

「是喔。」

並木開始收拾桌子。

「你打算怎麼做？」真智子問他。

「啊？」他看著妻子的臉，妻子露出凝重的眼神看著他。

「要怎麼讓那個傢伙說實話？」

並木舔了舔嘴唇，「……妳都聽到了？」

「我在樓梯上面聽到的，因為是陌生人的聲音，所以我還在納悶是誰。」

「之前那起命案的家屬。」

「是啊，所以你決定怎麼做？」

並木拉了一張椅子坐下來，「怎麼辦才好呢……」他拿起酒燒的大酒瓶，把酒倒進原本想收拾的杯子中。

真智子也拿了一個杯子，在對面坐了下來，她似乎也要一起喝酒，並木默默為她倒了酒。

真智子喝了一大口日本酒，重重地吐了一口氣，然後看著杯子說：「老公，你不必有什麼顧慮，不必顧慮我和夏美的事。」

並木驚訝地看著真智子的臉。她佈滿血絲的雙眼看著他，當然不是因為喝了一口酒的關係。

「無論你做什麼，我們都支持你，只要能夠一解心頭的恨，我願意做任何事，夏美一定也會這麼說。」

並木搖了搖頭，喝了一口酒之後，用手背擦了擦嘴。

「我不會讓妳們參與，即使要動手，我也會一個人去做。」

「老公……」

「只不過我完全不知道該做什麼，也不知道怎麼做，真智子，妳有什麼好主意嗎？」

「你是說，讓蓮沼說出真相的方法嗎？」

「對。」

真智子放下杯子，偏著頭說：「應該很難吧。」

「是啊，畢竟連警察和檢察官都無法讓他開口。」

「如果是以前，就可以嚴刑逼供，現在不行了。」

真智子隨口這麼說，這句話停留在並木的腦海中。

嚴刑——

也許可以從另一個角度思考。隨著警方的偵訊可視化，在偵訊時有許多嚴格的制約，所以警察和檢察官無法採取強硬的手段，但如果是自己，即使用非合法的手段也完全沒有任何問題。

只不過威脅蓮沼並沒有用，即使並木亮出刀子，蓮沼也會一笑置之。如果打起來，並木也不認為自己有贏面，搞不好會被蓮沼搶走刀子，反而被他一刀捅死。

如果用安眠藥把他迷昏，把他的手腳綁起來，再用刀子威脅他呢？只要增村願意幫忙，應該不無可能。

並木把這個想法告訴了真智子，但她的反應並不理想，她認為這種程度的威脅根本嚇不到蓮沼。

「我覺得他會說，你想刺就刺，想殺就殺。」

並木不得不同意真智子的意思。他認為的確如此，而且不難想像，即使蓮沼出言挑釁，自己應該仍然下不了手。

隔天早晨，在確認冷凍庫的食材時，想到之前曾經聽戶島修作提到液氮的事。一名員工在通風不佳的狹小房間內使用了液氮，差一點窒息死亡。

那名員工事後說，他當時感到頭痛、暈眩，然後就倒在地上。雖然覺得不妙，但身體無法動彈，發自內心感到恐懼。

並木覺得也許可以用這個方法。聽增村說，蓮沼睡在沒有窗戶的小房間。把他關在房間，從些微的縫隙把液氮慢慢灌進去，當他漸漸感到痛苦時，就知道並不只是威脅而已。然後逼問他，如果想活命，就說出殺害佐織的真相，他應該就不敢繼續抵抗了。

並木立刻聯絡了增村，把這個想法告訴了他。

「這個主意真有意思，」增村產生了興趣，「說起來就是用毒氣逼供，我覺得這個方法可行，但可以簡單張羅到液氮嗎？」

「我應該有辦法張羅。」

之後，他們詳細討論了細節。增村趁蓮沼外出時檢查了房間和拉門，把液氮灌進室內需要有一個孔，增村發現只要拆下把手，拉門上有一個長方形的洞。

「需要一個剛好可以塞進那個洞的漏斗。」增村說，「我們是廢品回收公司，只要花一點心思，應該很容易找到。」

於是，他們決定了方法，問題在於如何張羅液氮。

並木約了戶島在經常光顧的餐館見面，問了液氮的事，戶島問他要派什麼用場。並木回答說，親戚的小孩要用來做實驗，但戶島不相信。

「祐太郎，你可能沒發現，你知道自己的表情很可怕嗎？雙眼佈滿血絲，你在打什麼主意？」

「不……」

「不要想瞞我，我和你是什麼關係？」戶島小聲地問：「你打算殺了蓮沼嗎？」

並木沒有回答，戶島再度確認：「我沒猜錯吧？既然這樣，我也要幫忙，但如果你繼續裝糊塗，那我就不幫忙，怎麼樣？」

並木搖了搖頭。

「我並不是想殺他，而且我也不想把外人捲進去。」

「外人？」戶島挑起單側眉毛，「祐太郎，小心我揍你。」

並木覺得瞞不過戶島，嘆了一口氣，把和增村一起討論的計畫告訴了他。

「你們的計畫還真麻煩，」戶島很受不了地說，「但的確是不錯的計畫，如果不這麼做，蓮沼那傢伙可能真的不會吐實。」

「你願意幫我張羅液氮嗎？」

「包在我身上，聽了你剛才說的計畫，只要二十公升應該就搞定了，使用專用的容器，就可以用車子搬運。」戶島說完，稍微想了一下，然後又開了口，「我問你一件事，如果他乖乖吐實，你之後有什麼打算？你剛才說，並不打算殺他，所以威脅之後，就放了他嗎？」

「這……我還不知道，要視當時的情況再說，而且還要取決於他說了什麼。」

這是並木的真實想法，他也完全無法預料會有什麼結果。也許會在盛怒之下殺了蓮沼，也可能理智讓自己手下留情。

「祐太郎，」戶島說：「我認為可以殺了他，只要想到那傢伙還活在世上，未來的人生就會一直感到不痛快。換成是我，就會殺了他，所以即使你殺了他也完全沒問題，只不過我不希望你去坐牢。」

「我也不想坐牢，所以我會提醒自己無論聽到蓮沼說什麼，都不能火冒三丈。」

戶島不耐煩地皺起眉頭。

「我要說的並不是這種事，你即使火冒三丈也沒關係，殺了他也無妨，這才是正常人的反應。我要說的是，即使最後出現了這樣的結果，我也不希望你去坐牢。而且我有言在先，即使你不想殺他，蓮沼搞不好也會死。」

「這是怎麼回事？」

「液氮就是這麼危險的東西。」

戶島向並木說明了液氮的各種危險性，即使只有少量液氮，一旦氣化，體積就會變得很龐大，直接吸入後，會在短時間內導致缺氧。即使裝在專用容器內，也會慢慢氣化，所以用電梯搬運時，人不可以同時搭乘。

「所以，即使你只是為了達到威脅的目的，把液氮灌進房間，但只要稍有閃失，蓮沼很可能就沒命了。」

並木聽了戶島的說明，再度緊張起來。

「怎麼樣？是不是害怕了？」戶島問，「你是不是想放棄了？」

「沒這回事，」並木搖了搖頭，「我反而下定了決心，我會作好心理準備。」

「這才對嘛。」戶島露齒一笑後，露出了嚴肅的表情，「我想要說的是，不管是你原本就打算殺他，或是即使無意殺他，但他最後還是死了，蓮沼的屍體被人發現後，警方就會開始偵查，也許警方會查到使用了液氮，所以你要作好準備。」

「怎樣作好準備？」

「蓮沼的屍體一旦被人發現，警察第一個就會懷疑你，但是你無法張羅到液氮，所以早晚會查到我的工廠，工廠內有監視器，如果監視器拍到我開車進出，到時候就會懷疑我把液氮的容器帶出工廠。」

「這可不行，」並木說，「我不能讓你做這種事，那我自己去搬運液氮。」

「你傻了嗎？」戶島不以為然地說，「我是老闆，出入自己的工廠完全沒有任何問題，有很多藉口可以脫身，但如果換成是你，等於在告訴全天下的人，自己就是兇手。」

戶島說的完全正確，並木無法反駁。

「但是，修作，你也不能就這樣搬運去蓮沼那裡，這裡到處都裝了監視器，一旦被拍到就完了。」

「監視器的確很麻煩，裝了二十公升液氮的專用容器體積很大，也很重，只能用車子搬運。警察一定會從各處的監視器中找出兇手可能使用的車輛，聽說最近還有所謂的N系統，警察可以徹底掌握有什麼車子經過哪裡。」

「還是由我來搬運，我會小心，不讓蓮沼送命，萬一他死了，我就會去自首。」

戶島用力咂著嘴。

「你沒聽到我說的話嗎？我不是說了，不想讓你去坐牢嗎？而且如果你擔心失手把他弄死，結果投鼠忌器，恐怕就無法達到目的。」

「也許是這樣……」

「你稍微動動腦筋。先預測警察一旦發現用了液氮，之後他們會怎麼想？然後要將計就計。」

「將計就計？要怎麼做？」

「給我一天的時間。」戶島豎起一根手指，「我應該可以想出好辦法。」

隔天，兩個人又見了面，並木發現戶島看起來神采奕奕。

「警察一定會想，兇手用車搬運液氮，對不對？我們要將計就計——」

戶島說，那我們搬運液氮時就不用車子。

並木大吃一驚，瞪大了眼睛。

「你不是說，容器又大又重嗎？那要怎麼搬運？如果用推車搬運，就會被很多人看到。」

「如果是你、我搬運，當然會出問題。」

並木倒吸了一口氣，「難道你打算讓其他人加入嗎？」

「我去問了別人，有人願意幫忙，你應該也能夠想到一、兩個人。」

並木無法否認戶島的話，因為他的腦海中浮現了新倉夫婦和高垣智也的臉。

「只要強調並不是要殺人，他們一定願意幫忙。當然，由我出面去交涉，你不需要做任何事，只要當天去蓮沼那裡就好。」

「你到底想幹什麼？你在打什麼主意？」

「你不需要知道，但我有言在先，要在遊行當天動手。」

並木目瞪口呆。

「遊行當天？為什麼偏偏選在忙成一團的日子……？」

「正因為這樣，所以才選這一天啊。還有一個問題，就是那個姓增村的人，他當天要幹嘛？」

「增村先生說，要和我在一起，他想看我質問蓮沼。」

沒想到戶島搖了搖頭說：「這絕對不行。如果蓮沼死了，警察一定會懷疑是他殺。一旦驗出安眠藥，就會調查是誰讓他吃了安眠藥，於是就會調查那個姓增村的人的經歷，萬一查到他的出生地，掌握到他和二十三年前那起事件的關係，就會徹底追問。為了避免這種情況發生，增村先生必須有不在場證明。不是製造假的不在場證明，而是要真正完美的不在場證明。」

戶島的話很有道理。只要警方認定增村和事件毫無關係，偵查一定會陷入瓶頸。

雖然並木於心不安，但還是把這個想法告訴了增村，他以為增村會動怒，說和原本說的不一樣，早知如此，那就自己一個人復仇。

沒想到增村很乾脆地表示同意。

「我即使去坐牢也無所謂，但並不會勉強你也有這種想法。而且我很清楚，在這次的計畫中，我不引起警方的懷疑很重要。沒問題，在你懲罰蓮沼時，我會找個地方，讓自己有不在場證明，但是，我有一個條件。」

增村又接著說：

「你目前並不打算殺蓮沼吧？如果這種想法直到最後都沒有改變，可不可以請你離開現場時，把拉門繼續鎖住？之後我會按照自己的想法處置他。」

只要鎖住拉門，蓮沼就無法走出房間。他因為缺氧，身體很虛弱，所以也沒有力氣把拉門撞開。

並木不需要問增村，「按自己的想法處置他」是什麼意思。

「我會用魚刀殺他，然後去向警方自首，這樣警方就不會查到你，一切都可以圓滿解決。」增村在說話時，臉上露出神清氣爽的表情。

計畫終於完成了。接下來只等遊行那一天到來。

但是，並木不知道計畫的詳細內容，只有戶島瞭解整個計畫。並木雖然可以猜到誰提供了協助，但並沒有把握。

高垣智也應該也是其中一人，戶島不可能不找他。

但是，並木看著這個臉上還殘留著純樸的年輕人，覺得要求他協助這麼殘酷的行為有點可憐。雖然以高垣的身分，覺得自己必須幫忙，但內心或許不想參與，可能想要逃避，正因為並木這麼想，所以找機會告訴他，他可以忘了佐織，而且還補充說，並不會覺得他薄情寡義。

他也很想這麼對新倉夫婦說，只是一直沒找到機會。

遊行當天。並木從早上就坐立難安，他只對真智子交代說：「今天下午我會去蓮沼那裡，我不打算殺他，只要他說出真相。」但並沒有告訴真智子自己具體要做什麼，他打算等一切結束之後再告訴她。

戶島事先告訴他，在下午四點左右行動。

「準備就緒後，我會和你聯絡。你開『山邊商店』的小貨車去。別擔心，我會搞定。你去蓮沼所在的辦公室後，就會看到裝了那個的紙箱放在門口。你搬進辦公室，之後就按原定計畫進行。」

戶島並沒有告訴並木，誰把紙箱送去辦公室。

並木帶著忐忑不安的心情，像往常一樣在「並木屋」的廚房忙來忙去。

將近下午兩點時，接到了一通電話，是戶島打來的。

戶島接到了增村的通知，成功地把安眠藥加進了蓮沼喝的罐裝啤酒內。增村離開辦公室時，蓮沼昏昏欲睡，如果沒人叫醒他，應該會睡兩、三個小時。

「還有，」戶島補充說，「新倉先生說，在訊問蓮沼時，他也希望在場。」

「新倉先生嗎？」

「因為我瞭解他的心情，所以對他說，要問你的意見。他會在『山邊商店』的停車場等你，如果你不願意，就拒絕他吧。」

「好。」

並木覺得沒必要拒絕，有新倉在，反而可以壯膽。一旦發生計畫外的狀況時，也可以有人商量。

並木一下子緊張起來，他覺得自己作出決斷，採取行動的時候終於到了。

沒想到發生了意想不到的事。在午餐時間即將結束時進門的女客人，在廁所裡停留很長時間後，渾身無力地走了出來，說自己肚子痛。
並木不能丟下客人不管。真智子不會開車，並木只好送她去醫院。
把客人送去醫院後，並木聯絡了戶島，向他說明了情況。
「準備工作都作好了，我正想打電話給你，為什麼偏偏這種日子發生這種事？」戶島的聲音中明顯帶著失望。
「這也無可奈何，對不起。」
「你不需要道歉。我知道了，下次再重新安排，一定還有機會。」戶島很快就轉換了心情，並木聽了感到很安心，「我會通知其他人。」
掛上電話後，並木感到渾身無力，思考能力也變差了。他在醫院的候診室內發呆，真智子趕來醫院。他向真智子說明了情況，她露出夾雜著失望和安心的表情。並木這才知道，真智子內心很害怕會發生什麼事。
女客人似乎沒有大礙，她為給並木夫婦添了麻煩道歉，她看起來可以自行回家，於是在走出醫院後向她道別。
一切都結束了。並木以為今天什麼事都沒有發生。
但是，之後接到了戶島打來的電話，讓並木陷入了混亂。
戶島在電話中說，情況發生了變化。
「發生了意想不到的事，詳細情況我晚上再打電話告訴你。等一下我會去店裡，你假裝什麼都不知道。」
並木問戶島發生了什麼事，戶島說現在沒時間說清楚，然後就掛上了電話。
五點半時，並木像往常一樣開了店。老主顧紛紛走進店裡，戶島和新倉夫婦也一起走了進來，他的表情看起來和平時沒什麼兩樣，事後回想起來，不得不說他的演技實在太好了。並木並沒有看新倉夫婦的臉，如果看到的話，應該會發現異狀。

聽到菊野隊的成員告訴大家蓮沼死了，並木看向戶島的臉，他們的眼神在剎那交會。

並木終於知道，意想不到的事就是指這件事。

深夜時接到了戶島的電話。並木問他，是誰幹的？

「當然不是我幹的，也不是高垣，所以你應該可以猜到是誰。」

「……新倉先生嗎？」

「沒錯。」戶島回答。

43

在遊行的一個星期前，我接到了戶島修作先生的電話，說有事想和我商量。在見面後，他告訴我說，蓮沼回到菊野，而且去了「並木屋」，我無法相信。

戶島先生開車載著我去那個傢伙落腳的辦公室附近。

之後，我們去了附近的家庭餐廳。戶島向我提出一個意想不到的提議。

他說目前有一個懲罰蓮沼寬一的計畫，問我願不願意加入。我也是在當時得知是並木祐太郎先生策劃了這個計畫。

我很驚訝。因為我的確痛恨蓮沼，恨不得親手殺了他，但我甚至不曾想像真的要對他下手。一旦這麼做，警方一定會出動，不可能有絕對不會被人發現的完美犯罪。

也許並木先生覺得被警察抓到也沒關係，即使有人提供協助，也作好了一個人扛下所有罪行的心理準備。

沒想到戶島先生說，他無法接受從小一起長大的朋友去坐牢，要用不會有任何人被抓的方法懲罰蓮沼。

怎麼可能有這麼完美的方法？我很懷疑，但聽了戶島先生詳細說明後，我終於恍然大悟。把蓮沼關在房間內，用液氮威脅他，要求他說出真相——這的確是出人意料，而且獨創的逼供方法。戶島先生說，大不了就是傷害罪，但蓮沼不可能報警，所以最後不會有任何人遭到逮捕。

戶島先生說，希望我幫忙把液氮的容器放在菊野隊使用的藏寶箱裡。我原本以為會要我負責更重要的部分，所以聽了之後，忍不住有點失望。我當場就答應了。

我並沒有把這個計畫告訴留美，她一旦知道丈夫去做這種遊走在法律邊緣的事，一定無法保持平靜。她的身體不太好，精神也很脆弱，我不忍心讓她背負重大的秘密。

離動手的日子越來越近，我漸漸坐立難安，光是想像並木先生會從蓮沼口中問出什麼，渾身的血就往頭上衝。

不久之後，我開始希望自己也在場，我想親眼看到蓮沼受折磨的樣子。

於是我決定拜託戶島，戶島回答說，會視當天的狀況，徵求祐太郎的意見。

遊行當天，我和留美在中午過後走出家門。在觀看遊行時，不時和熟人打招呼，在菊野隊出發前，去向宮澤麻耶小姐打了招呼。因為要確認音樂的事，而且戶島先生叮嚀我，為了以防萬一，最好有明確的不在場證明。

和宮澤小姐討論結束後，我對留美說，接到工作上的緊急聯絡，請她暫時一個人看遊行。目送她離開後，我急忙前往市營運動場。「戶島屋食品」的廂型車停在附近的路旁，戶島先生坐在駕駛座上。戶島先生一看到我，立刻下了車，把大紙箱和推車搬了下來，然後把志工穿的夾克交給我。

我穿上夾克，把紙箱放在推車上，前往市營運動場。我很快找到了銀色的藏寶箱，藏寶箱內有兩個紙箱，一個紙箱內有六瓶寶特瓶裝水，另一個是六瓶烏龍茶。我拿了出來，然後把自己帶來的大紙箱放了進去，用綁帶固定，我記得所有作業只花了不到十分鐘，我推著裝了寶特瓶飲料紙箱的推車回到戶島先生車旁，也把夾克還給了他。

戶島先生對我說，如果希望並木先生審問蓮沼時也在場，就去等在「山邊商店」的停車場，他已經把我的要求告訴了並木先生。

然後，我回去留美那裡，和她一起看遊行。

不一會兒，菊野隊就出發了，我們和他們一起移動。

然後很快到了終點。我對留美說，我有點事，請她先去飆歌大賽的會場，她離開時並沒有起疑心。

我去了「山邊商店」，在停車場等並木先生，但等到四點，他仍然沒有出現。我正覺得奇怪，接到了戶島先生的電話。他說發生了意外狀況，計畫要中止，希望我開著小貨車，去辦公室前把紙箱拿回來。

老實說，我本來已經摩拳擦掌，所以很失望，但既然並木先生沒有來，也只能作罷。於是我按照戶島先生的指示，開著小貨車前往蓮沼所在的辦公室。

紙箱的確放在辦公室門口，我把紙箱放上小貨車時，試著把門推開，發現門並沒有上鎖。

我看到了裡面的小房間。拉門關著，用門扣鎖住了，而且正如之前聽說的那樣，拉門上的把手拆了下來，露出一個長方形的洞。

我脫了鞋子，躡手躡腳地走向拉門，走到一半聽到鼾聲時，忍不住嚇了一跳，停下了腳步。

聽裡面的動靜，發現蓮沼並沒有醒過來。我繼續走向拉門，從長方形的洞中向裡面張望。

我看到了躺在被子上的蓮沼，他打著鼾，流著口水。

看到他的臉，我內心不由得湧起強烈的怒火。

我們的珍寶佐織，就是死在這個男人手上嗎？為什麼？他們之間到底發生了什麼事？這個男人怎麼殺了佐織？

我想立刻知道真相。我覺得現在是讓他說出真相的唯一機會，而且我覺得自己應該可以代替並木先生做這件事。

我把外面的紙箱搬了進來，拆開了外面的包裝。裡面有一個特殊的漏斗，我把漏斗塞在長方形的洞裡。打開液氮容器的蓋子後，我叫著蓮沼的名字，用力敲著拉門。

不一會兒，蓮沼醒了，大聲問：「是誰啊？」然後站了起來。他想要打開拉門，但因為被門扣扣住了，所以他當然打不開。

我拿起容器，把液氮從漏斗灌了進去。蓮沼似乎很驚訝，問我那是什麼。

我回答說，那是液氮，而且還告訴他，只要我繼續灌進去，氧氣就會變得稀薄，他會缺氧至死。

蓮沼大喊大叫，要我住手，還揚言要殺了我，我想他可能會用身體撞拉門，所以抱著容器，把身體靠在拉門上防備，但他並沒有來撞門。他似乎不敢靠近從漏斗灌進去的液氮。

不一會兒，蓮沼就開始說他頭痛、想吐等身體的異狀。我對他說，如果想活命，就說出真相，要求他老實回答到底對並木佐織做了什麼。

蓮沼叫我把拉門打開，還說只要放他出來，就會告訴我一切，那絕對是說謊。我對他說，他全部說出來，我就把門打開，然後繼續把液氮灌進去。

不一會兒，就聽到他帶著哭腔說，好吧，他會說實話，叫我不要再繼續灌了，於是我就暫時停了手。

蓮沼說，他之前就想要攻擊「並木屋」的女兒。他覬覦佐織，但被禁止再去「並木屋」之後就懷恨在心，所以想要性侵她作為報復。有一天晚上，剛好看到佐織一個人，於是就開車尾隨在後，在小公園內攻擊了她。那個公園似乎正在施工，所以沒有其他人。原本打算把她帶上車，但因為遭到抵抗，就當場把佐織按倒在地，沒想到她突然安靜下來，蓮沼納悶是怎麼回事，仔細察看後，發現佐織似乎死了。他心想不妙，慌忙把屍體搬上了車。在思考該怎麼辦時，想到他媽媽的屍體至今沒有被人發現，所以那棟房子剛好可以藏屍——蓮沼呼吸困難地說出了當時的原委。

我再度感到極度憤怒，問他為什麼不去自首。

你們知道那個傢伙說什麼嗎？他說他不可能做這種蠢事，只要把屍體藏起來就沒事了。

我再度把液氮灌了進去，然後命令他道歉，叫他向已經不在人世的佐織道歉，發自內心請求佐織的原諒，蓮沼不知道說了什麼，但似乎並不是道歉，於是我就繼續灌液氮。

不一會兒，我發現室內沒有任何動靜。裝液氮的容器幾乎都空了，我把漏斗從那個洞裡拔了出來，察看裡面的情況。

蓮沼倒在地上一動也不動。我心想慘了，打開門扣，把拉門打開，但馬上進去很危險，所以我等了一會兒才走進小房間。

蓮沼已經停止了呼吸，我試著為他做心臟按摩，但他仍然沒有醒過來。我把液氮的容器和漏斗放回紙箱，抱著紙箱走出了辦公室。

我把紙箱放在小貨車的車斗上，就開車回「山邊商店」。在回去的路上打電話給戶島先生，向他說明了情況。

戶島先生聽了之後說不出話，但他之後的表現才驚人。他對我說，接下來就按原計畫進行，他會負責處理其他的事。

我按照他的指示，把小貨車開回去後，去公園和留美會合。我根本無心當飆歌大賽的評審，在評審席上擠出笑容是莫大的痛苦。

飆歌大賽結束後，我們遇到了戶島先生，因為留美也在，所以戶島先生什麼都沒說。我事先告訴戶島先生，留美對計畫一無所知。

之後，我們三個人一起去了「並木屋」，和其他客人一起得知了蓮沼的死訊，在此之前，都要很辛苦地假裝平靜。

深夜時，我接到了戶島先生的電話，他已經向增村先生和並木先生說明了情況。

戶島先生告訴我，祐太郎說很對不起我。因為他想到這種鬼主意，所以才會給我帶來這麼大的負擔——據說並木先生這麼說。

戶島先生告訴我，他一定會保護我。只要大家都保持沉默，警方不可能掌握計畫的全貌，所以叫我放心。

但是，警方逼近真相的速度超乎我們的想像。尤其從戶島口中得知，警方可能已經發現氦氣瓶是幌子，實際使用了液氮犯案時，覺得眼前發黑，聽說湯川教授也以某種形式參與了偵查工作，聽到意想不到的名字，更讓人感到心裡發毛。

不久之後，得知警方查出了增村的底細，而且高垣智也也招供，就深刻體會到警方已經慢慢逼近。當我們作好心理準備，覺得可能只是時間早晚的問題時，警察要求我們夫妻主動到案說明。

警方分別偵訊了我們兩個人，我雖然堅稱什麼都不知道，和命案沒有任何關係，但內心很擔心留美的情況。她真的什麼都不知道，但似乎一直懷疑我和這起案子有什麼關係。當被帶到警局時，我相信她的不安也達到了極限。

果然不出所料，在接受偵訊的中途，得知留美昏倒了，我急忙趕去醫院。

醫生說，應該是過度換氣症候群。醫生問我，留美之前是否曾經有過相同的症狀，我回答說，有過幾次輕微的症狀。

留美吃了藥之後，在病房內休息。我坐在病床旁，握住了她的手，看著妻子安詳的睡臉，我決定要讓她從眼前的痛苦中獲得解脫。

44

走廊盡頭的那道門敞開著，當薰走過去時，身穿工作服的工人走了出來，把大紙箱放在推車上。薰不由得想起高垣智也在供詞中提到的搬運液氮時的情況。

薰探頭向室內張望，穿著白襯衫的湯川挽起袖子，雙手扠著腰站在那裡。他發現薰之後，向她點了點頭。薰事先聯絡了他，告訴他今天會來這裡。

目送身穿工作服的工人離開後，薰走了進去。巡視室內，發現感覺和之前大不相同。書架上的資料都搬走了，桌上也變得很乾淨。

「研究已經告一段落，所以要離開這裡了。」湯川說完，走向桌子，桌上還留著電熱水瓶和即溶咖啡的瓶子，還有紙杯。

「那還真是巧啊。」

「怎麼說？」

「命案的偵查工作也告一段落了，只不過還需要尋找加強的證據，還需要處理很多雜務。」

湯川默默地泡著即溶咖啡。薰覺得他的背影有某種意味深長的感覺。

「股長有沒有告訴你有關那起事件的情況？」

湯川轉過身，拿了兩個紙杯走了回來。

「我在電話中大致聽說了，果然不出所料，有很多人牽涉其中。」

「管理官也對這件事佩服不已，說伽利略老師料事如神，你的洞察力實在太了不起了。」

湯川聽到自己在警視廳內的綽號似乎有點不滿，一臉不悅地挑了挑單側眉毛。他把兩個紙杯放在桌上，坐在沙發上，薰也說了聲：「失禮了」，然後坐了下來。

湯川拿起紙杯，蹺起二郎腿說：「那就來聽妳說說詳細情況。」

「我就是為這個目的來這裡。」薰從皮包裡拿出資料夾，「股長要我告訴你，他最近會當面向你道謝，如果你想去哪家餐廳，記得事先告訴他。」

「我會考慮。」

薰點了點頭，打開了資料夾。她事先根據多人的供詞，整理了這起事件的真相。就連原本拒絕招供的戶島，在得知新倉直紀已經吐實後，也終於很不甘願地開了口。

薰緩慢朗讀，回顧了整起事件。

這起事件真的很複雜。司法無法制裁蓮沼這個卑劣兇惡的人犯下的罪，成為這起事件的原因。從這個角度來說，直接動手的新倉直紀，策劃這起犯罪的並木祐太郎，以及推動這個計畫的戶島修作都很值得同情。但是，即使是再卑鄙無恥的人，別人也沒有權利奪走他的生命。今後，自己和其他偵查員將在草薙的指揮下，證明這起犯罪多麼不可原諒，想到這件事，薰的心情就格外沉重。

「戶島修作從新倉直紀口中得知蓮沼死了之後，立刻打電話給增村，向他說明了情況，同時要求他拿幾根蓮沼的頭髮。隔天，戶島從增村那裡拿到了頭髮，把頭髮和藏在飆歌大賽公園的氦氣瓶一起放進塑膠袋，丟在距離命案現場二十公尺左右的草叢中。」

「是戶島老闆偷了氦氣瓶嗎？」

「發氣球的是町內會的幹部，那個人暫時離開，即使在附近一帶有頭有臉的戶島修作出現在那裡，也不會引起任何人的懷疑。氦氣瓶用綠色方巾包了起來，藏在公共廁所後方的草叢中，因為是保護色，所以並沒有人發現。」

「戶島老闆預料並木先生會殺了蓮沼嗎？」

「他認為可能會殺了蓮沼。因為蓮沼死有餘辜，萬一發生這種情況時，希望可以幫並木先生掩飾，所以他準備了氦氣瓶的幌子。之前因為液氮發生意外時，他聽說有人曾經因為氦氣發生了相同的意外，而且症狀也完全相同，所以就決定為新倉直紀使用這個計謀。」

湯川聳了聳肩說：「真是深厚的友情。」

「還有，」薰低頭看著資料。

「『宮澤書店』的女老闆持續否認和這起事件有關。戶島修作也說，並沒有告訴她任何情況。但負責管理藏寶箱的小道具組的人說，在遊行開始前和結束後，宮澤老闆曾經打電話把他們找去，但並沒有什麼重要的事，所以我們認為應該是讓他們離開藏寶箱。只不過她到底瞭解這個計畫多少是很大的疑問，也許戶島只是拐彎抹角地請她幫忙而已。在遊行時，他們推藏寶箱時的動作很粗暴，所以至少他們應該不知道上面裝了液氮。」薰讀完之後放下了資料夾，伸手拿起了紙杯。「情況就是這樣，你認為如何？」

湯川注視著紙杯中片刻後開了口，「並沒有矛盾的地方，聽起來很合理。」

「我們也有相同的印象。或許有些地方的記憶有出入，但應該並沒有刻意說謊。」

「你們會以這樣的劇本移送檢方嗎？」

「是啊……」

薰有點在意湯川說的「劇本」這兩個字。

「我想問一下，他們分別會以什麼罪行遭到起訴？」

「關於這一點，稍微有點複雜，」薰再度拿起資料夾，「如果相信他們的供詞，新倉直紀應該並沒有殺機，所以適用於傷害致死罪。並木祐太郎最後並沒有參與犯罪，但策劃了這起犯罪，所以可能被視為共同主犯，但應該也是傷害罪。高垣智也只聽說要制裁蓮沼，並不知道要如何使用液氮，即使以共同主犯移送檢方，應該也會不起訴。問題在於戶島修作，他顯然是傷害罪的共同主犯，但他試圖用氦氣瓶製造不在場證明，為蓮沼萬一死掉做準備，根據不同的詮釋，或許適用於未必故意殺人罪。但要不要讓蓮沼活的判斷掌握在實際下手的人手上，所以認為可能性很低的見解比較有力。至於新倉留美，也許知道計畫的內容，但能不能以此追究她的罪責就很微妙，情況就是這樣。」

薰說完，看著湯川。

「蓮沼呢？」

「啊？」

「我在問要怎麼處理蓮沼，因嫌犯死亡而不起訴嗎？」

「啊……」薰似乎沒有想過這個問題，所以有點意外，「應該是這樣。」

「草薙對這個問題有什麼想法？目前已經透過增村釐清了二十三年前的那起事件，然後又透過新倉釐清了佐織命案的真相。」

「他說很複雜，雖然終於瞭解了真相，但還是希望能夠由我們警察解決這個問題。」

「我想也是。」湯川小聲嘀咕後，喝完了咖啡，把空紙杯放在桌上。

「有查到那個公園了嗎？」

「公園？」

「在新倉的供詞中不是提到嗎？蓮沼在小公園內攻擊了佐織小姐。」

「喔。」薰點了點頭，拿出了記事本。

「已經查到了。當時正在施工這一點成為線索，應該是西菊野兒童公園，在距離『並木屋』走路十分鐘的地方。三年前的那個時候，只有那裡在施工，有什麼問題嗎？」

雖然薰這麼問，但湯川沒有回答，似乎正在沉思。薰非常瞭解，這種時候最好不要打擾他，但他到底覺得哪裡有問題？

「內海，」湯川露出嚴肅的眼神看著薰，「我可以請妳調查幾件事嗎？」

薰從皮包裡拿出原子筆，打開記事本作好了準備，「什麼事？」

「我要先聲明一件事，這件事不能告訴草薙，而且希望妳也不要問我為什麼要調查這些事，如果妳不接受這兩個條件，那就當我沒說。」

認識多年的物理學家難得露出凝重的表情，薰注視著他的臉問：

「我可以請教一個問題嗎？」

「什麼問題？」

「你是否同意我剛才說的命案真相，還是仍然有疑問或是不滿？」

湯川用力吐了一口氣，抱起雙臂，左手摸著臉，大拇指、食指和中指伸直，似乎在沉思，但薰看著他手指的形狀，有點不合時宜地覺得不知道像什麼。好像曾經在物理中學過。

弗萊明。當她想到這個名稱時，湯川放下了手。

「對於該不該同意這件事，目前還沒有答案，所以才拜託妳。」

「我瞭解了。」薰立刻回答，「請你告訴我要調查什麼事，我當然不會過問目的。」

45

走出玄關，冰冷的空氣籠罩全身，留美忍不住縮起了脖子。不知不覺中，已經十一月了。雖然地球暖化，但還是可以感受到冬天的腳步慢慢近了。

她走去庭院。和新倉結婚後不久，就開始投入園藝，之後每天都照顧這些花草。開始作業之前，她打量著那些花。

百日草花如其名，已經開了很長時間。雖然看起來仍然是盛開的狀態，但應該接近尾聲了。淡粉紅色的朱唇花也仍然盛開著，應該還可以繼續開一陣子。雖然是多年生草花，但必須修剪後搬去室內培育，才能撐過冬天。

不知道今年有沒有辦法這麼做，留美忍不住想。也許沒辦法，不光是朱唇花，其他的花如果沒有人照顧，也都會枯萎。

當作樹籬的山茶花還沒有開花，不久之後應該就會開花了，自己能夠好好欣賞這些花嗎？

她確認花苞的狀態時，從樹籬的縫隙看到了馬路上的情況。一輛黑色廂型車停在路旁。這輛車這一陣子一直停在那裡，後車座貼了黑色隔熱紙，完全看不到裡面的情況。之前留美從信箱拿信時，曾經看過穿西裝的男人站在車外抽菸，那個男人一看到留美，慌忙躲回車上。

原本就鬱悶的心情更沮喪了。他們應該是刑警，正在監視留美的行動。

她無心再照顧花草，附近沒有可以俯視這個庭院的建築物，但看向遠處，就有不少公寓大廈，搞不好有人正從哪裡用望遠鏡看自己。

她拿下手套，回到玄關的廊道，發現有人站在門外。她以為是刑警，但並不是，當她看到那個人的臉時，不由得緊張起來。那是留美認識的人，也經常在「並木屋」看到他——他是大學教授湯川。

湯川似乎也發現了留美，面帶笑容，微微鞠了一躬。

留美內心產生了警戒，走向門口。她想起之前新倉曾經說，這個人不是普通的學者，有朋友在當刑警，所以是警方的人。

留美打開門問：「請問有什麼事嗎？」

「事情有點複雜，」湯川臉上的表情很柔和，「是關於命案的事。」

這位物理學家到底要和自己談什麼？留美不知道該怎麼回答，手足無措起來。

「我並不是想和妳討論對妳不利的事。」湯川似乎察覺了她的猶豫，繼續說道：「我只是想來告訴妳，妳可以有選擇。」

「有選擇？」

「對。」湯川注視著留美點了點頭，他那雙眼睛似乎洞察了所有的真理。

留美不知道該如何應對，但也許是為了逃避正看著這一切的刑警，所以才對湯川說了聲：「請進。」

帶湯川走進客廳後，留美泡了紅茶。她挑選了格雷伯爵茶，因為這是她最喜歡的紅茶，總覺得這應該是最後一次細細品嘗紅茶。

她端著裝了茶杯、牛奶盅等的托盤回到客廳，發現湯川站在放在牆邊作為裝飾的原聲吉他旁。

「你對吉他有興趣嗎？」留美把托盤放在茶几上時問。

「學生時代曾經稍微玩過一陣子，這是Gibson的吉他吧？而且是Vintage。」

「我也不是很瞭解，吉他也不是新倉的專長，他只是彈著好玩。」

「我可以彈一下嗎？」

留美對學者提出的意外要求感到不知所措，但還是點了點頭說：「好，請便。」

湯川拿起吉他，拉了旁邊的椅子坐了下來，撥動琴弦，彈了幾個音之後，開始彈奏節奏緩慢的樂曲。

留美不由得大吃一驚。因為那是新倉以前創作的樂曲。那是借鑑七〇年代的民謠創作的歌曲，留美也很喜歡，只是CD的銷量很差。

湯川演奏到一半就停了下來，「音色很不錯。」說完，他把吉他放回原位。

「你彈得真好，可以繼續彈下去啊。」

「還是見好就收，繼續彈下去，就會被發現是臨時抱佛腳。」湯川說完後笑了笑，走向沙發。

臨時抱佛腳——他特地練習的嗎？也許是從新倉口中得知家裡有原聲吉他。

「請喝茶。」留美請他喝紅茶，湯川坐在沙發上，說了聲：「那我就不客氣了」，拿起了茶杯，作出嗅聞香氣的動作後，拿起牛奶盅倒了少許牛奶。

「並木佐織小姐平時都在這個房間練習嗎？」

「怎麼可能？」留美的嘴角露出了笑容，「鄰居會來投訴，平時都在有隔音設備的房間練習。」

「鄰居來投訴？我聽說她的歌聲很悅耳動聽。」

「正式表演時當然很動聽，但在完成之前，真的只是雜音。」

「太嚴格了。」湯川喝了一口紅茶，「真希望有機會聽一下天才歌唱天后的歌聲，我在YouTube上找了一下，可惜沒有找到。」

「你現在想聽嗎？」

湯川眨了眨眼睛，「可以聽到嗎？」

「當然。」留美說完，從腳下的籃子裡拿出遙控器，用遙控器打開了牆邊最新型的音響裝置的電源，然後又拿起智慧型手機操作，手機內有好幾百首留美喜愛的歌曲。

不一會兒，音響喇叭傳出前奏。湯川似乎立刻知道了歌曲名，了然於心地點著頭。「Time to Say Goodbye」這首歌在莎拉．布萊曼唱了之後很快風靡全球。

宛如輕聲細語，卻絕對不是無力的歌聲伴隨音樂響起。歌聲傳入耳中，卻有一種奇妙的感覺，好像在身體內產生了共鳴，湯川立刻睜開了眼睛，顯然感到很震撼。

樂曲漸入佳境後，佐織出奇的歌唱能力更加顯著。悠揚的高音進入聽眾的身體中心，奔向頭頂，厚實的低音似乎聚集在腹底。不到二十歲的小女孩不可能刻意操作這些技巧，只能說是音樂之神賜予的禮物。

佐織帶著甜美餘韻的歌曲結束了。

湯川搖著頭，忍不住鼓掌。「太美妙了，完全超乎我的想像。」

「要不要再聽幾首？」

「不，這樣就夠了，雖然我很想聽，但這樣會很難說出接下來想說的話。」

留美深呼吸後，喝了一口紅茶，「你剛才說，要和我談有關命案的事。」

「對。」湯川回答，「但是，在談論蓮沼寬一命案之前，我想從頭開始回顧。」

「從頭是指？」

「從半年前，蓮沼寬一被視為殺害佐織小姐的嫌犯遭到逮捕開始，請問妳知道詳細的狀況嗎？」

「我記得好像是在靜岡縣，」留美的手摸著臉頰，「在一棟舊房子內發現了佐織的屍體……然後警方開始查這起案子。」

「沒錯，正確地說，是一棟變成垃圾屋的民宅燒了起來，在燒毀的現場發現了兩具屍體。其中一具屍體應該是幾年前就死亡的屋主，另一具屍體在進行DNA鑑定後，發現是並木佐織小姐。於是就從屋主的人際關係開始偵查，蓮沼寬一的名字浮上了檯面，首先，這裡有一個疑問。」湯川豎起一根手指，「荒廢了好幾年的垃圾屋為什麼突然發生火災？我請我認識的警察調查了這件事，至今仍然查不出原因。最有可能是人為縱火，但沒有發現任何能夠找到嫌犯的線索。」

意想不到的話題讓留美不知該如何反應，有點不知所措，完全猜不透湯川想要說什麼。

「警方將焦點鎖定在蓮沼身上後，調查了他和並木佐織小姐之間的關係，很快就找到了答案。蓮沼在三年前曾經出入『並木屋』，而且有人證實，他對佐織小姐心懷不軌。警方認為佐織小姐很可能遭到蓮沼的殺害，問題在於有沒有物證。偵查員找遍各處，最後終於發現了，在蓮沼的住處找到了他在之前任職的公司穿的制服，那件制服上沾到了微量血跡，分析之後發現正是佐織小姐的血液，這就成為決定性的證據，警方也因此決定逮捕蓮沼。」

湯川豎起兩根手指說：

「於是有了第二個疑問。我從第一次聽說這件事時，就一直對一件事耿耿於懷。蓮沼寬一為什麼一直珍藏著那件衣服，在辭去之前的工作搬家時，照理說就應該把衣服丟掉了，當然也可以說是忘了這件事或是忘記丟了，但我還是難以理解。」

「湯川教授，」留美開了口，「你為什麼和我談這些事？雖然你說的話很有道理，但即使你問我這些事，我也無法回答你。」

湯川微微探出身體，好像在窺視留美的內心，「真的是這樣嗎？」

「呃？真的……？」

「妳不知道答案嗎？還是妳其實知道，但只是沒有發現？」

留美不知道他在說什麼，感到很困惑。

「我先繼續說下去。」湯川說完，坐直了身體，伸出了三根手指。

「第三個疑問，這也是最重要的疑問。蓮沼寬一遭到逮捕後，完全不為所動，和十九年前一樣，持續保持緘默，是因為有上一次的經驗，所以很有自信地認為，只要保持緘默，就無法追究他的罪責嗎？問題在於警方和檢方也想爭一口氣，搞不好會找出強而有力的證據，為什麼他直到最後都從容不迫？蓮沼獲釋後，曾經對某個人說，自白是證據之王，只要沒有這張王牌，就根本不用怕。也就是說，他有十足的把握知道絕對不可能找到證明他有罪的證據。」

湯川放下了豎起三根手指的手，喝了一口紅茶，再度看著留美。

「怎麼樣？妳是否知道第三個問題的答案？」

留美覺得有什麼東西在自己的內心崩潰，那是支撐重要事物的基礎中最重要的部分。她很清楚，一旦那裡崩潰，就無法阻止一切土崩瓦解，這位物理學家上門之前，已經洞悉了所有的事。

「為什麼蓮沼確信自己不會被追究罪責？我推理的答案只有一個，因為並不是他殺了佐織小姐。不僅如此，他還知道誰是兇手，萬一自己走投無路時，只要說出真相就好，所以他直到最後都保持緘默。」

湯川說出的話貫穿了留美的身體中心，她可以感覺到自己臉色發白。她渾身無力，費了很大的勁才能繼續坐在那裡。

「我可以繼續說下去嗎？」湯川擔心地問。

「好，請說。」留美忍著劇烈的心跳和喘息，勉強擠出這句回答。

「問題在於，」湯川再度開了口，「蓮沼為什麼要做這種事？這種事指的不光是他明知道誰是真兇，為什麼不說出來而已。在此之前，他還做了匪夷所思的事。他把佐織小姐的屍體藏去靜岡縣的垃圾屋，如果只看這些行為，可以認為他是真兇的共犯，而且是很忠實的共犯。這個世界上有人能夠讓蓮沼這種人展現忠誠嗎？」湯川緩緩搖著頭，「根據到目前為止的偵查，完全找不到這種人。是什麼讓蓮沼作出這種事？唯一的可能就是金錢，他是為了金錢協助真兇。」

不對，留美很想這麼說，那個人所做的事絕對不是「協助」。

湯川伸出右手，似乎表示知道她想說的話。

「根據我的推測，真兇並沒有拜託蓮沼幫忙，而是蓮沼主動協助。具體來說，就是在真兇離開後，他把佐織的屍體藏去垃圾屋，佐織失蹤讓很多人難過不已，真兇應該覺得更可怕，因為不知道屍體去了哪裡。之後，蓮沼離開了菊野，同時很關心警方偵辦的情況。當他確信並沒有懷疑到自己身上後，就屏息斂氣，默默等待，等了三年——等遺棄屍體罪公訴時效完成。」

留美說不出話，只能勉強呼吸。她想逃走，身體卻無法動彈。

「這個世界上，只有蓮沼一個人知道在靜岡縣鄉下地方的一棟讓周圍人避之唯恐不及的垃圾屋內，除了屋主老婦人的屍體以外，還有一個年輕女人的屍體在那裡沉睡。真兇仍然一無所知，也許隨著歲月的流逝，也遺忘了佐織小姐——」湯川說到這裡，搖了搖頭，「不，不可能有這種事，我更正，真兇一定始終惦記著這件事。」

沒錯，留美在內心回答，從來沒有忘記過這件事。

「三年過去，蓮沼開始採取了行動。他做的第一件事，就是把並木佐織小姐遭到殺害這個事實攤在陽光下。他做了什麼？我相信妳已經知道了。回到剛才第一個疑問，垃圾屋為什麼會燒起來？答案就是因為蓮沼縱火，這是唯一的可能。」

湯川低沉的聲音在留美的耳朵深處響起，在聽湯川說話的同時，內心恍然大悟，原來是這樣。她之前從來沒想過這件事，因為垃圾屋為什麼會燒起來根本不重要。

「如果蓮沼是殺害佐織小姐的兇手，不可能會讓屍體被人發現，所以蓮沼不可能是縱火犯——靜岡縣警應該也無法擺脫這種想法，但如果認為他是故意讓人發現屍體，就可以瞭解第二個疑問的答案。他為什麼珍藏那件沾到佐織小姐血跡的衣服？因為這也是他故意的。也就是說，蓮沼故意讓自己遭到逮捕，這到底有什麼意義？我認為這一連串的行為，是他向真兇發出的訊息，他發出了自己知道命案真相的訊息。他明明知道真相，卻不知道為什麼原因沒有公佈，我認為他一定知道，這種詭異的態度會對真兇造成強大的壓力，這是非常狡猾而大膽的行為，但必須有十足的把握自己絕對不會被問罪，才會這麼做。因為他手上有知道真相這張王牌，他才會這麼做，但約二十年前的成功經驗也是原因之一。」

湯川淡淡地說出的話，就像是一片片拼圖，不偏不倚地填入空缺的位置，甚至填補了留美也沒有掌握的部分。

「蓮沼一定沒有料到自己會在保留處分的狀態下獲釋，因為他應該作好了在法院作出無罪判決之前，被關在看守所兩年左右的心理準備。即使這樣，他也無所謂。獲得釋放時，他可以像上次一樣請求刑事補償金。我認為這也是他故意讓自己遭到逮捕的目的之一，沒想到很快就獲得釋放，蓮沼只好提前執行計畫。雖然我不知道他用了什麼方法，但他和真兕接觸，做了交易，也就是說，他可以繼續隱瞞真相，但要求金錢的回報，這不是交易，而是勒索。」

湯川停頓了一下，喝著紅茶，然後把茶杯放回了茶托，杯子已經空了。要不要再來一杯？這句話浮現在留美的腦海，但她無法發出聲音。

「我猜想真兕完全不知道佐織死亡的理由和過程，因為是突發狀況，無論對佐織小姐和真兕來說，都是不幸的意外。如果當時就報警，應該不至於演變成這麼大的問題，但我猜想應該有什麼原因導致真兕無法這麼做，所以也無法拒絕蓮沼的勒索。只不過勒索金錢不可能一、兩次就罷休，想到可能會糾纏一輩子，應該會感到絕望。想像這種心境，我也忍不住感到痛心。」

湯川說話的語氣好像學者在上課，但不知不覺中變成了溫柔的訴說。

「就在這時，得知了意想不到的事，並木祐太郎先生計畫監禁蓮沼，質問他真相。真兕得知之後一定大驚失色。一旦計畫成功，蓮沼可能會說出真相。無論如何都必須阻止這件事發生，於是，真兕開始研擬對策，於是想到了設法阻止並木先生前往，自己殺害蓮沼的方法。一名女客人——我記得她姓山田，她在『並木屋』突然聲稱身體不適，」湯川看著留美問：「她是誰？」

突如其來的問話就像一支銳利的箭刺進了留美的心，也成為致命一擊。勉強維持的心理平衡終於崩潰，支撐她所有的一切都應聲倒地。

新倉太太，新倉太太。她聽到有人叫自己的名字，驚訝地睜開了眼，她不知道發生了什麼事。

當她回過神時，才發現自己從沙發滑落，剛才似乎昏倒了。湯川單腿跪在地上，探頭看著自己的臉問：「妳還好嗎？」

「喔，還好……」留美坐了起來，把手放在胸前，她的心跳加速。

「對不起，」湯川向她道歉，「我越說越激動，一口氣說太多了，也許妳該休息一下。」

「不，沒事，但我可以離開一下嗎？我想去吃藥。」

「當然沒問題，妳慢慢來。」

留美撐著沙發站了起來，搖搖晃晃地走出客廳，走去洗手台，醫生處方的藥放在化妝包裡。

她吃了藥，看著洗手台的鏡子。看到一張中年女人憔悴的臉。肌膚沒有彈性，氣色也很差。

這種樣子去見人會被他罵——一想到這件事，她就坐立難安，伸手拿起化妝包。

留美回到客廳時，湯川站在掛在牆壁上的一個畫框前。裡面是一張樂譜。

「那是我們出道時的歌曲，」留美說，「很久很久以前，我成為新倉他們樂團的主唱，第一次在大唱片公司出唱片的歌曲，但完全滯銷。」

「所以是值得紀念的第一步，」湯川說完，看向留美，驚訝地瞪大了眼睛，「我不知道妳剛才吃了什麼藥，但效果太顯著了，氣色好得簡直判若兩人。」

留美露出淡淡的苦笑。

「我只是補了妝，但對著鏡子化妝可以讓心情平靜，整理一下混亂的思緒，從這個角度來說，或許真的比藥更有效。」

湯川點了點頭，「似乎是這樣。」

「要不要再來一杯紅茶？我想重新泡茶。」

「謝謝。」

「那我去泡茶。」留美注視著湯川的眼睛繼續說：「等一下願意聽我說嗎？」

湯川困惑地眨了眨眼睛後露齒一笑，「如果不嫌棄我這個聽眾的話。」

留美也對他露出微笑，然後走去廚房，但中途停下腳步，轉過頭說：

「你知道嗎？茶樹也會開花，所以也有花語。」

「是嗎？不，我不知道，花語是什麼？」

「茶花的花語是『追憶』，還有『純愛』。」

湯川露出有點驚訝的表情，留美對他說了聲：「請稍等一下」，然後走進了廚房。

46

一切都一帆風順。音樂之神賜予的珍寶很快將對這個世界造成衝擊。想到這一天即將到來，留美每天都感到無比快樂。每次看到丈夫像少年般雙眼發亮地談論佐織，她就感到無比幸福。

但是，她很擔心一件事。

那就是高垣智也。

她在「並木屋」見過這個年輕人。高垣智也似乎是老主顧，見了幾次之後，遇到時會閒聊幾句，這個年輕人外型很有氣質，也很彬彬有禮。

留美很在意高垣智也注視佐織的眼神。不，這件事本身並沒有問題。以佐織的美貌，當然會有男人被她吸引。

問題在於佐織，她似乎也對高垣智也有好感。雖然其他人似乎並沒有發現，但留美察覺到了。她無法清楚說明理由，也許是女人的直覺。

她有點不悅地想，為什麼偏偏在這個時候發生狀況？雖然在藝術的世界經常有人說，戀愛有助於提升表達能力，但現實並沒有這麼簡單。很多人沉迷戀愛，無法專心投入學習。尤其佐織還在學習期間，所以他們夫婦嚴格管理她的生活，避免她分心，並木夫婦也對此感到滿意。

沒想到事態往留美害怕的方向發展。佐織在高中畢業後不久，明顯和之前不一樣了。雖然當時佐織還沒有公開和高垣智也交往這件事，但留美察覺到了，而且確信他們已經有了肉體關係。

留美無法告訴新倉這件事。他完全沒有察覺，一旦知道，一定會很受打擊，因為他一直以為愛徒滿腦子只有音樂。

留美考慮了很久，最後決定和佐織談一談。當她問佐織和高垣智也的關係時，佐織立刻承認了。她不以為意地吐了吐舌頭說：「果然被妳發現了？」

留美對她說，目前是重要的時期，希望她稍微忍耐一下。

「我並不會要求你們分手，只是希望妳能夠順利出道，成為職業歌手，然後闖出一定的成績，之後就是妳自己的人生，妳想怎麼做都可以，但希望妳現在收斂一點，專心接受訓練。妳不是想成為職業歌手嗎？」

佐織一臉悵然的表情點了點頭說：「對。」但是，留美感到很不安，因為佐織的態度看起來並不像是接受了自己的意見，也許只是覺得以後要更加小心，不要讓別人知道她交了男朋友。

留美很快就發現自己猜對了。有一天，當她有事去澀谷時，看到佐織和高垣智也牽著手，開開心心地在逛街。那一天，佐織謊稱自己要去探視一個生病的朋友，所以歌唱訓練也請了假。

幾天之後，留美質問了佐織，到底想不想成為職業歌手？

沒想到佐織竟然說了意想不到的話。她告訴留美，對她而言，和高垣智也共度的時光，和歌手的夢想同樣重要。

「人為什麼要實現夢想，不是因為實現夢想，就可以得到幸福嗎？但對現在的我來說，和智也在一起就很幸福，為了其他的幸福而放棄自己掌握的幸福，不是很奇怪嗎？」

佐織出人意料的反駁，讓留美陷入了混亂，覺得眼前發黑。只不過是和年輕男生之間青澀的戀愛，怎麼會把這種微不足道的事，和進軍世界的偉大夢想放在天秤上衡量？而且新倉為了這個夢想賭上了自己的人生，留美覺得丈夫的心血遭到了踐踏。

留美告訴佐織，自己和新倉多麼賞識她的才華，一再叮嚀她，不要辜負自己的期待，這些叮嚀幾乎就像是懇求。

雖然佐織回答說知道了，但不知道她到底瞭解多少。

那天之後，留美比之前更加關心佐織的日常生活。當她練習請假時，就會追問原因；得知她外出，就會確認她去哪裡。

新年過後不久，新倉說佐織的狀態有點不對勁，似乎無法專心練習。

「我覺得差不多可以為她出道做準備了，但她這一陣子似乎有點鬆懈，雖然我知道早晚會有這種情況，所以還是找時間好好數落她一下。」

新倉這番話讓留美緊張不已。因為她認為沒有管理好佐織的生活是自己的過錯。

於是，那一天——

留美在傍晚打電話把佐織約了出來，雖然在電話中只說有重要的事情要談，但佐織似乎知道是什麼事。聽她在電話中的聲音，就可以想像她不耐煩的表情。

留美不知道該去哪裡和佐織談，她不希望被別人聽到談話的內容。佐織也說不要去店裡，約在公園見面比較好，於是她們約在一個偏僻的小公園見面。

來到公園後，發現公園有一部分正在施工，所以公園內完全沒有人。附近也沒有民宅，周圍靜悄悄的。

她們一起坐在長椅上，留美開口對佐織說，新倉最近開始覺得她不對勁，所以希望她交男朋友收斂一點。

佐織低頭不語，隨即抬起頭看著留美。留美被她眼中認真的眼神嚇到了，內心產生了不祥的預感。

「我……還是放棄好了。」佐織說。

留美聽不懂她在說什麼。「……放棄？放棄什麼？」

「就是……」佐織舔了舔嘴唇，「成為歌手這件事，我放棄了。」

這句話無法立刻進入留美的腦海。雖然她聽到了，但本能拒絕理解這句話的意思。

「妳在說什麼啊！」留美的聲音發抖，覺得渾身的血都在倒流，「妳在開玩笑吧？別胡鬧了。」

佐織搖了搖頭，臉上的表情很平靜。

「我是認真的，算了，我決定走另一條路。」

「另一條路？除了當歌手以外，還有什麼路？」

佐織露出微笑，接著說出的話完全出乎留美的意料。

「我要當媽媽，我要生小寶寶，建立一個美好的家庭。」

「小寶寶？」留美看向佐織的下腹部，「妳該不會……」

「今天早上我做了檢查，是陽性。雖然還沒有告訴智也，但我相信他一定會很高興。因為他之前就說想要娶我。」

佐織說話時的興奮表情看起來像傻瓜，這個女生在說什麼？

「等一下，佐織，妳要想清楚。妳知道自己在說什麼嗎？為什麼現在要生小寶寶……？妳馬上就要出道成為歌手了……現在是關鍵時期……」

「我不是已經說了嗎？我不要出道當歌手了，留美阿姨，反而是妳好像不知道自己在說什麼。」

留美聽到佐織呵呵的笑聲，覺得全身的血都往腦袋衝。

「這種事……這種事絕對不行！妳知道我們為了妳，付出了多少心血嗎？一切都是為了栽培妳成為一流的歌手，我老公也犧牲了一切……怎麼可能讓妳就這樣輕易放棄夢想？妳把我們這些年的辛苦當成什麼了！」

佐織看到留美氣勢洶洶的樣子，似乎覺得不妙，向她道歉說：

「對不起，我很感謝你們。謝謝，我很希望這段日子的經驗能夠對我往後的人生有幫助。」

「誰管妳啊，我是在問妳，我們的夢想該怎麼辦？我們都賭在妳身上……」

佐織聽了留美的話，皺起了眉頭。她偏著頭說：「妳不覺得這很奇怪嗎？」

「奇怪？什麼奇怪？」

「我為什麼要為你們實現夢想？新倉先生經常說，我可以做到妳當年無法做到的事，但我根本不想加入你們的雪恥戰，我想更自由地唱歌，而且現在有了新的夢想，所以覺得改變未來的方向也沒有問題。」

留美瞪著佐織的臉，「妳竟然說這種忘恩負義的話……」

「好吧。」佐織一臉冷靜的表情說：「我也會向新倉先生說清楚，然後向他道歉。即使這樣，妳仍然要我拿掉孩子嗎？我絕對不同意。」

留美看到她拿出手機，忍不住慌了神，「妳想幹什麼？」

「我要打電話給新倉先生，老實向他說明一切。」

「等一下，妳先等一下。」

留美想要搶她的手機，不能讓新倉知道這些事，自己必須解決——

「妳重新考慮一下，拜託妳了，我們一起想辦法，一定有方法解決。妳可以生下孩子，妳也可以當媽媽，所以拜託妳不要放棄唱歌。」

「別這樣，我並不是因為無可奈何而放棄，而是滿心歡喜走另一條路。不要把你們的夢想強加在我頭上，我覺得很沉重，也覺得很噁心。」

兩個人在搶手機時，都不知不覺站了起來。

「噁心？」留美瞪大了眼睛，「妳說什麼……？」

「難道不是嗎？妳就像跟蹤狂一樣監視我，我都覺得喘不過氣。」

這句話讓留美失去了理智。新倉和自己努力栽培她，竟然被她說成是跟蹤狂。

「妳別狗眼看人低！」留美用全身的力氣推了佐織。佐織的腳後跟可能絆到了什麼，身體筆直向後倒下，只聽到沉悶的聲音。

留美以為佐織很快就會站起來，所以作好了準備，打算在她站起來時給她一巴掌。留美的內心憤怒到極點。

佐織一動也不動，在地上躺成了大字。「佐織。」留美叫著佐織的名字探頭張望，發現佐織的眼睛半閉著，但搖動她的身體也沒有反應。留美難以置信地把手放在佐織的嘴巴上方，發現佐織沒有呼吸。

她立刻知道發生了什麼事。

佐織死了。自己殺了佐織──

她的腦筋一片空白，接下來陷入極度混亂。她不知道該怎麼辦，當她回過神時，發現自己逃走了。思考幾乎停止，但她一直想著要怎麼向新倉解釋。

她在街頭徘徊時，越來越絕望。警察會來抓自己，一定會給新倉帶來很多麻煩，最重要的是，自己無法為奪走了成為他生命意義的愛徒性命辯解。

只能以死謝罪，但要去哪裡死、怎麼死？跳樓自殺也許最輕鬆。

不知道哪裡有高樓？她在思考這個問題時，聽到遠處傳來救護車的警笛聲。也許有人發現了佐織的屍體，救護車把屍體搬走了。那裡現在是否已經亂成一團？

她不知不覺走向剛才那個公園，腦海中浮現出推理電視劇中經常看到、好幾輛警車停在一起的畫面。警察一定很快就會找到兇手，所以自己必須在此之前自我了斷。

沒想到走到公園附近，發現根本沒有動靜，當然也沒有警車的影子。剛才的救護車不是來這裡嗎？

留美戰戰兢兢地走向剛才推佐織的地方，無法克制自己的雙腳發抖。想到自己犯下了天大的錯誤，就感到呼吸困難。

但是——

佐織的屍體不見了。她以為自己搞錯了地方，去周圍察看了一下，但還是遍尋不著。

她的思考再度陷入了混亂，這到底是怎麼回事？佐織的屍體去了哪裡？

這時，留美看著地面的雙眼看到一個閃亮的東西。她撿了起來，那是蝴蝶形狀的金色髮夾。她記得佐織戴著這個髮夾，剛才倒在地上時，不小心掉落了嗎？

該不會自己誤以為佐織死了，但其實只是昏迷而已？之後佐織恢復了意識，自己離開了？如果不是這樣，而是被別人發現，一定會叫警察。

留美越想越覺得這樣的推論很合理，猶豫再三，打電話給佐織的手機。如果佐織接電話，就要為剛才動粗道歉。

但是，電話打不通。不知道是不是佐織故意不接電話。

留美心亂如麻地踏上了歸途。佐織明天也要來上課，她應該不會出現，新倉會感到不滿，但目前這種事並不重要，必須趕快確認佐織平安無事。

那天晚上，新倉因為忙工作的事，很晚才回到家。他說今天為佐織出道的事開了會，心情十分愉快。留美看著他的樣子，忍不住感到心痛，無法開口要求他放棄把佐織栽培成歌手的夢想。

但是，和接下來發生的事相比，這種苦悶根本微不足道。深夜的時候，並木祐太郎打來的電話，讓留美感到戰慄。新倉掛上電話後說：「佐織傍晚出門後就沒有回家。」

留美立刻陷入了恐慌，完全不知道該怎麼應對，但新倉以為她只是因為擔心佐織的安全而不知所措，所以安慰她不必擔心，佐織一定很快就會若無其事地回家。

到了第二天，佐織仍然沒有回家，警方正式展開搜索。留美覺得必須說出和她之間的事，但實在無法說出口。她不忍心告訴新倉，佐織改變了心意，再加上想要隱瞞自己所做的事。她告訴自己，佐織失蹤一定和自己所做的事沒有關係。

佐織真的失蹤了。留美完全搞不清楚發生了什麼事。看著丈夫失去夢想和目標的樣子很痛苦，但還是覺得不該說出那天晚上發生的事，所以一直埋在心裡。

三年過去了。隨著時間的流逝，留美漸漸忘記了詳細的記憶。不，她並沒有忘記，只是覺得自己和佐織之間發生的事並不是現實，而是將夢境中發生的事當成了現實——她漸漸產生了這樣的感覺。

半年前，擔心的事終於發生了。發現了佐織的屍體，而且是在靜岡縣鄉下的垃圾屋燒毀的現場這種意想不到的地方被人發現，她果然死了。

留美完全不知道是怎麼一回事，只能和新倉一起靜觀事態的發展。不久之後，警方逮捕了蓮沼，說他很可能是兇手。

留美思考著那一天發生的事。在自己推倒佐織離開後，到底發生了什麼事？

但是，蓮沼遭到逮捕後保持緘默，所以完全不知道詳細的情況。而且蓮沼很快被釋放了。新倉得知這個消息時，簡直氣瘋了，他整天說要親手殺了他。

留美也覺得這件事很奇怪。警察一定有明確的證據才會逮捕蓮沼，既然這樣，為什麼又放了他？

但是，不久之後接到的一通電話徹底顛覆了留美的疑問。電話中傳來一個男人的聲音，劈頭就說：「我是妳的救命恩人。」

留美覺得很可怕，立刻想要掛斷電話，對方似乎察覺了動靜，在電話中說：「一旦妳掛上電話，妳的處境就會很危險，我知道妳在三年前對並木佐織做了什麼。」而且又說：「妳應該聽過我的名字吧？我就是被迫替妳扛下殺人兇手的污名，差一點去坐牢的蓮沼寬一。」

留美沒有說話，蓮沼發出呵呵的竊笑聲。

「妳當然會驚訝，妳是不是以為這件事已經結束了？以和自己無關的方式落幕了？但事實並非如此。主角還是妳，接下來才輪到妳這個殺害並木佐織的兇手上場。妳應該不會忘記吧？並木佐織被妳推了一把之後當場死亡。我親眼看到，自始至終看得一清二楚，也看到妳逃走了。但是，我並沒有報警，妳知道我非但沒報警，還做了什麼？我幫妳搬走了屍體，然後藏到沒有人會發現的地方，所以至今為止，警察從來沒有去找過妳，也不會懷疑到妳頭上。因為我什麼都沒說。我說到這裡，妳應該瞭解狀況了吧？」

「為什麼……要把屍體藏起來？」

「啊？所以我不應該藏起來嗎？妳希望屍體被人發現，警方開始偵查，然後把妳這個殺人兇手抓起來嗎？那我還真是多管閒事，只不過我不想錯過做交易的機會。」

「交易？」

「沒錯，就是交易。難道妳以為我是基於好心幫妳處理屍體，保持緘默嗎？世界上哪有這種傻瓜，我這麼做是因為覺得可以賺錢。」

對方說的每一句話，都像是黑泥般包圍留美的全身。她有預感，覺得自己將被黑暗籠罩，墜入地獄深處。

「所以不必擔心，」蓮沼興致勃勃地說，和她的絕望成明顯的對比，「警察不會來抓妳，真相永遠不會見天日。從今以後，死者家屬和世人都以為是我殺的，當然必須以妳答應和我做交易為前提，妳應該不會拒絕吧？」

留美聽到這裡，才終於瞭解蓮沼的目的。

「我……該怎麼做？」

「呵呵，」蓮沼冷笑一聲，「對妳來說太簡單了。」

第二杯紅茶選了大吉嶺紅茶，是因為覺得強烈的香氣可以振作心情。留美沒有加牛奶，也沒有加檸檬片，而是直接喝。喝完最後一口後，把茶杯放在茶托上。

「他要一百萬圓。」留美說，「他要求我用我的名義去銀行開一個帳戶，存入一百萬之後，在紙上寫下密碼，連同提款卡一起寄給他。」

「一百萬圓。」湯川重複了一次，「真是微妙的金額。這麼說可能有點那個，但是不是比妳想像中少？」

「你說得對。我以為他會要求一千萬或是兩千萬，搞不好會要求上億。」

「如果他開口要一億圓，妳會怎麼辦？」

留美搖了搖頭，「應該會無計可施吧。」

「會告訴妳先生嗎？」

「可能會，也可能乾脆放棄，去向警方自首。不，不對，搞不好──」留美憋了一口氣後繼續說：「會自殺。」

「我也這麼想。無論是哪一種情況，都對蓮沼沒有好處。但是，如果是一百萬，情況就不一樣了，蓮沼應該覺得有錢人家的太太不需要費太大的工夫就可以張羅到這筆錢，在受到勒索時雖然不知道該怎麼辦，但還是會先付了這筆錢再說。」

因為完全說對了，留美無話可說，默默低下了頭。

「妳答應了他的要求。」

「對。」留美回答的聲音沙啞而無力。

「有沒有提出第二次要求？」

「有，在第一次勒索的一個月後，還是要求一百萬。」

「妳又付給他了。」

「對。因為我沒有勇氣自首，也不敢告訴我丈夫，所以不敢面對問題，但我知道不能一直這樣下去，尤其當蓮沼來菊野之後，我簡直生不如死。」

「妳和蓮沼都是電話聯絡嗎？有沒有見過面？」

留美聽到湯川的問話，遲疑了一下後回答：「……見過一次，他要求金錢以外的東西。」

「金錢以外？」湯川問了之後，立刻意識到是什麼，「我知道了，那我就不再追問了。」

「謝謝。」留美說。

那是蓮沼來菊野的不久之前，他說要當面談一談，於是約在東京都內的咖啡店見了面。

「我們是共犯，所以我覺得彼此要深入瞭解。」蓮沼說話的聲音，和打量留美身體的視線都很色，然後他又接著說：「妳應該不會拒絕吧？」

一個小時後，在一家廉價飯店的房間內，留美被這個世界上最卑鄙無恥的男人侵犯了身體。她把腦袋放空，等待身處地獄般的時間過去。

她逃也似地離開蓮沼後，蓮沼說的那句「妳還風韻猶存嘛」一直縈繞在耳邊，她再度認真考慮自我了斷這件事。

「教授，正如你剛才所說，正當我感到絕望時，我丈夫告訴我一件意想不到的事。得知戶島老闆的計畫後，我感到不寒而慄。蓮沼一旦說出真相，我就完蛋了。不光是我，也會毀了我丈夫的人生，我丈夫似乎發現我不對勁，問我怎麼了。我猶豫了一下，知道不能繼續隱瞞下去，就對他說出了一切。」

47

雖然翻遍了報紙，卻仍然沒有看到想看的報導。他深刻體會到菊野市這個小地方發生的事件，正逐漸從世人的記憶中消失。雖然「殺人嫌犯殺人事件」一度成為網路上的熱門話題，但整個社會很健忘。

這樣很好，新倉直紀心想。希望沒有任何人對這起事件產生興趣，認為一個落魄音樂家因為愛徒遭到殺害而把恨意發洩在嫌犯身上，最後殺了他——以這種方式落幕就好。

他整齊地折好看完的報紙，放在鋪著地毯的地上，他很感謝拘留室有免費的報紙可以看。

他靠著牆壁坐著，拿起了放在旁邊的數位音樂，那是留美送來的。他戴上耳機，打開開關，他看向入口的方向，但因為坐著的關係，再加上隔了不透明的板，所以不會看到別人。幸好這裡差不多兩坪多的房間內只有他一個人，原本還以為會和其他罪犯住在同一個房間，所以他鬆了一口氣。

耳邊傳來一首熟悉的歌曲。〈I Will Always Love You〉——原本是一首鄉村歌曲，在成為電影《終極保鑣》的主題曲，由惠妮．休斯頓唱了之後，立刻紅遍全世界。

但是，新倉目前聽的是留美唱的版本。那是在她二十多歲時錄製的。

留美美妙的歌聲透明悠揚。佐織固然是天才，但留美也絲毫不遜色。新倉至今仍然認為，因為自己能力不足，才無法讓留美的才華開花結果。

他閉上眼睛，試圖回想和留美兩個人努力探究音樂這條路的那段日子，但那一天發生的事浮現在眼前。那一天，他得知了佐織的死亡真相。

聽著留美流著淚訴說，新倉有一種奇妙的感覺。好像不遠處有另一個自己，客觀地看著眼前的場景——至今為止一無所知、搞不清楚狀況的丈夫，聽著妻子說出震撼性的告白。然後腦海的角落忍不住想，這就是所謂的人格解體嗎？

也許是因為事態太嚴重，所以精神狀態無法跟上腳步。事後回想起來，認為應該是這麼一回事。

留美的話令人難以置信，也難以接受。在聽留美訴說時，他不時感到天昏地暗，他很希望這一切都是胡說八道，只是妻子在嚇自己，但看到她哭著訴說這一切，就覺得不可能是演技。

聽留美說完之後，他一時說不出話，只覺得整個世界顛覆，自己墜入了黑暗的深淵。

對不起，對不起，留美流著淚，無力地重複這句話。自己茫然地看著她——另一個自己又看著這樣的自己。

「為什麼會這樣……」

好不容易開了口，卻問了這樣一個愚蠢的問題。為什麼？留美不是努力說明了這個問題嗎？為了阻止佐織走歌唱以外的路，才會這麼做。為什麼要阻止佐織？因為讓佐織成為世界級的歌手是他們兩個人，不，是她心愛的丈夫悲壯的誓願和人生的意義。

「老公，」留美抬起頭。她的雙眼佈滿血絲，眼睛周圍也又紅又腫，臉頰滿是淚水。

「我該怎麼辦？應該去自首嗎？」

新倉內心雖然同意，卻無法說出口，留美因為殺害佐織而遭到逮捕——他無論如何都無法接受這個事實。兇手不是蓮沼寬一嗎？所有人也都認為他就是兇手，因為他是兇手，卻沒有受到懲罰，所以大家才決定聯手替天行道。

想到這裡，新倉的腦海中浮現了一個想法。

並木祐太郎打算使用液氮從蓮沼口中問出真相，自己可以阻止這件事，然後殺了蓮沼。並木和其他人一定會為意想不到的發展感到驚愕。但是，只要說自己無論如何都想親手報仇，其他人應該能夠理解。

而且，如果蓮沼沒有死，也沒有在並木的威脅前屈服，就會繼續勒索留美，這個問題早晚必須解決。

即使最後被警方發現也無所謂。如果因為這件事遭到逮捕也無妨。世人一定會同情自己，但無論如何都必須隱瞞留美害死了佐織這件事。

留美在耳朵深處唱著歌。〈I Will Always Love You〉——我永遠愛你。這也是新倉對妻子的感情。

他下定決心，無論如何都要保護留美。

48

「戶島先生告訴我丈夫的計畫很複雜，而且有很多人參與，但只有並木先生一個人逼問在監禁狀態下的蓮沼，於是我丈夫設法製造可以由自己代替並木先生做這件事的狀況。」留美說到這裡，發現湯川的茶杯已經空了。「要不要再來一杯紅茶？」也許是因為已經作好了心理準備，心情變得比較從容，所以才能夠問這個問題。

「不，不用了。」湯川輕輕搖了搖手，「請妳繼續說下去。」

「好。」留美再度坐直了身體。

「他想到的方法就是你剛才說的那樣，他認為如果有客人在『並木屋』吃飯後突然感到不舒服，要求帶她去醫院，並木先生應該不會置之不理。」

「所以派了那位姓山田的女士，」湯川的雙眼發亮，「她到底是誰？」

「不瞞你說，」留美說，「我們也不知道她的本名。」

「什麼？」戴著眼鏡的湯川瞪大了眼睛。

「我們委託了代理家人業者。」

湯川皺起了眉頭，「那是什麼？」

「也有業者使用了『出租家人』的名稱。簡單地說，就是業者會派演員扮演委託人要求的家人角色。比方說，因為有某些因素，無法讓交往中的戀人和自己真正的父母見面時，業者就會派遣一對扮演恩愛夫妻的男女。」

「原來有這樣的業者……真是太驚訝了。」

「除了扮演家人，當工作上犯了疏失時，還可以請人扮演上司；或是在簽書會時，找人假扮成書迷去排隊，總之，業者會派遣扮演各種角色的人。」

「山田女士也是那種業者旗下的演員嗎？」

「對，我們說要突擊檢查菊野商店街加盟店的危機管理能力。」

「是這樣啊，你們考慮得很周到啊。」

「計畫比想像中更加順利。當我丈夫去辦公室時，蓮沼正在睡覺，我丈夫說他故意發出聲音，大聲把蓮沼叫醒，那些當然都是謊言，我丈夫直接把液氮灌進了小房間。聽我丈夫說，液氮的威力超乎想像，室內完全沒有發出任何動靜或是呻吟，當他灌完液氮後打開門，發現蓮沼的心肺功能已經停止了。」

「在睡著的狀態下吸入液氮，根本連醒過來的機會都沒有。」

留美用力深呼吸，她甚至感到神清氣爽。

「我都說完了。對不起，說得有點不得要領。」

「不，妳說得很清楚。」

「在警察面前，」留美說：「我希望可以說得更清楚些，還要告訴警察，我丈夫多麼為我著想。」

湯川的臉上掃過一抹陰鬱，「妳打算自首嗎？」

「你來這裡，不是要勸我去自首嗎？」

「不是，」湯川搖了搖頭，他說話的語氣很強烈，「我不是刑警，沒有資格要求妳說出任何供詞。我一開始就說了，我並不是想和妳討論對妳不利的事，而且還說，妳可以有選擇。」

「剛才這些話，警察……」

「我不會告訴警方，而且我認為，只要我不說，他們應該很難查出真相，或許這麼說有點自以為是。」

留美舔了舔嘴唇後開了口，「所以你不會說出去？」

「因為看到熟悉的人接連被抓，我也很痛苦，而且按照目前的情況，新倉先生會因為傷害致死罪被判三年以上的徒刑，因為殺害的對象是那樣的人，所以這樣已經足夠了。」

湯川移開了視線，又繼續說了下去。

「更何況，我曾經有過痛苦的經驗。以前也曾經發生過類似的情況，有一個男人為了心愛的女人扛下了所有的罪，但因為我揭露了真相，導致那個女人無法承受良心的苛責，讓那個男人的犧牲奉獻化為泡影，我不希望重蹈覆轍。」

湯川一臉嚴肅的表情說到這裡，露出自嘲的笑容搖了搖頭。

「妳可能會說，既然這樣，那為什麼來這裡。既然不是勸妳自首，根本沒必要特地確認真相，只要把一切藏在心裡就好。但如果只有我發現連妳也不知道的重大事實，就覺得無論如何都必須告訴妳。」

留美不知道眼前這位學者想說什麼，微微皺起眉頭，偏著頭問：「請問是怎麼回事？」

「在我告訴妳之前，想請教妳一件事。」湯川說，「妳剛才提到了佐織小姐夾在頭髮上，金色蝴蝶形狀的……」

「髮夾嗎？」

「對，妳說髮夾掉在她倒地的地方，現在還在妳手上嗎？」

「是啊，在我手上……」

「我可以看一下嗎？」

「看髮夾嗎？」

「對。」湯川回答。

留美感到不解，但說了聲：「請稍等」，站了起來。

她走進夫妻兩人的臥室，走向梳妝台，打開最下面的抽屜，拿出放在深處的小盒子。這三年來，從來沒有打開過這個盒子。雖然她不知道該如何處理，但也無法丟掉。

她拿著盒子走回客廳，交給湯川時說：「就是這個」，然後忍不住倒吸了一口氣。因為她發現湯川手上戴著白手套。

「借我看一下。」湯川打開盒蓋，從裡面拿出髮夾。髮夾仍然和三年前一樣，發出金色的光芒。

湯川仔細打量後，放回了盒子，蓋上盒蓋。他拿下手套時，露出滿意的眼神看著留美，「果然和我想的一樣。」

「什麼？」

「妳剛才對我說了實話，沒有半句謊言。」
「對，事到如今，沒什麼好說謊的。」
「但是，妳認為的事實未必就是真相。在不瞭解真相的情況下，無法作出決定命運的選擇。」湯川把拿下的手套放在桌上，用指尖推了推無框眼鏡後注視著留美，「我要告訴妳真相，我推理出來的真相。」

49

推開門，看到坐在吧檯深處的湯川正在和白髮老闆說話，兩個人同時看向草薙。老闆對他說：「歡迎光臨。」
店內只有一對情侶坐在桌子座位，草薙直接走向吧檯，在湯川身旁坐了下來，向老闆點了酒：「我要野火雞的純酒。」
「慶祝嗎？」湯川問，「希望不是借酒消愁。」
「介於兩者之間。」草薙從手上的紙袋中拿出一個細長形的禮物放在湯川面前，「這個先給你。」
「這是什麼？從形狀來看，好像是葡萄酒。」
「幾年前來不及給你的葡萄酒。」
「『第一樂章』嗎？太好了，既然這樣，那我就不客氣地收下了。」湯川拿起禮物，塞進了放在一旁的皮包。
老闆把裝了純酒的杯子放在草薙面前，他拿起酒杯，湯川把自己的廣口酒杯靠了過來，兩個酒杯輕輕相碰，發出了「叮」的聲音。
草薙喝著波本酒的純酒，強烈的刺激從舌頭移向喉嚨，鼻子聞到了獨特的香味。
「新倉直紀翻供了。」
「喔？怎麼翻供？」
「你似乎並不驚訝。」
「我該驚訝嗎？」
「哼，」草薙用鼻孔噴氣，「昨天負責監視新倉家的偵查員向我報告，新倉家有訪客，傳回來的照片中拍到了你的身影。據說你停留了一個多小時，今天早上，新倉留美來菊野分局要求面會，說想和丈夫單獨聊一聊，只要五分鐘就好。原本拘留室的員警應該在場，但因為新倉已經全面招供，和局長討論之後，決定特別同意，所以並不知道他們在面會室談了什麼。在之後偵訊時，新倉直紀突然說之前的供詞全都是謊言。他並非誤殺了蓮沼，而是帶有強烈的殺機殺了他。所有人都驚呆了，之前遇過嫌犯原本承認殺了人，後來改口說自己並不是故意殺人，從來沒聽說過相反的情況。」
「殺人的動機是什麼？」
「他說是為了保護他太太，詳細情況要我們去問他太太。」
「你們問了嗎？」
「當然啊，我們立刻把新倉留美找來警局，她很鎮定。得知新倉翻供後，雖然一臉難過的表情，但很快就下定決心說了起來。她的說明條理清晰，令人感到驚訝，而且所說的內容更讓人震驚。」
新倉留美所說的內容徹底顛覆了整起事件的架構。並木佐織離奇死亡事件的真相，也完全偏離了草薙等人的想像。

但是，所有的內容都沒有任何矛盾和出入，相反地，她的說明完美地解決了草薙等偵查人員內心隱約的疑問。

「真是被打敗了。」草薙舉起了酒杯。

「想到這幾個月，我們到底在追查什麼，就感到很空虛，所以我剛才說，是介於慶祝和借酒消愁之間。這起事件應該解決了，卻完全沒有勝利的感覺，雖然我們的作戰完全失敗，卻因為敵方的烏龍，讓我們獲得了勝利。」

「有什麼關係呢？勝利就是勝利。」

「那怎麼行，我相信我們還有該做的事。只是想不透新倉夫婦為什麼會在這個階段吐實。他們在今天早上的面會顯然有重要的意義，但他們到底談了什麼，無論新倉和新倉留美都說是隱私，兩個人都不願透露。所以……」

草薙說到這裡，將上半身轉向湯川。

「我覺得只能問你。新倉留美去見她老公時說了什麼？新倉聽他老婆說了什麼，才決定翻供？你應該知道吧？不，不對，一切都是你在動手腳，你讓他們改變了心意，對不對？」

湯川舉起酒杯喝了一口後，搖了搖頭，「我並沒有做這種事。」

「少騙人了。」

「我沒有騙你。我昨天的確去向新倉太太說明了關於事件真相的推理，但並不是為了譴責他們，也不是為了勸他們自首，只是為了向他們說明一些他們可能也不瞭解的真相。」

「什麼真相？」

湯川的胸口起伏，似乎在調整呼吸。「有關並木佐織死亡的真相。」

草薙撇著嘴問：「新倉留美的供詞並不是真相嗎？」

「她只是說了她所知道的事，但未必一切都是事實。」

草薙覺得似乎事關重大，他巡視周圍後問：「要不要換一個地方再聊？」

「這裡沒關係，沒有人聽我們說話。」

草薙把臉湊到湯川旁邊說：「那你告訴我。」

「問題在於，」湯川開了口，「是什麼時候出的血。」

「出血？」

「你們不是在蓮沼以前任職的公司制服上發現了佐織的血跡，才決定逮捕他嗎？如果頭蓋骨凹陷是重傷，很有可能大出血。如果是這樣，就會在現場留下痕跡。在佐織失蹤的隔天，本地警察展開了大規模搜索，如果在地上發現血跡，一定會重視這件事。我請內海去調閱了當時的資料，發現當時也調查了那個公園，但完全沒有留下相關的紀錄。然後據留美說，她覺得自己害死了佐織，所以嚇壞了，一度離開現場，之後又回到了現場，在找到髮夾之前，不知道佐織倒地的正確位置，這些情況都顯示地面並沒有血跡。」

「沒有血跡，也就是說當時……」草薙猜到了湯川想要表達的意思。「蓮沼搬運佐織的屍體時還沒有出血。」

「你用了屍體這個字眼，但真的是這樣嗎？」

「你想要說，佐織當時很可能還沒有死，還有呼吸嗎？」

「我認為這種可能性相當高。雖然被推倒在地時，有可能當場死亡，但通常不會這麼容易就死了。頭蓋骨凹陷也一樣，人類的頭蓋骨有這麼脆弱嗎？留美說，當時佐織沒有呼吸了，但很可能是因為她太緊張造成的錯覺。」

「如果是這樣，殺害佐織真正的兇手……」

「蓮沼可能一開始也以為佐織死了，但如果佐織在搬送過程中醒過來了呢？他的計畫就會毀於一旦，而且萬一佐織反抗，也會很麻煩。」

「於是就毆打她的後腦勺，給予致命一擊，」草薙說，「那時候才出了血。」

「並不是不可能吧？」

「不僅很有可能……喂喂，這件事非同小可。」草薙感覺到自己體溫上升。

「如果我是留美的律師，會把髮夾作為證據。」湯川說。

「髮夾？」

「掉落在現場的金色髮夾。如果佐織在倒地時出了血，髮夾上應該會沾到血跡。如果檢驗之後找不到血跡，就可以主張是其他人造成了致命傷。」

「原來是這樣。」

草薙看了時鐘。還不到十二點。他從內側口袋拿出手機，正準備站起來，湯川抓住他的左手制止了他。

「已經這麼晚了，就讓下屬好好休息吧。髮夾不會逃走，留美保存得很好。」

「那倒是。」草薙改變了主意，重新坐了下來，把杯子裡剩下的波本酒一飲而盡，對老闆說：「再來一杯。」

「你剛才說，新倉夫婦自己也不知道的事實，就是這件事嗎？」

「沒錯。」湯川點了點頭。

「他們要不要坦承自己做的事，可以由他們自己決定，但如果不瞭解真正的真相，這種決定就失去了意義，所以我去告訴了他們。」

「新倉留美想要和她丈夫兩個人討論之後決定，所以今天早上要求面會……」

「留美很煩惱。按照目前的情況，她先生只是傷害致死罪，一旦說出真相，就變成了殺人罪，而且也會追究她的罪責。但是，如果保持沉默，蓮沼所做的事就會永遠埋葬在黑暗中。而且他們也覺得應該為正當的罪付出代價。」

「所以他們在最後關頭打破了沉默。」

老闆把酒杯放在草薙面前，草薙用指尖彈了一下杯中的冰塊，冰塊發出了「喀啦」的聲音。

50

夏美把暖簾掛在門口，順便把「準備中」的牌子翻了過來，變成「營業中」。只做了這兩件事，她就覺得完成了一項大工程。

「啊，今天開始營業了嗎？」背後傳來一個女人的聲音，回頭一看，是附近豆腐店的老闆娘，那件深紫色的開襟衫穿在她圓滾滾的身上感覺有點緊。

「對，以後也請多關照。」

「加油，我永遠支持你們。」老闆娘露出親切的笑容，「我這幾天會找時間來吃飯。」

「謝謝，隨時歡迎。」夏美在身體前方握著雙手，向老闆娘鞠了一躬。

「改天見。」老闆娘說完就離開了，夏美目送她的背影，吐了一口氣。她真的鬆了一口氣。

警方多次要求祐太郎主動到案說明，這一陣子「並木屋」都沒有營業。之前曾經擔心照這樣下去，這家店也要結束營業了。因為一旦老闆遭到逮捕去坐牢，根本不可能繼續做生意。

警方認為祐太郎是殺人罪的共同主犯，同時犯了預備殺人罪，但因為祐太郎無法預測新倉的行為，所以不追究前者的罪行，所以只剩下預備殺人罪的問題。

因為殺害蓮沼所使用的液氮是祐太郎拜託戶島準備的，原本打算使用液氮逼供蓮沼，但並沒有決定要不要殺了蓮沼，而是要聽蓮沼說了什麼之後再做決定。

問題在於警方是否相信這番說詞。警方懷疑他已經斷定是蓮沼殺害了佐織，只是想在殺蓮沼之前，聽蓮沼親口承認。

關於這個問題，祐太郎在偵訊時回答：

「即使你們會這麼想也很正常，但我拜託修作張羅液氮時，真的還沒有決定要怎麼做。殺人很可怕，我不認為自己有膽量做這種事。但從那傢伙……從蓮沼的口中得知他殺害佐織時的情況，也許會想要殺了他，反正到時候再決定……我當時就是這麼想。」

雖然不知道其他人聽了這番話會怎麼想，但夏美確信爸爸並沒有說謊。爸爸本來就是膽小溫和的人，相反地，爸爸一定為殺了自己女兒的人就在眼前，自己卻無法拿著刀子衝上去殺了他的怯懦感到懊惱。

刑警似乎相信了，最後並沒有將祐太郎以預備殺人罪的罪名移送檢方。

聽說戶島的結果也不會太嚴重，他只是想助祐太郎一臂之力，並不是為了新倉準備液氮。問題在於他試圖用氦氣瓶製造不在場證明，但因為他做這件事時並不瞭解真相，所以應該也不會被追究罪責。

戶島如果得知「並木屋」重新開張營業，一定會上門捧場。到時候他可能會一副若無其事的樣子，真希望趕快再看到他像以前那樣坦蕩蕩的豪放態度。

這起事件真的太驚人了。

在新倉直紀招供之後，不斷傳來令人震驚的消息，完全搞不清楚到底是怎麼回事，也分不清是真是假。

這時，祐太郎才終於把真相告訴了真智子和夏美。真智子似乎之前就略知一二，但並不知道整個計畫。

用液氮威脅蓮沼，讓他說出真相——夏美發自內心感到驚訝，但得知計謀的內容時更加驚訝，沒想到當天遊行時，竟然還發生了那些事。

不久之後，警察就約談了祐太郎。因為當初是他提出這個計畫，所以原本以為整起事件也即將落幕。

沒想到事與願違。非但沒有落幕，反而朝向意想不到的方向發展。

首先，原以為和事件無關的新倉留美遭到了逮捕，之後公佈了新倉夫妻招供的內容，更令夏美感到驚愕。新倉是刻意殺害蓮沼，殺人動機是因為蓮沼勒索留美，而且勒索的材料竟然和佐織的死有關。

夏美無法相信，溫柔敦厚的新倉留美怎麼可能殺了佐織？但如果不是事實，她不可能遭到勒索。

夏美搞不清楚是怎麼回事，和父母一起度過了一個個不眠之夜。不久之後，草薙上了門。

「雖然這麼做違反了警察的原則，但要求你們等到審判結束，未必太殘酷了。」草薙首先要求他們不要把他接下來說的內容告訴別人，然後說了起來。首先簡短地說了新倉夫婦的供詞。

草薙用淡淡的口吻說的內容令夏美意外連連。佐織打算放棄歌手的夢想這件事已經很令人驚訝，得知是因為懷了高垣智也的孩子時，夏美簡直懷疑自己聽錯了。父母似乎也有同感，連續確認了好幾次，真的是這樣嗎？不是騙人嗎？

草薙回答，新倉留美看起來不像在說謊。

之後，他低頭看著記事本，用壓抑感情的聲音說明了事情的經過。在說到留美氣憤地推倒佐織時說得很快，一下子就帶過去了。

說到留美遭到蓮沼勒索的部分時，草薙提到了新倉直紀的供詞，說明了他聽了妻子的告白，決定殺害蓮沼的經過。

「以上就是偵查至今瞭解的情況，」草薙闔起記事本，「你們有什麼疑問嗎？」

夏美想不到任何問題，轉頭看著父母。他們似乎也因為聽到太多意想不到的事，腦筋一片空白。

「我還想補充一件事，」草薙用嚴肅的口吻說，「有一項證物的鑑定結果在今天出爐了。」

他說那項證物是髮夾，在說明那個髮夾上是否檢驗出血跡有什麼意義後，又接著說：

「我先說結論，並沒有檢驗出血跡，但檢驗出微量的皮脂和表皮，在做ＤＮＡ鑑定後，確定是佐織小姐生前所戴的髮夾。」

「所以說，」祐太郎問：「佐織被新倉留美推倒時，只是昏了過去，是蓮沼殺了她嗎？」

「無法斷定，」草薙用謹慎的口吻回答，「但在法庭上，辯方應該會主張這種可能性。」

夏美覺得這番話帶給她安慰，因為她並不想痛恨新倉留美。

草薙離開後，祐太郎說，「這件事就到此結束，東想西想也沒有用，只是丟人現眼的抱怨。之後就交給警官和檢察官，我們要全力為重新開店做準備。知道了嗎？」

真智子不發一語地點了點頭，夏美也跟著點頭。也許爸爸說得對。

夏美回想起那一天的事，撫摸著洗乾淨的暖簾，暗自下定決心要好好努力。

夏美拉開格子門，正準備走回店裡時，有一個人快步走進她左側視野。她轉頭一看，倒吸了一口氣。

是高垣智也，已經多久沒見到他了？

「終於按原定計畫重新開張營業了。」智也看著暖簾說。

夏美昨天傳了訊息給智也，說如果一切順利，明天就會開張營業。智也立刻回訊息說，太好了，請加油。夏美覺得智也的訊息有點冷漠。

「智也哥……我以為你不會再來了。」

智也將原本看著暖簾的視線移到夏美臉上問：「為什麼？」

「因為你來這裡，會回想起很多不愉快和痛苦的事……」

智也露出凝重的表情，微微點了點頭。

「我想應該會，無論過了多少年，應該也不會忘記，也會忍不住沮喪，更會忍不住想，如果佐織還活著，不知道她生下的孩子會怎麼樣。」

夏美驚訝地抬頭看著他的臉，「你聽誰說的？」

「之前被找去警局時警察問我，知不知道佐織懷孕了。我嚇了一大跳，因為我完全沒聽說。」

「關於事件的真相呢？警察有沒有告訴你？」

「大致都聽說了，」智也低著頭，「太驚訝了，全都令人難以置信。」

「是啊……」

「妳也知道了嗎？」

「對，指揮偵查的負責人來說，告訴我們很多事。」

「是喔。」智也嘆著氣說。「老實說，我很猶豫今天該不該來這裡，但總覺得如果今天不來，明天就更難踏進這裡。從我家去車站時，經過你們店的這條路最短，光是想到以後一輩子都要繞開這家店，不是就覺得喘不過氣嗎？所以我就想，既然這樣，那就像以前一樣繼續來這裡，增加更多快樂的回憶。」

看著智也雙眼炯炯有神，口齒清晰說話的樣子，夏美再度瞭解到姊姊為什麼會喜歡他。姊姊一定覺得，只要和他在一起，即使無法過奢侈的生活，也可以過積極快樂的生活。得知自己懷孕時，一定雀躍歡呼，當時的喜悅甚至超越了成為歌手的夢想。

「妳怎麼了？」不知道是否看到夏美陷入了沉默，智也訝異地問。

夏美搖了搖頭說：「沒事，謝謝你，請進。」

她為智也帶位後，對著廚房喊了一聲：「第一位客人上門了。」

祐太郎從吧檯內探出頭，一看到智也，露出了稍微嚴肅的表情，然後走了過來。

「好久不見。」智也向他打招呼。

「智也，」祐太郎解開圍裙，「給你添麻煩了。」

「不，別這麼說，談不上麻煩……」智也搖了搖手。

「你不必瞞我，警察把你找去好幾次吧？」

「對，這……沒錯，但並沒有很多次……我說了搬運液氮的事。」

祐太郎不悅地咂了一下嘴，「聽說是修作那傢伙請你幫忙，我很不想把你捲入這件事。」

「我認為戶島先生考慮到想要洩憤的人的心情，如果沒有找我，我一定會想不開。」

「警察把所有的事都告訴智也了，」夏美在一旁插嘴，「他也知道姊姊懷孕的事。」

「是喔。」祐太郎小聲地回答。

「並木先生，」智也站了起來，深深地鞠了一躬，「真的很抱歉，我曾經提出想要和佐織結婚，我當然是真心的，但沒想到徹底改變了佐織的命運。那時候對她來說是重要的時期，我應該更謹慎。」

他似乎為讓佐織懷孕這件事感到懊惱。

「智也，請你抬起頭。」祐太郎靜靜地說，「我很感謝你。雖然如果沒有懷孕，佐織可能不會放棄唱歌這條路，或許也不會死，但這和她的心情是兩回事。她很高興懷了你的孩子，發自內心為即將成為母親感到高興。即使只是短暫體會這樣的心情，身為父母，就感到極大的安慰——是不是這樣？」他轉頭看向後方，徵求真智子的同意。

真智子眼眶泛紅，用力點了點頭。

「我們一點都不恨你，而且覺得自己很沒用。佐織得知自己懷孕時，在感到喜悅的同時，也一定很煩惱，但她甚至沒有馬上和我這個母親商量，她可能不想讓我擔心，所以我也在反省，應該成為一個更值得依賴的母親。」

智也無言以對，只能默默站在那裡。

這時，拉門嘎啦一聲打開了。夏美看向入口，看到湯川走了進來。

湯川在所有人的注視下，露出困惑的表情後看著夏美：「你們好像在忙？」

「沒有沒有。」夏美搖著手，「歡迎光臨，請隨便坐。」

「不，今天只是來打聲招呼。」湯川看著祐太郎說：「我在這裡的研究工作暫時告一段落，有一段時間不會來這裡打擾了，所以來向你們道別。」

「啊？」夏美忍不住驚叫了一聲，「是這樣啊？」

「真令人遺憾啊。」祐太郎一臉懊惱地說，「我一直希望有機會和你好好聊一聊，因為有很多事想請教你。」

「是嗎？那下次有機會再聊。」

湯川向所有人行了一禮後，走了出去。

「真是一個不可思議的人。」智也重新坐了下來。

「是啊，直到最後，都不知道他和警方有什麼關係。」祐太郎說完，和真智子一起走進了廚房。

夏美打開拉門走了出去，看到湯川走在路上的背影，立刻追上去叫了一聲：「教授。」

湯川停下腳步，轉過頭，露出「有什麼事？」的表情。

「教授，請你告訴我，」夏美說：「你的真實身分是什麼？」

「真實身分？」湯川皺起眉頭，「只是物理學者而已。」

「騙人，你是偵探吧？」

湯川驚訝地將身體向後仰，「妳在說什麼？」

「你在蓮沼獲得釋放後開始出入『並木屋』，現在破案之後，你就要離開了。我覺得未免太巧了。大家都說，你一定協助偵破了這起案子，就像赫丘勒・白羅一樣。」

「我很榮幸，但太抬舉我了。」

「是嗎？」

「我的研究告一段落，所以要離開這裡，真的只是巧合，但我經常去『並木屋』並不是巧合。」

「什麼意思？」

「和戶島老闆一樣。」

「什麼一樣？」

「只是想協助好朋友出一口氣，我覺得經常去『並木屋』，和本地人打交道，或許可以得到一些啟發。」

「你的好朋友……該不會是警察？」

湯川沒有回答，露出意味深長的笑容後，轉身準備離開。

「教授，你以後還會來這裡吧？」

湯川想了一下後說：

「我下次來的時候，記得為我準備最棒的滷什錦菜。」

夏美用力點頭說：「一言為定。」

物理學家莞爾一笑，用食指稍微推了推眼鏡，轉身邁開輕快的腳步離去。

謎人俱樂部

□集滿4個印花贈品（二款任選其一）：

A：【推理謎】LOGO皮質燙銀典藏書套一個
（黑色，25開本適用，限量1000個）

B：【推理謎】吉祥物『獨角獸』圖案皮質燙金典藏書套一個
（咖啡色，25開本適用，限量1000個）

□集滿8個印花贈品（二款任選其一）：

C：【推理謎】LOGO皮質燙金證件名片夾一個
（紅色，11.5cm x 8.6cm，限量500個）

D：【推理謎】吉祥物『獨角獸』圖案環保購物袋一個
（米色，不織布材質，41.5cm x 38.6cm，限量1000個）

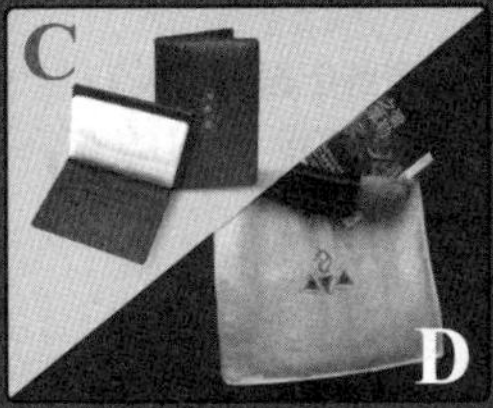

□集滿12個印花贈品（二款任選其一）：

E：【推理謎】LOGO不鏽鋼繩鑰匙圈一個
（限量500個）

F：【推理謎】吉祥物『獨角獸』圖案馬克杯一個
（白色，320cc容量，限量500個）

謎人俱樂部會不定期推出最新限量贈品提供兌換，
請密切注意活動官網和粉絲專頁。

?

【注意事項】
◎本活動僅限台灣地區讀者參加。
◎贈品兌換期限自即日起至2023年12月31日止（以郵戳為憑）。
◎贈品圖片僅供參考，所有贈品應以實物為準。
◎所有贈品數量有限，送完為止。如讀者欲兌換的贈品已送完，皇冠文化集團有權直接改換其他贈品，不另徵求同意和通知。贈品存量將定期在【謎人俱樂部】活動官網上公佈，請讀者在兌換前先行查閱或直接致電：（02）27168888分機114、303讀者服務部確認。
◎皇冠文化集團保留修改或取消謎人俱樂部活動辦法的權利。辦法如有更動，將隨時在【謎人俱樂部】活動官網上公佈。

國家圖書館出版品預行編目資料

沉默的遊行 / 東野圭吾 著；王蘊潔 譯. -- 初版. --
臺北市：皇冠, 2019. 08
面; 公分. --(皇冠叢書; 第4776種) (東野圭吾作品集；32)
譯自：沈黙のパレード
ISBN 978-957-33-3454-5 (平裝)

861.57　　108009366

皇冠叢書第4776種
東野圭吾作品集32

沉默的遊行

沈黙のパレード

作　　者—東野圭吾
譯　　者—王蘊潔
發 行 人—平雲
出版發行—皇冠文化出版有限公司
台北市敦化北路120巷50號
電話◎02-27168888
郵撥帳號◎15261516號
皇冠出版社(香港)有限公司
香港銅鑼灣道180號百樂商業中心
19字樓1903室
電話◎2529-1778　傳真◎2527-0904
總 編 輯—許婷婷
責任編輯—平　靜、黃雅群
美術設計—王瓊瑤、單宇
行銷企劃—蕭采芹
著作完成日期—2018年
初版一刷日期—2019年8月
初版五刷日期—2022年9月
法律顧問—王惠光律師

讀者服務傳真專線◎02-27150507
電腦編號◎527029
ISBN◎978-957-33-3454-5
Printed in Taiwan
本書定價◎新台幣420元/港幣140元

謎人俱樂部贈品兌換卡

我要選擇以下贈品（須符合印花數量）：☐A ☐B ☐C ☐D ☐E ☐F

1	2	3	4
5	6	7	8
9	10	11	12

◎請沿虛線剪開、對摺、裝訂後寄出

【個人資料蒐集、利用及處理同意條款】

您所填寫的個人資料，依個人資料保護法之規定，皇冠文化集團將對您的個人資料予以保密，並採取必要之安全措施以免資料外洩。您對於您的個人資料可隨時查詢、補充、更正，並得要求將您的個人資料刪除或停止使用。

本人同意皇冠文化集團得使用以下本人之個人資料建立該集團旗下各事業單位之讀者資料庫，做為寄送出版或活動相關資訊、相關廣告，以及與本人連繫之用。本人並同意皇冠文化集團可依據本人之個人資料做成讀者統計資料，在不涉及揭露本人之個人資料下，皇冠文化集團可就該統計資料進行合法地使用以及公布。

☐同意　☐不同意

我的基本資料

姓名：＿＿＿＿＿＿＿＿

出生：＿＿＿＿年＿＿＿＿月＿＿＿＿日　性別：☐男 ☐女

職業：☐學生 ☐軍公教 ☐工 ☐商 ☐服務業

☐家管 ☐自由業 ☐其他＿＿＿＿＿＿＿＿

地址：☐☐☐☐☐＿＿＿＿＿＿＿＿

電話：（家）＿＿＿＿＿＿＿＿（公司）＿＿＿＿＿＿＿＿

手機：＿＿＿＿＿＿＿＿

e-mail：＿＿＿＿＿＿＿＿

◎請沿虛線剪開、對摺、裝訂後寄出

我對【東野圭吾作品集】系列的建議：

寄件人：

地址：□□□□□

北區郵政管理局登
記證北台字1648號
免 貼 郵 票

〔限國內讀者使用〕

105019

台北市敦化北路120巷50號

皇冠文化出版有限公司　收